国家公园

守护地球家园的最美国土

（摄影：张俊臣）

GUOJIA GONGYUAN

国家公园

陈谨之

著

山东人民出版社·济南

国家一级出版社 全国百佳图书出版单位

图书在版编目（CIP）数据

国家公园 / 陈谨之著 . -- 济南 : 山东人民出版社，
2025.1
ISBN 978-7-209-15060-6

Ⅰ . ①国… Ⅱ . ①陈… Ⅲ . ①报告文学 - 中国 - 当代
Ⅳ . ① I25

中国国家版本馆 CIP 数据核字（2024）第 091453 号

国家公园
GUOJIA GONGYUAN

陈谨之　著

主管单位　山东出版传媒股份有限公司
出版发行　山东人民出版社
出 版 人　胡长青
社　　址　济南市市中区舜耕路517号
邮　　编　250003
电　　话　总编室（0531）82098914
　　　　　市场部（0531）82098027
网　　址　http://www.sd-book.com.cn
印　　装　东营华泰印务有限公司
经　　销　新华书店

规　　格　16开（169mm×239mm）
印　　张　19.25
字　　数　250千字
版　　次　2025年1月第1版
印　　次　2025年1月第1次
ISBN 978-7-209-15060-6
定　　价　78.00元
如有印装质量问题，请与出版社总编室联系调换。

目　录

国家公园

（摄影：张俊臣）

引言：载入史册的 92 号提案

1956 年的北京，长安街犹如一条熠熠生辉的丝带，铺展在古都的腰间。一辆辆驶过的汽车，仿佛是新中国前进的脚步。

当汽车一拐进庄严的新华门，陈焕镛还是无法抑制住内心的激动。

作为第一届全国人大代表，这已是他第三次走进中南海，走进怀仁堂，可那种神圣感还是一阵一阵地涌上心头。

这次，陈焕镛肩负一项重要的使命，就是要向大会递交一份关于建立自然保护区的特别提案，这是他与秉志、钱崇澍、杨惟义、秦仁昌五位全国人大代表的共同提案。

这五位全国人大代表都是世界顶尖的植物学家、动物学家、昆虫学家。这份提案是他们借鉴先进国家的动植物自然保护经验，结合新中国生物学界发展的现状，慎重提出的建议，陈焕镛深感责任重大。

这既是科学巨匠们的夙愿，也是新中国生态保护的必由之路。

汽车进了新华门，沿着南海西路继续往北。在南海和中海之间有一片古色古香的建筑群，这就是丰泽园，菊香书屋就在园内，那是毛主席办公休息的地方！

陈焕镛百感交集，浮想联翩。

1949年9月28日，陈焕镛从收音机里听到新中国即将成立的喜讯，他毅然决然地走出香港的寓所，登上了去桂林的最后一趟航班，口袋里装着五星红旗的式样，内心也被广西即将解放的消息充斥着。

10月1日，中华人民共和国成立之日，陈焕镛怀着十分激动的心情，来到了阔别多年的广西大学植物研究所，看望他的同事和学生。

"心泊漓江，梦栖雁山。"这天晚上，兴奋中的陈焕镛不顾旅程劳顿，设宴招待同事同仁，酒过三巡，陈焕镛按捺不住喜悦的心情，一遍又一遍地和大家说着：中华人民共和国成立了！

整个晚上，掌声、笑声在雁山的上空回荡。此时，离桂林解放还有一个多月的时间。中共桂林地下党为了保护陈焕镛的安全，把他藏在了广西大学内。陈焕镛不顾安危，积极参加中共地下党领导的护校斗争。

陈焕镛的爱国热情，得到了军管会主任陈漫远的肯定，他要求桂林地下党派专人保护陈焕镛的安全。

1950年2月中旬，陈焕镛专程到南宁拜会省政府主席张云逸，祝贺广西省人民政府成立。

张云逸代表刚刚诞生的广西省政府，高度赞扬了陈焕镛的爱国热情和科学成就，陈焕镛表示要为新中国的植物学研究鞠躬尽瘁。

参天之木，必有其根；怀山之水，必有其源。

陈焕镛精神振奋，如沐春风。

1919年，陈焕镛在美国哈佛大学阿诺德树木园取得硕士学位，西方人对中国植物标本的掠夺和垄断，深深地刺痛了他的爱国之心。由此，他萌发了由中国人研究中国植物的念头。

陈焕镛回国后，把海南岛作为首选地，进行植物标本采集。他将目光投向了这片被认为是中国植物标本采集空白点的土地，他的植物研究生涯由此启航。

在哈佛大学时，由于经济拮据，陈焕镛不得不在迈瑞·卡丝的植物园里打工，没想到这让他迷上了梦幻般的植物园。植物园的英文是botanical garden，即"植物学的园地"，并不是植物的园地。

国际植物园保护联盟将植物园定义为：拥有活植物收集区，并对收集区内的植物进行记录管理，使之用于科学研究、保护、展示和教育的机构。

陈焕镛知道，要想跻身国际植物学界，必须同世界最强的对手抗衡。

1919年，陈焕镛以优异的成绩毕业，获得了哈佛大学的"色尔登"旅行奖学金。在哈佛大学学习期间，陈焕镛结识了钱崇澍、钟心煊、胡先骕三位植物学校友，他们四位后来被称为中国植物学界的"四大天王"。

1927年，陈焕镛受聘成为中山大学教授，与胡先骕一起负责筹建农林植物研究所，这是中国的第一个植物研究所。

在南中国的这座幽静之所，阳光透过树梢洒落下来，将一切染上了一层金色的光辉。陈焕镛穿行在树木间，手持着放大镜，仔细观察着每一片叶子、每一个花朵。

他是这片土地上的探险家，是这些植物的守护者。他的研究工作从不停歇，日复一日，年复一年，深夜里，昏黄的灯光下，他仔细记录着每一份数据、每一份样本。

然而，岭南大学的"洋教授"却视而不见，狂妄地认为自己掌握着一切。直到陈焕镛的研究工作获得了突破性进展，他们才开始意识到这位初来乍到的中国科学家的能力和潜力。

岭南大学生物系主任威廉·荷夫曼恼怒了，他想对陈焕镛进行限制，要求其遵守所谓的"约法三章"。然而，陈焕镛的回答简单而坚定："在广州！在中国！去哪里考察，是我们的自由，我们不需要岭南大学的标本。"

他的声音响彻海南岛，激荡着每一片叶子和每一朵鲜花。陈焕镛，就像一颗坚定的种子，扎根在这片土地上，绽放出属于自己的光芒。

陈焕镛建立的植物标本馆，为植物学研究的发展奠定了坚实的基础。他的故事启示我们，只有不断探索和突破自己的局限，才能开辟出新的领域，取得更大的成就。他的脚步不停，努力不止，为我们树立了榜样，给我们带来了无限的启发。

中国科学院院士吴征镒曾说，华南植物研究所的分类学基础在当时居全国首位，这在很大程度上与陈焕镛院士在标本馆建设等方面所做的开创性贡献密不可分。如今，华南植物园的标本馆馆藏已达百万号，为我国三大植物标本馆之一。

1951年1月11日，香港启德机场。

陈焕镛一身卡其色的西装，精神抖擞地登上了泛美航空PAA飞剪号客机，与他一同登机的，还有吴征镒、侯学煜二位植物学家，他们的目的地是印度德里。

这是中华人民共和国成立后，中国政府派出的第一个科学代表团，意义重大，周总理专门做了指示："倾听不同意见，了解学术动态，多交朋友。"

下午两点，飞机穿越香港九龙城，飞向云端。

12日早晨，中国代表团顺利抵达德里（甘地）机场，与已经在印度等候的参会代表徐仁会合。

徐仁教授正在印度"勒克脑古植物研究所"做访问学者，也是中国代表团的正式成员。

这是一个关于"南亚栽培植物的来源及分布"的讨论会。

此会系由印度遗传育种学会主持，但得到联合国教科文组织南亚科学合作馆的合作支持和经济上的帮助。

会议召开的宗旨是总结在一些栽培作物上已做的工作并进一步促进植物分类、细胞遗传及育种等基础方面的工作。

出席这次大会的专家有英国曼彻斯特大学教授、棉花育种家S.C.Harland，美国密苏里植物园及华盛顿大学的教授、玉米育种家Edgar Anderson，还有来自锡兰、巴基斯坦和新加坡的教授。

中国代表团受印度遗传育种学会的邀请出席此次会议。

会议期间，陈焕镛团长代表中国科学院致辞："可以确定，我们两国间的科学合作定会推进全亚洲人民的福利及繁荣，希望印度及中国植物学者此后可以携手密切合作，共同向科学的进步方面迈进。我们人民间的团结合作万岁！"

15日晚，座谈会结束后，中国驻印大使馆举行鸡尾酒会招待德里与会科学家，宾主交谈甚欢，诸科学家均对新中国政府重视科学和科学院的发展备感兴奋，希望与中方加强科学文化交流合作。

在印度期间，陈焕镛等四人遵照周总理指示精神，进行了一个多月的印度考察学习之旅。

从德里到加尔各答、马德拉斯、科因巴脱、班加诺、蒲那、孟买等地，都留下了中国科学家的身影，他们谦虚、认真的学习态度，赢得了印度和世界同行的赞誉。

访问印度期间，出席大会的美国代表仰慕陈焕镛团长已久，提出请陈焕镛团长在座谈会结束后，做一次演讲。

陈焕镛团长稍作思索，即席演讲。

他说，由于受宗教束缚，印度土地长期不施有机肥而造成土地板结的弊端，影响了地力的发挥，还介绍了中国农民利用粪肥，长期维持和发展地力的经验。

陈团长标准的英式英语和先进的发展农业的经验和思想，使得与会专家学者无不为之惊叹和动容，多次报以热烈的掌声，为代表团争得了荣誉。

陈焕镛团长的声望也为在印度的科学考察打开了"绿灯"。印度的五家农林业研究机构都向中国代表团敞开了大门。

中国代表团此行观感甚多，收获良多，既交了朋友，又收获了先进的知识。

印度之行，让陈焕镛感受到了党的温暖，收获了工作的极大动力，归国后，他全身心地投入火热的新生活中。

陈焕镛主持编著了《广州植物志》，这是我国第一部比较完整的地方植物志。接着又作为主编出版了一部450万字的《海南植物志》，这部专著饱含着他数十年的劳动和心血。他说："植物志是植物的户口册，有了它人们就能找到所需要的植物，把它们派上用场。"

陈焕镛又与钱崇澍合作主编《中国植物志》，遗憾的是，陈焕镛去世前并没有看到全部的《中国植物志》的出版。

这部著作直到2004年才全部完成出版，共有80卷126分册，是一部具有重要学术和实用意义的划时代巨著，成为世界上规模最大的植物志之一。

陈焕镛生在香港，父亲是香港著名人士，曾任晚清驻古巴大使，母亲是古巴西班牙籍，从相貌上看，陈焕镛就是标准的中西"混血儿"，从小陈焕镛接受的教育也是西方教育，汉语是从美国留学回来才自学的，但是这一切都无法割舍他对祖国的爱，他的拳拳中国之心，惊天地，泣鬼神。

他给儿子起的名字叫陈国仆，寓意明显，就是为祖国服务。

新中国成立后，随着国内政治局势的稳定和国民经济的恢复，以及人民政治觉悟程度的提高，召开全国人民代表大会和制定中华人民共和国宪法的议题，开始列入中共中央的议事日程。

1954年9月15日至28日，中华人民共和国第一届全国人民代表大会第一次会议在北京中南海怀仁堂隆重举行。

新修缮好的怀仁堂高峻端庄、气势磅礴，铺满青绿色琉璃瓦的大屋顶坐势而起，叠落在三开间的红门之上，一枚醒目的国徽高悬屋檐，犹如天安门城楼般雄壮威严。

出席会议的代表共有1226名，是由45个选举单位产生的。

在这些代表中，有中国当时所有的民主阶级和民主党派的代表人物，有工农业劳动模范，武装部队的英雄人物，有著名的文学、艺术、科学、教育工作者，工商界、宗教界的代表人物，有中国各民族各阶层人民的代表。李四光、华罗庚、秉志、陈焕镛等一大批科学家荣列其中。

这是新中国对科学家的敬重，也是新中国飞速发展的重要伏笔！

《人民日报》记者袁水拍在《六亿人民心花开》一文中这样写道："代表们走进了会场，坐上最高国家权力机关的席位。他们从车床边来，从田地里来，从矿井来，从海岸的防哨来。放下钳子，放下犁耙，放下镐头，放下笔杆、圆规……同他们所爱戴的党和国家领导人一起，商量着国家的大事。他们当中有很多是对人民革命事业有杰出贡献的人，有很多是各个民主党派、各个民主阶层的代表者，他们是六亿人民的共同意志的表达者……这是中国的大喜日，六亿人民心上开了花。"

新中国的历史永远镌刻下了这个激动人心的时刻。

大会通过了政府工作报告，选举产生了中华人民共和国主席、副主席，一届全国人大常委会委员长、副委员长、秘书长和委员，最高人民法院院长，最高人民检察院检察长等。

毛泽东主席根据宪法的规定，提名周恩来为国务院总理。

当陈焕镛拿到那张红色的选票，心几乎要跳了出来，手心出了汗。

这是人民手中的选票，人民当家作主了！

作为一名曾经备受欺凌、报国无门的植物学家，陈焕镛再也控制不住内心的激动，眼圈儿湿了……

这是陈焕镛第一次走进中南海，走进怀仁堂，与新中国的缔造者一起履职尽责，这是何等的光荣！

陈焕镛说：当选全国人大代表，是人民把这份荣誉给了我。人大代表不是一个符号，也不是一种奖励，而是一种责任，是非常重的责任。

1955年7月5日至7月30日，一届全国人大二次会议在北京召开。

会议休息期间，怀仁堂后花园里，陈焕镛与我国近代生物学的主要奠基人、动物学家、教育家秉志，中国近代植物学的奠基人，中国植物分类学、植物生理学、地植物学、植物区系学的创始人钱崇澍，昆虫学家、中国现代农业昆虫学科的创始人杨惟义，以及中国现代著名植物学家、中国蕨类植物学的奠基人秦仁昌四位全国人大代表，就新中国生物学界的发展进行了热烈讨论。

他们觉得要为大会做点有意义的事情。保护天然森林和动物多样性是他们共同关心的话题。故此，五位专家决定联名写一份提案，呼吁和提醒党和国家要重视自然生态的保护问题。经过商议，这份提案由陈焕镛执笔。这五位中国植物、动物研究领域的执牛耳者，幸逢盛世，他们浑身有使不完的劲儿。

1955年6月3日，一届全国人大二次会议召开之前，周恩来总理签署国务院命令，公布了新中国首批233位学部委员（院士）名单。

中国科学院学部委员（院士）囊括了中国的科学精英和学术权威，是新中国科学发展的核心力量。

秉志、钱崇澍、杨惟义、秦仁昌和陈焕镛五位先生全部当选，这足以证明五位先生的研究成就和贡献是十分巨大的。

一届全国人大二次会议闭幕后，陈焕镛开始了细致的调查研究，为提案做准备。其间，五位先生也多次以书信的方式交换意见，同意陈焕镛提出的提案。

夜深人静，思想奔腾。

陈焕镛时而仰望窗外枝叶繁茂的植物园，时而奋笔疾书。

中华人民共和国第一届全国人民代表大会第三次会议提案——

案由：请政府在全国各省（区）划定天然森林禁伐区，保存自然植被以供科学研究的需要案。

提案人：秉志　钱崇澍　杨惟义　秦仁昌　陈焕镛

理由：世界上科学的先进国家为了科学研究需要，除成立植物园外，还在天然林区内划定禁伐区（又叫自然保护区），其目的是要保存自然景观的本来面貌，不受人为的破坏，为生物学家进行研究地球表面的原始植被或次生植被的发生规律、生物种间种内的相互联系，生物与非生物之间，以及物质与能量的相互转化现象，以推论地球上生物群落历史发展过程、土壤发生发育的规律和自然界中物种形成的过程。关于这些自然科学上的基本理论问题的研究，苏联科学家已经做了不少工作，同时为土地利用、农林牧业的经营措施提供科学依据。

之后，苏联科学院苏卡切夫院士在考察了我国许多地方之后认为，由于我国植物种类繁多，是世界上研究这些重大科学问题的理想场所。但我国天然森林已经不多，急应在各省（区）划定若干自然保护区，为国家保存自然景物，不仅为科学研究提供据点，而且对我国极其丰富的动植物种类的保护、繁殖及扩大利用创立有利条件，同时将对爱国主义教育起着积极作用。

办法：由国务院指令各省（区）人民委员会邀集所在地的生物、农林科学工作者，讨论决定自然保护区的具体地点，拟定具体办法，命令公布，妥加保护，进行研究。

为了加强领导及进一步的规划，在省（区）人民委员会的直接领导下，成立各省（区）自然保护区委员会，以省长为主任委员，任命两至三位生物学家为副主任，担起领导及拟定计划任务。

国家公园

这不是一份普通的提案，这是五位曾饱受国弱民贱屈辱的科学家对新中国的赤诚告白！

当陈焕镛把提案郑重地递交到一届全国人大三次会议提案审查委员会之后，如释重负。

一届全国人大三次会议提案审查委员会主任委员由李雪峰担任，委员有（按姓名笔画排列）：丁西林、朱学范、孙志远、孙起孟、乔傅珏、吴有训、吴耀宗、李国伟、李德全、李颉伯、车向忱、邵力子、陈此生、陈劭先、陈其瑗、陈望道、姚依林、胡子昂、唐生智、高树勋、张友渔、张含英、张宗逊、曹荻秋、章乃器、郭棣活、嵇文甫、彭迪先、杨秀峰、杨显东、杨静仁、董纯才、钱瑛、薄一波、谢扶民、韩兆鹗。

经过提案审查委员会六次会议的认真讨论，大家高度评价了这份被编为92号的大会提案。

1956年6月30日，是一届全国人大三次会议的最后一天。李雪峰向大会提交了《关于提案的审查报告》：

第一届全国人民代表大会第三次会议收到代表提案176件。其中属于综合性的（包括政治法律、民族事务、华侨事务等方面）27件，属于工业、交通方面的53件，属于农业、林业、畜牧、水利方面的28件，属于财政、金融、贸易方面的14件，属于科学、文化、教育、卫生方面的54件。

为此建议：除不予成立的两案外，把所有提案分别交给全国人民代表大会常务委员会、国务院和最高人民法院，依照审查意见进行处理，并且在下一次会议提出处理情况的报告。

在一片热烈的掌声中，全体代表一致通过了《第一届全国人民代表大会第三次会议提案审查意见》。

薰风拂面，意兴盎然。

陈焕镛站在鼎湖山脚下，心潮澎湃，摩拳擦掌。他的目光炯炯，仿若看到了未来的辉煌与美好。

在陈焕镛的心中，中国第一个自然保护区——广东鼎湖山自然保护区的蓝图早已绘就。他坚信，这个保护区将是中国生态保护事业的一颗明星，将放射璀璨的光芒，照亮新中国生态保护的天空。

陈焕镛深知，保护生态环境是国之大者。

他深谙大自然的神奇之美，也痛惜人类对自然的破坏。他决心以自己的力量，打造一个生态保护的堡垒，让大自然的美丽得到永久的保护。

陈焕镛凝视着鼎湖山，心中澎湃而坚定。

他相信，只要有党和国家的支持，便能化梦想为现实，点亮中国生态保护的明天。

第一章　奠基者的视野

1. 黄石公园的蝴蝶效应

在蓝色的苍穹之下，金色壮观的大峡谷屹立着，在历史的长河中闪耀着独特的光芒。这幅巨大的油画，仿佛将人们带回了151年前的黄石地区，让人们感受到了那段时光的悠远与壮美。

《黄石大峡谷》，以其宏大的视角和细致入微的描绘，让人心驰神往，仿佛能听见山风呼啸，能感受到大地的力量与温暖。

这幅作品，不仅是一幅油画，更是一段历史的见证。它记录着黄石地区的命运，也记录着曾经征服这片土地的人民的辛勤与努力。在这幅油画中，人们能看到峡谷的陡峭与起伏，能感觉到朦胧的诗意，仿佛是大自然的杰作，在画布上跳跃灵动。

《黄石大峡谷》是一幅不朽的艺术品，它超越了时间与空间的限制，让人们思考历史的变迁与生命的轮回，让人们珍惜眼前的一切，珍惜大自然赐予我们的美好。

这幅杰作的诞生，与费迪南德·海登的西部探险密不可分。

1871年，美国国会拨款4万美元进行探险，以探索黄石地区。

这也是第一次带有官方性质的探险队出征黄石地区。

海登意识到，有关黄石地区的书面报道可能会引起争议，但是油画和照片可以解决所有问题。

为了更加直观地向国会报告探索和发现，海登精心组建了一个专家团队，其中包括地质学家、矿物学家和地形学家。与此同时，才华横溢的画家托马斯·莫兰和摄影师威廉·亨利·杰克逊成为探险队员。

海登明白，他必须带上一名天才的画家，将他看到的一切用画笔画出来，呈现给国会。就这样莫兰进入了海登的视野。莫兰是由北太平洋铁路投资家杰·库克推荐的，库克曾在《史波纳月刊》上看到过莫兰的作品，极为欣赏。

就这样，莫兰成为美国历史上第一个前往西部黄石地区的油画家。

海登的黄石探险队于1871年春天乘七辆货车离开了犹他州的奥格登。历时数月，探险队穿越了怀俄明州、蒙大拿州和爱达荷州的部分地区。

人生就是这样奇妙，一个偶然机遇，就会把你推向历史的前台，但你必须提前为此做好一切的准备。

当莫兰历尽千辛万苦，抵达黄石的时候，便被远古松柏的翠绿和白杨的洁白惊呆了。那里确实是写生的天堂。

嶙峋的岩石，黄色的硫磺泉，飞溅四射的瀑布，鬼斧神工的天然物貌和参差分明的天然色彩，让莫兰的心跳加速。

托马斯·莫兰，1837年出生于英国的一个纺织工人家庭，7岁时随全家搬到费城，仍以织布为生。

国家公园

黄石公园大棱镜彩泉，无愧为大自然最精致的调色盘

　　莫兰非常敏锐，从童年时，就表现出了善画的天分，看到起伏的山丘、潺潺流淌的河流，回来后他便一笔一画地将这些美景展现在画布上。随着时间的推移，他的画技越来越精湛，还出售了一些早期作品，以补贴家用。

　　回到费城，莫兰急切地要把他的黄石之旅用色彩画出来。

　　他把自己关在室内，足不出户，每日工作到深夜，陪伴他的只有摇曳不定的汽油灯光。

　　他对海登说："我一直坚信，恢宏壮丽、巧夺天工的黄石，经过真正艺术家的创造，必定会变成精美绝伦的美丽图画。如果我做不到这一点，我就不是一个真正的艺术家。"

事实证明，莫兰是一个真正的艺术家，他的油画《黄石大峡谷》，成为19世纪美国绘画中最为优秀的风景画之一。

1871年冬天，海登携带着考察时拍摄的照片和莫兰的写生图，敲开了国会的大门，他自信手里的"视觉武器"，一定会让国会通过公园法案。

在国会的听证会上，黄石已从人们眼中充满敌意、隐藏暗河的蛮荒之地，变成拥有让人震撼的自然美景之地。

后来有报道说，在议案通过的过程中，莫兰的画起到了决定性的作用。

这幅全景式巨幅油画作品，真实再现了黄石河谷的迷人风景，占据画面顶端的天空给人一种高空鸟瞰的感觉，远景壮观的瀑布、中景处峡谷两岸金黄色的峭壁，还有特意加上的人物（莫兰与海登），恢宏博大之气，油然而生。

美国国会深受感染，以当时一万美元的天价买下了莫兰的杰作——《黄石大峡谷》，悬挂在美国国会大厦的大厅中。

这是美国历史上第一幅由国家收藏的风景画，它的象征意义不言而喻。

1872年3月1日，当时的美国总统尤里西斯·格兰特签署了《关于划拨黄石河上游附近土地为公众公园专用地的法案》，宣告了世界上第一个国家公园——黄石公园的诞生。

黄石国家公园的横空出世，是人类最初的自然保护运动的胜利。

黄石公园分五个区：西北的猛犸象温泉区以石灰石台阶为主，故也称热台阶区；东北为罗斯福区，仍保留着老西部景观；中间为峡谷区，可观赏黄石大峡谷和瀑布；东南为黄石湖区，主要是湖光山色；西及西南为间歇喷泉区，遍布间歇喷泉、温泉、热水潭、泥地和喷气孔。

黄石公园属美利坚合众国怀俄明州地区法院的司法管辖范围，这也让该法院成为唯一一个管辖领地超过州界线（怀俄明州、蒙大拿州和爱达荷州）的联邦地区法院。

1916年，美国国家公园管理局建立，这是美国公园发展史上一个重要的里程碑，使国家公园有了自己的家，同时也意味着国家公园的管理纳入了法制化轨道。

1918年10月31日，军队将黄石公园的控制权移交给了国家公园管理局，对黄石公园的保护终于在各个方面得到了合理的保障。

美国人对黄石公园引以为豪，不仅仅来自这个公园令人难以置信的壮美，还因为他们在这里所做的一切。

设立国家公园是美国做出的最棒的决定之一。一是将北美的动植物保护了起来，生态得以继续完美地存在；二是能让世界各地的人见识到如此壮丽的景色。

美国《黄石法案》和《国家公园事业法》，为美国的国家公园指明了方向：一是自然保护，二是公众游乐。

这一国家公园的立园大纲，今天已经成为众多国家效仿的模板。

1885年，加拿大建立的班夫公园和1887年澳大利亚建立的皇家公园都是黄石公园的翻版。此后，日本、英国、扎伊尔等国均属此列。黄石、班夫和皇家并称为世界最早的三大国家公园。

1969年，世界自然保护联盟（IUCN）正式接受了美国国家公园的概念，确立了一致的关于国家公园的国际标准。自此，世界上许多国家纷纷建立了自己的国家公园。

1988年，世界上有15个国家将国土面积的10%以上辟为保护区（国家公园、森林公园、植物园、树木园、自然保护区等）。其中，美国境内现在有59个国家公园，个个都美轮美奂。

有人说，黄石公园是上帝放置热情的地方。

翠绿的树林，蔚蓝的湖水，连绵的山峦，这里是大自然的宝库，是宇宙最美的馈赠。

站在黄石的山巅，俯瞰整个国家公园，宛若置身仙境，心旷神怡。

愿黄石国家公园永远保持它的原始纯净，让世人在这里感受大自然的恩赐，感受大自然的纯美。

2. 东方秘境——植物猎人的乐园

2004年4月9日，星期五。

在比尔城堡，爱尔兰的古堡里，一场婚礼精彩绽放，跨越了国界。

新郎帕特里克，庄园主的长子，新娘林晓静，来自中国天津的姑娘。

比尔城堡哥特式的建筑气派非凡，历经百年岁月，仍然雄伟壮丽。这是庄园主罗斯伯爵的家族传承，此刻，成为一对新人的幸福见证。

帕特里克不愧有绅士风范，而林晓静身穿一袭华丽的礼服，宛如盛放的花朵。二人手牵手，一同迈向美好的未来。

比尔城堡庄园，占地900公顷，由建筑、湖泊、河流、农场、树林、菜园、果园、花园和开满鲜花的草地组成，绿树成荫，美景如画。历代城堡主人从世界各地收集了近2000种树木和4500余种花卉，构成了一个丰富多彩的花园。其中，有近千种植物花卉，是20世纪初由第六代罗斯伯爵从中国带来的。

在这迷人的庄园里，玫瑰、牡丹、桂花、萱草、芍药、杜鹃、菊花、黄鸢尾花和百合竞相绽放，展现出独特的风采。

婚礼上，帕特里克和林晓静亲手种下了一棵水青树。这棵树是林晓静自己选择的，她之所以选择它，是因为这是一种来自中国的特有树种，而且它的心形叶子非常可爱，象征林晓静与帕特里克之间的爱情。

此外，在庄园里还有一个千禧花园，这座花园曾由第七代罗斯伯爵修复，里面种满了各种娇艳欲滴的牡丹。

这些牡丹都有着中国的血统，并且更为重要的是，它们属于稀有物种，都是出自一人之手。在这片如诗如画的庄园里，中西文化交融，展现出一种独特的魅力。

1935年，第六代比尔城堡罗斯伯爵迈克尔带着新婚妻子来到中国度蜜月。在随后的几次来华之旅中，迈克尔与许多中国名流交往。其中，清朝皇族爱新觉罗后裔溥儒（恭亲王奕䜣之孙，末代皇帝溥仪之堂兄弟）曾赠送给迈克尔的妻子安娜一把精美的画扇。至今，这把折扇仍被珍藏在比尔城堡中。

然而，最令人感动的故事莫过于迈克尔伯爵与中国植物学家胡先骕之间的跨国友谊。出于对植物的共同热爱，胡先骕与迈克尔一见如故，二人结下了深厚的友谊。

1945年，胡先骕两次邮寄水杉种子至比尔城堡，终于在城堡的土地上生长出一棵珍贵的水杉树。

这棵树成了两位跨国朋友间珍贵友情的见证。这是爱尔兰的第一棵水杉树。其实，水杉在中国也是刚被发现，有着植物界"活化石"

的美誉。

在西方人眼中，中国是充满着神秘和魅力的国度。

这里有着起伏的群山，雄奇险峻的地貌，令人叹为观止；拥有多样的生态系统和多元的民族文化，而且人类活动的历史悠久而丰富。尤其是大西南地区，每一座高山、每一片山林、每一条溪流，都蕴藏着让人惊喜的发现，无数生灵在这里繁衍生息，展现着生机勃勃的景象。

13世纪末，有一本神奇的书在欧洲流传，这本书就是《马可·波罗游记》。书中叙述了中亚、西亚、东南亚，尤其是中国的情况，竭力盛赞了以中国为代表的东方经济之富庶、文物之昌明，极大地开阔了中世纪欧洲人的视野，据说哥伦布等人冒险航海发现新大陆，就是因为看了这本书萌生的想法。

西方人对中国及其独特的生物表现出极大的兴趣，赞誉其为奇妙之地。

这个时候，欧美植物猎人纷纷崭露头角。

神秘的东方，成了西方植物猎人梦寐以求的目的地。

他们的使命，就是竭尽全力在中国发现新物种。当时，欧洲人在世界各地建立了1600多个植物园。

1792年，英国派遣以马戛尔尼为首的庞大使团，乘坐"狮子"号军舰，出使中国。他此行所肩负的任务，就是力求打开中国市场，为英国创造更多的贸易机会。

马戛尔尼是一个优秀的外交家，曾担任过驻俄公使、加勒比总督等职位。同时，马戛尔尼还是一位极具冒险精神的航海家和殖民政策的推动者。

马戛尔尼肩负着国王的期待，也肩负着整个英国的希望，对于冒险家们来说，这是一种动力，也是一种荣耀。

经过九个月的跨洋颠簸，在一个寂静的清晨，英国"马戛尔尼使团"来到了澳门。

他们身着华丽的外国服装，带着浓厚的异国风情，引来了无数中国人好奇的目光。

在澳门的几天里，他们感受到了这片土地的独特魅力，闻着海风的气息，看着渔民劳作的身影，体验着异国文化带来的震撼和触动。他们在澳门留下了脚印，也留下了对这块土地的美好回忆。

然而，他们的目的地并不是澳门，而是更为遥远的北京。在北上的路途中，他们穿越了千里之遥的山川，穿过了繁华的大城市，一路向北，终于来到了天津这个重要的交通枢纽。

在天津，他们做好了一切准备，怀着一颗敬畏的心，期待着能够与乾隆皇帝共商贸易的大计，开拓贸易的新天地，促进两国之间的友好关系。

但事与愿违，马戛尔尼没有叩开中国紧闭的大门。

马戛尔尼是使团的团长，乔治·斯当东是使团的副使，当时斯当东还带着他12岁的儿子一起来到了中国。

当80多岁的乾隆皇帝得知这个小孩子会说中国话时，龙颜大悦，当即赏赐翡翠一块，而且从自己腰间解下一个绣有龙纹的黄色丝织槟榔荷包，送给了小斯当东，这成为使团访华中的一件趣事，也是近代史上常被引述的谈资。

1800年，小斯当东又来到了中国。此后10多年，小斯当东深入了解了当时的中国社会，而且与两广总督松筠"友谊深厚"，还把《大清律例》翻译成了英文，成了英国最早的中国通。

马戛尔尼撰写了大量公文报告、书信和出使日记，而副使乔治·斯当东也出版了随行纪实。

乔治·斯当东是植物学家，他在途中收集了大约400份稀有植物标本，这些标本后来落入了瑞士植物学家德堪多之手。

在访问中，乔治·斯当东注意到了中国有一种称为"南京"的棉花品种，其织成的布在欧洲市场上很受欢迎。

随着19世纪的到来，情况发生了变化。西方列强开始有组织、有计划地索取中国的植物资源。

1815年，英国派出第二个使团来华，乔治·斯当东再次踏上中国之旅。他考察各地所见的粮、油、蔬菜、水果、纤维等，带走了木香花、马尾松、银杏、桑树、茶树、桐树、山茶花和一些栎树的标本，其中有些是新种。

1848年6月15日，泰晤士河码头，伦敦切尔西皇家植物园园长罗伯特·福琼带领着一队人马，登上了东印度公司的一艘快船。

清晨的阳光洒在罗伯特·福琼的脸上，他站在东印度公司的快船上，踌躇满志。

罗伯特·福琼是一位植物学家，也是英国著名的中国通。在中国开埠之后，罗伯特·福琼成了第一个到达中国的英国园艺师。他曾在中国各地游历3年，搜集植物标本和种子，成为英国植物学界的佼佼者。而如今，他背负着东印度公司交托的任务，去盗窃中国的茶叶技术，他知道，这是一次机会，也是一次冒险。

船只缓缓启航，罗伯特·福琼站在船头，眺望着远方的大海。茶叶盗窃者，这个称号虽然让他感到有些不安，但在内心深处，他还是极力想完成这个不可思议的任务。罗伯特·福琼首次盗窃并不成功，茶苗在漫长的海运途中枯萎死亡，种子也因为潮湿而腐烂发霉。

1851年3月15日，当"玛丽伍德夫人"号蒸汽船缓缓驶入加尔各答港口时，罗伯特·福琼激动又期待。

这是一个重要的时刻，也是一个充满希望的开始。

他站在甲板上，眺望着远方的海平线，心中不禁激荡着一种莫名的自豪感。他带来了中国最珍贵的资源，那些被称为"中国国宝"的茶叶种子和茶树，以及制茶师傅和制茶设备。

福琼希望这些茶叶种子和小茶树，在异国他乡生根发芽，茁壮成长，绽放出属于自己的芳香和风采。

福琼深信，这个计划将会开启一个崭新的时代，一个关于茶叶的新篇章。

要知道，这是17000粒茶种和23892株小茶树，加上一个成熟的茶叶种植团队和全套的茶叶制作工艺。这在当时，是中国最大出口行业的全部核心机密。

这让印度制茶行业迅速崛起，阿萨姆、大吉岭、尼尔吉里成为全球著名产茶区。而中国茶叶的出口量却迅速萎缩。

这位茶叶盗贼，在英国人眼里却成了机智、勇毅和传奇的代表。

《大不列颠生活》杂志热情地称赞道："福琼打破了（中国的）茶叶垄断，将喝茶的权利带给富人和穷人！"

英国对华植物的掠夺，刺激了其他西方列强的觊觎之心。

外国来华"科考"人数很多，身份复杂。

毋庸置疑，绝大多数外国人来华考察，绝对不是因为单纯的个人喜好，可以说，这也是西方列强侵华的组成部分。当然，我们不否认，有不少植物学家对中国植物的世界性传播也做出了贡献。

芦溪口，是四川省青衣江水域洪雅境内12个古渡口之一，曾上通雅安、下达乐山，协同承载了方圆十里八乡的商品集散与交流互动。

正是这一偏隅川西南青衣江畔，迄今已湮灭10年的渡口，曾与一位走遍亚洲及欧美园林，风靡一时并载入近代科学史册的植物探险家威尔逊，产生过绚丽的交集和历史性的关联。

1908年9月5日清晨，当威尔逊乘船横渡进入四川省洪雅县，开展名为"穿越老林——从嘉定（今乐山）经瓦屋山（洪雅）至马烈（今汉源境内）"的11天的科学考察时，他首先抵达的就是芦溪渡口。

恰逢最美初相见，芦溪口与威尔逊的不期邂逅，为中国大西南的魅力通往世界打开了通道。

对照威尔逊的考察日记，窗外的洪雅，在夕阳的余晖下，显得格外婉约，仿佛是一个时光的舞台，展现着百年岁月的斑驳时光。在这里，威尔逊在幽深的山林中穿梭，他是一个追逐植物的勇士，是一个为植物学事业倾注心血的传奇人物。

他的名字如同一颗闪耀的星星，照亮了一段又一段历史的碎片。他的心灵在大山深处荡漾，仿佛在唱一首永恒的诗歌。

威尔逊的脚步踏遍了中国西南的各个角落，他是那些珍稀植物、灿烂耀眼的艳丽花朵得以被发掘的幕后英雄。他的奋斗和探索，揭开了中国花园的神秘面纱。

在他的《中国：世界园林之母》一书中，威尔逊不吝笔墨地向西方展示了中国植物世界的富饶和丰足，让人们惊叹不已。

除了植物，他的著作还描绘了当时中国的地理地貌、社会文化、民俗历史等风貌，为人们呈现了一个真实而又丰富多彩的中国画卷。

1899年到1911年，威尔逊历时12年深入中国西部，采集了65000多份植物标本，把近1600种中国特有的植物移植到欧美，以他的名字命名的植物多达200多种。

1908年9月12日清晨，在白沙河翡翠色的山谷环绕下，威尔逊站在一株高大的尖叶杜鹃树下，仰望着它的婀娜身姿，心中充满了敬畏和感慨。

这棵杜鹃树，不仅是瓦屋山的骄傲，更是他自己的骄傲。在他的心中，这些中国特有的植物不仅是美丽的自然造物，更是他辛勤采集、移植的成果。

在这片山谷里，铅矿的光芒映衬着尖叶杜鹃的花朵，仿佛在告诉他，即使身处险峻的山谷，也要向往光明与美丽。威尔逊深深吸了一口气，默默地对这片美丽而殷实的土地致以最崇高的敬意。

从此，每当他看到那些被自己命名的植物在欧美盛开，他都会默默地感谢神奇而美丽的中国大地，感叹自己深入西部采集植物的勇气和毅力。他知道，尖叶杜鹃就像他的名字一样，将永远地留存在人们的记忆中，成为一段永恒的传奇。

他惊叹，"中国中部和西部遥远僻静的山区简直就是植物学家的天堂，乔木、灌木和草本聚集在一起，复杂得令人茫然失措"。他的言辞带有某种敬畏和赞美之情，对中国植物的独特之处赞不绝口。

他认为中国西部有全球最丰富的温带植物区系，并在《森林与巉崖：穿越湖北—四川边界》中写道："我们进入四川东部第一天……再次身处坚硬石灰岩峭壁之中，其景色与长江峡谷及其邻近地区极为相似……土壤板结，为黏壤土……山崖上大部分有树木，最常见的乔木和灌木与湖北的种类相同。华山松极多，巴山松也常见，还有怪样生长不良的云杉和铁杉。"

他在《中国：世界园林之母》中感叹中国植物的丰富和多样性，以及它们对西方园林和自然环境的重要影响。他认为，西方园林之美深受中国大地的雨露恩泽，中国植物凝聚了千年的历史文化，为世界园林注入了独特的魅力和生机。

在他的眼中，中国的植物资源是如此宝贵，以至于如果没有中国植物，园林就不再成为园林。他指出，在美国或欧洲的园林里，几乎没有一处不存在来自中国的乔木、灌木、草本和藤本。北美引种的中国植物超过1500种，而美国加州的树木花草中有70%以上来自中国。

威尔逊对植物的狂热，不仅是一种个人情感，更是一种对生命和自然的热爱和敬畏。他在世界植物史上，留下了关于中国植物的珍贵记忆，也留下了一部让人深思的人文之作。

在西方植物猎人的庞大方阵中，金敦·沃德的名气并不比威尔逊逊色。

1907年，22岁的金敦·沃德孤独而又勇敢，他带着希望和迷茫，踏上了通往神秘东方的商船。蓝色的大海在他面前波涛汹涌，风浪不断，仿佛在考验着他的勇气和坚强。

父亲的突然离去，让他不得不提前结束了在剑桥大学攻读植物学的学业，一个未知的未来摆在了他的面前。

在海上漂泊的几个月里，金敦·沃德孤独、无助，但他没有放弃，一直坚定地朝着心中的目的地前行。

这是一次漫长而又充满危险的航程，南下大西洋，穿越好望角，驶入印度洋，越过马六甲海峡，进入浩瀚的太平洋。

在去上海途中，他曾被热带森林的照片吸引，冲动地在新加坡提前下船，在热带雨林"把自己浸在萤火虫和牛蛙的气氛中，嗅着自然的气息"。但"萤火虫和牛蛙"毕竟填不饱肚子，最终，沃德还是离开了新加坡，继续前往上海，到公立学校教书。

终于，金敦·沃德来到了上海这座充满异域风情的城市。他原本打算在中国执教一段时间，重新找到人生的方向。然而，上海的繁华和多样性，让他的心中激荡起了新的梦想和希望。

在上海任教期间，金敦·沃德阅读了约瑟夫·胡克的《喜马拉雅山日志》、阿尔弗雷德·罗素·华莱士的《岛屿生活》、亨利·贝茨的《亚马逊河上的博物学家》。他被这些旅行书籍中浪漫的探险精神所鼓舞，暑假期间，他又只身前往新加坡，探索了爪哇岛和婆罗洲，渴望找到华莱士书中所描述的瓶子草，却一无所获。

美国动物学家马尔柯姆·P.安德森从朋友处听说了金敦·沃德，觉得他很适合参加野外考察，便邀请他加入自己组织的探险考察队。

这次考察将横穿中国中西部，直达甘肃南部，沿途收集动物标本。

1909年9月，探险队出发。金敦·沃德很快成为队伍中的骨干。这期间，他采集了为数不多的植物样本，后来送给了剑桥大学的植物学院。

1910年，他回到上海，重执教鞭。但是对旅游的渴望使他无法自拔，他迫不及待地想再踏旅途。幸运的是，1911年1月，阿瑟·基尔平·布历来信，邀请他参加在云南的植物考察和采集工作。

毫无疑问，作为采集新手，这是一个难得的学习和提高的机会。他随即离开上海，长途跋涉前往云南大理府（今大理），开始第一阶段的植物考察和采集。

在茂密的山林中，他跋涉着，探寻着各种珍稀的植物，每一次的发现都让他心花怒放、兴奋不已。

在前往腾越的路上，金敦·沃德接连被倔强的驴子摔下来，到达腾越时，他浑身已伤痕累累。

在一个天气晴朗的清晨，他沿着点缀了龙胆、兰花和蔷薇科植物的山路前行。跋涉两周后，他进入了偏远的山谷，迎接他的，是满山的杜鹃、茶花、报春和鸢尾花。

这次考察，让金顿·沃德找到了人生的意义，让他明白了自己所热爱和追求的是什么。在大自然面前，他感到了谦卑和敬畏，也体会到了人与自然之间的密切联系。

植物的世界是如此的奇妙而丰富，每一株植物都有着自己的故事，每一种植物都有着它独特的生命之美。金顿·沃德深深地沉浸在这个世界中，感受着万物生长的力量和奇迹。

在云南的山谷里，金敦·沃德感受到了一种无法言喻的美。他身处群山环绕的幽静之地，被各种绚丽多彩的花朵所环绕。杜鹃花鲜艳夺目，茶花飘逸优雅，报春花娇媚动人，鸢尾花优雅高贵，每一朵花都仿佛在向他述说着它们的故事。

金敦·沃德深深地陶醉在这片美丽的花海中，他几乎忘记了自己受伤的痛楚。他沿着山谷漫步，一路上欣赏着每一朵花的细腻之美，被它们散发出来的清新芬芳所感染。在这一刻，他感觉自己仿佛与自然融为一体，内心感受到了一种深深的宁静与平和。

在这片植物大世界中，金敦·沃德找到了灵感的源泉。他用心记录每一种植物的特点和生长环境，用手捧起一株花，用眼睛凝视着它的花瓣、叶片和根系。他仿佛变成了一位植物的倾听者，聆听它们绽放的声音，感受它们生长的力量。

在白马雪山，金敦·沃德再一次陶醉在中国绝美的植物大世界。

站在巍峨的山巅上，眼前是一片绚丽的杜鹃花海。五彩缤纷的花朵在山风的吹拂下摇曳生姿，散发着迷人的芬芳。每一朵杜鹃花都如同一位高贵的女士，端庄典雅，令人心驰神往。

身处杜鹃花的故乡，仿佛置身于一个梦幻般的世界，心灵在这片花海中得到净化。海拔3800米到4000米的高山上，金黄色的杜鹃花开得正盛，阳光洒在花海上，使其更加绚烂夺目。

凉爽的山风拂过脸庞，带来杜鹃花的清新芳香，仿佛是大自然对金敦·沃德最温柔的拥抱。这片杜鹃花海是大自然赐予人类的经典礼物，让人沉醉其中，忘却尘世的烦恼。

1924年3月23日，金敦·沃德由乃堆拉山口进入西藏。极目远望，白雪覆盖的喜马拉雅山一直绵延到遥远的地平线上，呼啸的狂风夹杂着砂砾，掠过万重群山。

4月21日，金敦·沃德到了雅鲁藏布江边的扎唐，随后他沿江而下，抵达拉东。这一区域植物种类特别丰富，蕴藏着大量的高山、亚高山植物，素有"世界花园之母"之称，驰名中外。它是杜鹃、报春、龙胆等名花的分布中心和分化中心，它们花色鲜艳夺目，形成五光十色的花海世界。

夜里，金敦·沃德在日记中写道："弯曲的叶子上伸展出一丛花茎，像怒海上纤细的桅杆，这就是它吸引人的地方。盛开在河边沼泽地上的一簇簇巨伞钟报春几乎将小溪阻断，花朵是如此的稠密，当它们从花蓬中跌落时，就好像一丛黄色星星射向地面，煞是壮观。"

《蓝花绿绒蒿的原乡》是金敦·沃德最重要的中国植物志书，他为此倾注了毕生的心血和情感。

在后记中，他无限深情地写道："我深信这是亚洲最迷人的地区之一；多姿多彩的高山花卉，数之不尽的野生动物，异域风情的民族部落，以及复杂的地理构造。只要能在这里游荡几年，我就心满意足了：攀登山峰，踏着厚厚的积雪，和暴风雨作战，徜徉于温暖幽深的峡谷里，眼前是奔腾怒吼的河流，最重要的是还可以结交勤劳勇敢的部落人。这一切让我感到血液在血管里流动，心情安详平静，肌肉结实紧绷。"

1923年，金敦·沃德的《神秘的滇藏河流》问世，这是他对滇藏江河考察的结晶。在书中，金敦·沃德指出一个重要的考察结果："事实上，湄公河—萨尔温江分水岭是一系列很重要的屏障，它不仅将印度—马来西亚主要的植物群和中国（东亚）的主要植物群分隔开来，而且也是动物学上东方区和古北区的交界处。"

同年，金敦·沃德又写出了《蓝罂粟的故乡》一书，回忆他三次进入横断山区采集绿绒蒿的故事。

金敦·沃德说："我并没有什么特别的野心，非要到达这些原始的山峰不可。然而，当我在日落时的粉红色霞光中凝视着它们，当闪电起伏着划过天空，伸入山谷，落到地平线以下的行星大放光芒，我有时就想，这些山峰的未来征服者是否会想起我，沿着我的路线，找到我的营地……"

1956年，71岁的金敦·沃德壮怀不已，再次登上了缅甸的维多利亚高山。

站在山巅，金敦·沃德感受到了岁月的流逝，但他的内心依然燃烧着那份对自然的热情。他闭上眼睛，让山风拂过脸庞，让阳光温暖着身体，让这一刻永远停驻在心间。

或许，对金敦·沃德来说，终有一天他会与这美丽的山水融为一体，但他将永远活在那些被他带回的植物中，永远与大自然相伴。

3．秉志——中国动物学一代宗师

这是一段不能被人为湮没的历史。

1948年9月23日，国立中央研究院成立二十周年纪念会暨第一次院士会议，在南京鸡鸣寺国立中央研究院总办事处大楼隆重召开，81位各界知名学者当选为中央研究院院士。

这是中国历史上的首届院士。其中，数理组院士28人，生物组院士25人，人文组院士28人。

李四光、竺可桢、陈省身、华罗庚、茅以升、童第周、苏步青、陈寅恪、冯友兰、赵元任、梁思成、郭沫若、胡适、傅斯年……

随便哪一个，都是当时中国学术界最出色的才俊。

当时曾有这样的评价："生物组接近世界最高水平，数理组与世界顶尖水平不相上下，人文组几乎达到世界一流水平。"

这样的评价并不为过，生物组院士之所以能够接近世界最高水平，与中国一代生物学宗师、中国近代生物学主要奠基人，素有"现代生物学之父"之称的秉志先生密不可分。

秉志常对学生说："一个学生在美国那种环境下取得研究成果是可以预期的，但更可贵的是在国外受了训练之后，回到中国来，在我们这种比较困难的环境下做出成绩来，使中国的科学向前推进一步。"

他说到做到，一生撰写论文60余篇、专著两部，在形态学、生理学、昆虫学、古生物学等领域成就卓著。

1948年，首届中央研究院6名动物学科院士中，除他自己以外，王家楫、伍献文两人是他手把手教出来的学生。

令人欣喜的是，新中国成立后，这些中华民族的优秀分子，有60多人留在了大陆，成为新中国科学大厦的最强支柱。

秉志（1886—1965），字农山，原名翟秉志，河南开封人，祖父、父亲都以教书为生，秉志自幼继承家训，潜心文史。

1902年，已经是秀才的秉志考入刚刚成立的河南大学堂。

这是清政府实施"庚子新政"的产物，在当时颁布的《兴学诏》中，要求各省省城设大学堂，各州、府设中学堂，各县设小学堂。秉志在河南大学堂潜心学习英文、经学、数学、历史、地理等学科。

1903年，也就是光绪二十九年，天干地支的传统纪年法作癸卯，河南科举史上的最后一次乡试——癸卯恩科乡试在开封举行，共录举人81人，秉志中举，成为晚清最后一批举人。

秉志在"京师大学堂"读书期间，晚清变革最为频繁和激烈，新思想和新思潮如影随形，特别是英国生物学家达尔文的进化论，强烈地震撼了秉志的心灵。他认为达尔文的理论学说打破了宗教迷信，有利于富国强民，遂决定赴美留学。

1909年7月，秉志在北京参加了第一届"庚子赔款"留美官费生的考试。

这是中国教育史上非常重要的一次考试，也是在废除科举考试制度之后第一次全国性公开考试，堪称是中国教育史上最难、最严的一次考试，630名考生中仅录取47名学生，24岁的秉志成为里面年龄最大的一位。

1909年10月12日，汽笛长鸣，海浪翻飞，江海关码头上的人群鼎沸簇拥，泣泪告别。

秉志，中国近现代生物学主要的奠基者

秉志和梅贻琦、金邦正、胡刚复、张准、王琎、徐佩璜等47名穿着定制洋服的青年才俊走上"中国号"邮轮。他们目光坚定，心怀梦想，踏上了通往美国的征程。

横渡太平洋，穿越北美洲，他们是东方的新鲜力量，带着教育与科学的使命而来。他们怀揣对未来的向往，对知识的渴望，对世界的好奇，劈波斩浪。

在旧金山的街头，他们看到了西方文明的璀璨灯火，感受到了自由与平等的理念。他们学习西方的文化，汲取着知识的营养，努力奋斗着，为了将来的中华大地，为了时代的进步，为了自己的梦想。

这群东方的青年才俊，他们的西方梦，将是一部承载着东方希望与信念的壮丽史诗。他们将用知识的力量改变世界，用智慧的光芒照亮人类的前行之路。他们是东西方文化的桥梁，是时代的先锋，是20世纪的明日英才。

100多年的沧桑岁月，早已经证明了，这批当年远涉重洋的天才少年，给未来的中国，在科学、文化等各个领域带来的深远影响，波及整个世纪，直到今天。

1910年，秉志在康奈尔大学农学院学习，在著名昆虫学家J.G.倪达姆教授指导下学习和研究昆虫学，先后获得学士学位和哲学博士学位，秉志也是第一位获得康奈尔大学博士学位的中国学者。

赵元任、胡明复、秉志、杨铨（杏佛）、任鸿隽等9位在美国康奈尔大学的中国留学生决意成立科学社，刊行《科学》杂志。

《科学》，一部改变中国学术界风气的杂志，由一群在美国康奈尔大学的留学生于1915年1月在上海创办。他们意在推动中国科学研究的发展，探讨和传播前沿科学知识。这本杂志不仅在排版上进行了创新，改纵排为横排，更在内容上引领了新风潮。《科学》月刊的问世，为中国的学术界注入了活力，使得科学研究获得更多的关注和重视。

1918年，中国科学社转回国内，先后在上海大同大学和南京东南大学设立办事处，继续发扬着科学精神。

这个社会团体的成立，不仅在学术领域取得了长足的进步，也在文化交流与合作上发挥了积极作用。《科学》杂志的创办者们，不仅是科学家，更是文化使者，是连接中西学术界的桥梁。

《科学》杂志的创办，以及中国科学社的建立，为中国近代科学事业的发展奠定了坚实的基础，成为中国文化史上一道绚丽的风景线。

1920年冬，秉志先生回到阔别十一载的祖国。

他婉拒了胡适邀他去北京大学任教的邀请："如失约则不义，且舍小就大，亦非君子所取也。"

秉志与中国科学社同仁汇聚南京，这是他的心血所在。当时，南京聚集了一大批中国科学社的社员，因此，在南京的社员们便倡议成立了中国科学社南京支社，南京也成为事实上的社务中心。

1922年，在中国科学社的委托下，胡先骕与秉志、钱崇澍等在南京共同筹建中国科学社生物研究所。胡先骕任植物部主任，主要领导并参加华东和长江流域各省的植物采集和调查研究工作。所内分设动物部和植物部，首任所长秉志先生亲自出任动物部主任，胡先骕任植物部主任，后由钱崇澍继任。

1925 年，秉志赴厦门大学任教。1927 年，国民政府定都南京之后，教育部以国立东南大学为基础，开始组建国立第四中山大学（后更名为国立中央大学），秉志又被召回南京，出任国立中央大学生物系教授和系主任。

秉志不仅在大学里任教，还在研究所里供职，肩负教学和科研两副重担，经常往返于宁、京、沪等地，为中国生物学界培养了大批人才。在他的倡导和推动下，生物学许多分支学科中各领域都取得了突破性进展和成果，他自己也在脊椎动物形态学、神经生理学、动物学分类、古生物学等不同领域进行了大量的开拓性研究，发表了许多学术论文，在国内外产生了非常重要的影响。

在论及生物学被关注因而得到迅速发展的原因时，秉志认为："欧美学术机关，常派遣采集团来中国采集动植物，彼等不惜糜耗巨款，万里跋涉，不辞辛劳，以从事于此，殊足使闻见之者，作深长思也。国外之生物学家，既自吾国撷珍奇以去，附加研讨，当有重要文献，表禄于世。国人于是不得不自图奋起，欲以己力，耕耘己田，以获良果。"

众多生物研究所的建立，不但吸引了诸多生物学者的加盟，而且吸引许多对生物学感兴趣的青年学子加盟，秉志和胡先骕等人对其加以引导和训练，择优送往国外深造。

1934 年 8 月 23 日，秉志与中国动物学界 30 余人在江西庐山发起成立了中国动物学会，秉志当选中国动物学会第一届会长，此后又在第二届出任理事，1956 年至 1964 年出任第九届理事长，1964 年至 1965 年出任第十届理事长。

1937 年 8 月 13 日，日军进攻上海，突如其来的战火，夷平了江南的繁华，让人们被迫踏上了漫漫逃亡之路。

乱世中，漫天的花瓣在随风飘零，悲愤的歌声在山谷回荡。南逃的路上，面对万里长征的艰难与困苦，钱崇澍挺身而出，解倒悬之苦，救累卵之危。无论烽火连天，无论血雨腥风，他始终坚守着那份对祖国的挚爱，为了守护科学研究的种子，为了中华民族的复兴，他带领着科学家们蜿蜒向大西南，最终在重庆的北碚区找到了庇护之所。

逃亡，是一场无声的悲歌，也是一曲壮丽的华章。在那一段难忘的历史中，人们用生命和文化的力量，书写出了中华民族的宏伟篇章。希望的种子，在那漫漫南逃之路上生根发芽，终将开出绚丽的花朵。

1938年1月12日，日军突然包围了南京生物所，一把大火将生物所烧毁，价值连城的标本、仪器、书籍荡然无存。南京生物所被毁后，秉志不得不只身来沪，与留守上海的中国科学社社员一起，艰难地维持着中国科学社的运营。

面对日军的嚣张气焰，地处法租界的中国科学社没有停止运转，《科学》和《科学画报》杂志正常出版，明复图书馆依然开放。

1939年，在上海的社友发展到136人之多。这些人主要以上海交通大学、大同大学和由苏州迁沪的东吴大学教授为主体，他们中除了秉志、胡敦复、刘咸、孙洪芬、杨孝述等核心成员外，还有查谦、朱公瑾、范会国、杨肇燫、裘维裕、蔡宾牟、周铭等中国近代科学发展史上的科学家。

秉志是中国科学社在上海的灵魂与精神领袖。

1939年，因内迁各机构逐渐安定，科研工作日渐步入正轨，《科学》稿件大为充裕，"足征我国科学界同仁之努力"，"以此例彼，颇足反映吾国前途之光明"。

太平洋战争爆发后，上海"孤岛"不存。早已经被日军列入"黑名单"的中国科学社，自然不能幸免。如火炬一样燃烧光芒的《科学》杂志在完成了第25卷后，被迫宣告停刊。

日军虽然摧毁了秉志呕心沥血建立的生物所，但不能摧毁他继续进行科学研究的信心与雄心，更不能磨灭他作为科学家探索自然奥秘的精神与意志。

在秉志的努力下，在抗战最困难的时候，明复图书馆仍然能得到国际学术界的关怀，许多机构捐赠书刊，为中国学术界提供了国际学术界的前沿信息。

山河破碎，大敌当前，秉志等中国科学社同仁心怀国家，虽不能亲征沙场，却用笔墨宣扬科学救国之道。他们是书生报国，以笔撰文，挥动着抗战救国的大旗。

秉志深谙科学对国家发展的重要性，他早已呼吁科学救国，指出科学是振兴民族、建设国家的关键。他相信发展科学将带给人们知识、技能及生活质量的提高，使民族得到重生。科学之光，会将衰老之民族变为蓬勃发展的国家。在这个关键时刻，他们以笔为剑，用文字传播着科学的力量，为国家的未来发展贡献着自己的力量。

他们或讴歌战士的英勇，或颂扬科学的力量，或感念祖国的恩情。他们的笔墨化作铿锵的战歌，激励着更多的人投身抗战救国的事业，为民族的存亡而战斗。他们用文字书写着希望的篇章，为山河碎裂的国土带来了一丝光明，为抗战的胜利献上了最诚挚的祝福。

在那个战火纷飞的年代，科学家的身影在街头巷尾闪耀，他们用坚定的信念，战胜了强大的敌人，捍卫了民族的尊严。他们如同燃烧的烛光，照亮着整个国家，照亮着每一个人的心灵。

1949 年，国民党蒋介石集团仓皇撤逃台湾。

离开大陆时，蒋介石不仅将囤积的 90 吨左右的黄金、战略物资及各种珍宝都打包带走，还企图带走一批社会名流，不愿走的就强行劫持。当然，像秉志这样的生物学泰斗级人物，蒋介石还为他准备好了去台湾的机票，但是遭到了秉志的断然拒绝。

长夜漫漫，期盼天明。

秉志坚持留在上海，迎接解放。这些都充分体现了一位科学家不畏强暴、鄙视反动政权和威武不屈的崇高精神。

1949 年 5 月 27 日，上海国民党守城部队投降，上海宣告解放。

新中国成立前后，秉志受到党和政府的尊重和关怀。

1949 年秉志受中共中央的邀请，以全国政协特邀代表身份出席全国政协第一届全体会议共商国是，并应邀参加了盛大的开国大典；后又当选第一、二、三届全国人大代表。

1949 年 9 月 21 日，中国人民政治协商会议第一届全体会议在中南海怀仁堂隆重开幕。各民主党派、人民团体、无党派民主人士和特邀代表共 662 人参加会议。秉志作为特邀代表参加了这一改写中国历史的盛会。

开幕式上，毛主席用浓重的湖南口音庄严宣告：我们有一个共同的感觉，这就是我们的工作将写在人类的历史上，它将表明，占人类总数四分之一的中国人从此站立起来了。

年近古稀的秉志先生流下了激动的热泪。

1949 年 11 月 1 日，中国科学院在北京成立，它是中国最高学术领导机构的综合研究中心。首任院长郭沫若，副院长李四光、陶孟和、竺可桢、陈伯达等。

中国科学院下设计划局、编译局、联络局等单位，并将原华北大学研究部、水生生物调查所，前北平研究院各研究所，前中央研究院等各研究所，前中国地理研究所等单位，进行调整、合并为地理学、物理学、化学、生物学、哲学、社会学等6个学科15个研究单位；随后又有数学、心理、地理等研究所成立。每个研究单位下设若干研究所、室，主要从事自然科学、哲学、社会科学的基础科学、新兴技术、国民经济和国防建设等重大的综合性课题的研究。

考虑到秉志在中国生物学界的鼻祖地位，拟请秉志出任中国科学院副院长，但是被秉志谢绝。

周恩来知道后，亲自出面与之谈话，希望秉志留在北京，出任副院长一职。秉志表示，自己年事已高，还是踏踏实实地做点研究更好。他没有北上京城任职，而是继续留在复旦大学当一名普通教授。

1950年2月，中国科学院水生生物研究所在上海成立，由秉志的学生王家楫和伍献文出任正副所长，秉志则在研究所内担任研究员，在中国科学院水生生物研究所于1954年迁往武汉时，已是古稀之年的秉志也没有跟随去武汉工作。

1952年，血吸虫病在安徽一带大爆发，愈演愈烈，引起社会恐慌。地方干部对此束手无策，秉志先生看在眼里，急在心里。

在古老的中国大地上，这种病症已经流行了2000多年，深深根植在人们的记忆深处。它如同一条阴影，悄然笼罩在每个生命的周围。当感染之时，人体皮肤上渗出的汗水，仿佛是那些血吸虫在娇嫩皮肤上留下的痕迹，让人感到不寒而栗。

那些受害者，常常因为被这些寄生虫吞噬而患上腹部肿胀的"大肚子"病，痛苦不堪。他们的眼中充满了无奈和痛苦，仿佛在倾诉着那种难以启齿的痛苦经历。在大地上无声无息地蔓延开的这场疫病，如同一幅血淋淋的画卷，让人们无法直视。

1953年8月15日，秉志忧心忡忡，不得已提笔给毛主席写信：

润之主席大鉴：

兹为国内患血吸虫者请命，谨将敝著刍议二篇献于左右，志之所以为此，实为良心所驱使，数年来曾屡以此议向卫生当局及医药卫生专家言之，大都不以捕螺为可行而漠然置之。今医药治疗等工作虽力图进展，而此虫之蔓延反日广，患病者乃日见其多，是焦头烂额仍无所济，而曲突徙薪终被忽视。故不得已，以此上渎清听，并以此议分呈于朱总司令、总理及敝省吴芝圃主席，望赐考虑施行，人民幸甚。

1953年8月15日

秉志

秉志的建议，受到毛泽东主席和周恩来总理的高度重视，毛泽东主席立即向中央血防领导小组批转了秉志的建议。

受周恩来总理的委托，邓颖超以同乡身份邀请秉志去中南海西华厅寓所做客，向他征求对科技规划和知识分子政策的意见。

1955年5月，秉志与他的学生王家楫、伍献文一起当选为中国科学院学部委员，当时中国水生生物研究所只有他们师生3人当选学部委员。

1957年5月，动物研究室扩建为中国科学院动物研究所，秉志继续担任研究员，而这个研究所的前身正是他当年在北京创立的"静生生物调查所"。

秉志的最后十年，就是在动物研究所度过的。这一时期，秉志开始对鲤鱼进行系统而深入的研究，因为鲤鱼是中国淡水四大家鱼之一，分布区域非常广泛，具有很大的经济价值，与普通百姓生活和渔业生产有密切关系，而鲤鱼作为一种模式的硬骨鱼，是科研和教学的重要材料。他最终完成了《鲤鱼解剖》和《鲤鱼组织》两部学术著作。

1965年2月21日，秉志先生在北京去世，享年80岁，一代动物学宗师，与世长辞。

2006年10月18日，中国科学院举行了"秉志先生诞辰120周年纪念大会"。国家自然科学基金委员会主任、中国动物学会理事长陈宜瑜，国家自然科学基金委员会副主任朱作言等领导出席了会议。

陈宜瑜在会上发表了热情洋溢的致辞。他在致辞中强调，秉志先生在我国早期动物学研究中所起到的作用非常重要，是名副其实的奠基人。中国早期的动物学学者，几乎都是出自秉志先生门下，诚不愧为中国动物学界的开山大师。他还是优秀的教育家，秉志先生一生桃李满天下，其中杰出者有伍献文、王家楫、杨惟义、寿振黄等。陈宜瑜说，他作为伍献文先生的学生，属再传弟子，但余生也晚，未曾亲炙教益，只是从先师那里，获悉秉志先生一生不仅功业至伟，且道德纯粹，忠信笃敬，令人极为钦佩。

2008年9月，中国科学院动物研究所开始举办"秉志论坛"，搭建了与世界科学家零距离接触的平台，以纪念这位杰出的生物科学专家。

每年的秉志论坛，都是一场盛大的科学盛宴。来自世界各地的科学家齐聚一堂，分享彼此的研究成果，探讨未来的科学方向。他们的身影在这里交错，思想在这里碰撞，激发出无限的智慧火花。

在这里，无数年轻科学家的激情和向往被唤醒，他们渴望有一天能够成为像秉志这样的一代宗师，为祖国的科学事业贡献自己的力量。他们将秉志视为楷模，时刻激励着自己不断进取，不忘初心。

秉志，是中国动物学的一面旗帜，是科学殿堂里闪烁的明星。他用执着且坚韧的精神，为中国科学事业做出了卓越的贡献。他的名字被载入史册，永远铭刻在人们心中。

此刻，请允许我们，以祖国的名义，以人民的名义，向秉志先生致敬！

这就是秉志，中国动物学的一代宗师！

4．胡先骕——倡导建设国家植物园第一人

天才的命运容易制造悲剧，因为他永远都不会向世俗低头。

中国倡导建设国家植物园的第一人——胡先骕就是这样一位傲骨铮铮的科学大师。

他的狂，他的傲，和他一泻千里的耀眼才华，横贯中西，威震寰宇。

清光绪二十年（1894）五月二十四日，胡先骕生于江西省南昌市的一个官宦家庭，祖先属于江西华林胡氏。中日"甲午战争"就发生在这一年。这场战争最后以中国战败，割地赔款而结束。此战败北，举国上下莫不痛恨国事日非，谋求改革的呼声一浪高过一浪。

胡先骕就是在这样压抑的氛围中呱呱坠地，而后又一天天长大的。

道光十五年（1835），胡先骕的曾祖父胡家玉中举；道光二十一年（1841）中辛丑一甲进士第三名，道光皇帝钦点探花，胡家玉被授翰林院编修。同治三年（1864），胡家玉被派到贵州省任提督学政，主持贵州院试。

胡先骕的父亲胡承弼，官至内阁中书，虽职位不高，但位置重要，任职于天子脚下，万人之上，一般人望尘莫及。胡先骕的母亲陈彩芝，大家闺秀，通经史，谙诗词，在家操持家务，对子女管教甚严。胡先骕自幼受到母亲的良好教养，母亲对他的成长影响很大。

胡先骕的"先"字是家谱中的辈分，"骕"为古良马之意。以"步曾"为字，就是他的父亲希望他跟随曾祖父的步伐，成为朝廷大臣，像曾祖父一样光耀门庭。

胡先骕晚年在编辑《忏庵丛话》时，对其启蒙老师感恩有加，他说：平生最应感谢的老师，是给他启蒙的熊子干先生，深厚的传统文化底蕴，都是小时候打下的基础，所以终生难忘。

1909年胡先骕负笈北京，入京师大学堂预科学习。京师大学堂是今天北京大学的前身，是中国近代最早的大学。

在京三年，胡先骕的思想日渐保守，尤其在晋见慈禧太后之后。胡先骕在1952年的思想改造运动时的剖析材料中写道："我因出身于官僚地主家庭，封建主义成为我的基本思想，无论如何发展，这是万变不离其宗的。我幼时便有为满清皇朝尽忠的心。"

不久辛亥革命爆发，京师大学堂停办，还没有毕业的胡先骕，只好返归故里。

在家中，母亲告诉他，像他这样家庭出身的人，是不可以参加革命的。乱世之中，可以去学中医，既能维持生活，也能守身如玉，做清朝的遗民。

胡先骕按照母亲说的去做了。也许这就是天意，中医不仅让胡先骕远离时局动荡的旋涡，还让他迷上了旷野百草，尤其是李自珍的《本草纲目》，影响了胡先骕的一生。

"原本山川，极命草木。"此句典出西汉辞赋家枚乘的《七发》，虽然只有短短几个字，却蕴含了深刻的哲理和人生智慧。山川之精髓和草木之本源，意味着一切生命都源自大自然，山川之间承载着丰富的生命力，而草木之中蕴含着无穷的生命能量。

胡先骕在昆明创建植物研究所时选择了这句话作为奠基铭，正是希望通过研究植物，探寻大自然的奥秘，感受生命的力量。

1912年，李烈钧任江西省都督，时任文事局局长熊育锡倡议，由都督府选派学生留洋，这项建议得到李烈钧的大力赞同和支持。8月28日，江西省政务会议通过此提案，决定拨公款10万元，选送102人，分赴欧、美、日留学。9月2日，由省文事局主持，在南昌开设考场，各府区、县优秀青年汇集南昌，进行考试。

胡先骕参加其中赴美留学考试，有16个录取名额，胡先骕以第5名的成绩被录取。

胡先骕踏上了远航的征程，穿越千山万水，来到了美国的旧金山。他怀揣着一颗雄心壮志，希望能在这片陌生的土地上闯出一片新天地。

胡先骕终于抵达了加州大学，开始了他的农学之旅，后又转向植物学。他怀着对自然的热爱和对知识的渴望，努力学习探索，希望能为人类的未来做出一点儿贡献。

胡先骕并非只是为了学到一门谋生的手艺，而是立志成为人中俊杰，成为出类拔萃的人物。他的先人曾是那样的伟大，留下了种种传说和英雄事迹，使得胡先骕心中燃起了一股奋发向上的火焰。

胡先骕的故事，如同一部充满荣耀和奋斗的史诗，在这片陌生的土地上绽放出独特的光彩。他的勇气和才华将会在未来成为人们口中的传奇，永远流传下去。

"原本山川，极命草木。"
这句话影响了胡先骕一生

胡先骕在加州大学的学习生活中，感受到了现代化与传统文化之间的冲突和融合。他以植物学为志向，选择从事实业以求国家富强。在这个自由激进的环境中，他看到了美国现代文化的独特魅力，同时也意识到自己作为传统文化的传承者，需要更加努力去探索与传统文化之间的平衡点。

他在给胡适的一封信中，阐述了自己的志向和选择植物学的原因："别无旋乾转坤之力，则以有从事实业，以求国家富强之方。此所以未敢言治国平天下之道，而唯农林山泽之学是讲也。"

在传统文化与现代文化的交汇点，胡先骕找到了自己的使命和价值。

加州大学的自由氛围和现代文化的浸润，给胡先骕的思想和人生带来了新的启发和挑战。他在这里看到了不同文化之间的碰撞和融合，觉得自己有责任去承担起传统文化的传承和创新。因此，他更加坚定地选择了植物学作为自己的发展方向，在这个领域中不断探索和进取，为国家的繁荣和富强贡献自己的一份力量。

国难频仍，军阀混战，黎民深受战乱之苦，胡先骕每愁兼济天下之志难成，空怀忧国忧民之心，惟形诸歌咏，以抒愤懑：

髫年负奇气，睥睨无比伦。颇思任天下，衽席置吾民。

二十不得志，翻然逃海滨。乞得种树术，将以疗国贫。

千山茂楩梓，万里除荆棒。岂惟裕财用，治化从可臻。

乃今事攘夺，吾谋非所珍。囊书意恻恻，归卧庐山春。

1916年11月，胡先骕在美国学习期满，以优秀成绩获农学学士学位。

1917年，经人介绍，胡先骕受聘为江西省庐山森林局副局长。在此期间，他对庐山植物资源进行了较全面的考察。

1918年7月，胡先骕得到南京高等师范学校农科主任邹秉文的聘请，任该校农业专修科教授。至此，胡先骕真正开始了自己的植物学教育与科研事业。

1922年，南京高等师范学校扩升为东南大学，农科中学有专长的教授已大有人在，农科也划分为农艺系、畜牧系、园艺系、蚕桑系、生物系和病虫害系等6个系。其中，生物系是在胡先骕、秉志的筹划下组建而成，这是中国大学里的第一个生物系，胡先骕被聘为主任。

生物系的著名教授有秉志、陈焕镛、陈桢、张景钺、张巨伯等，其中秉志、陈焕镛都与胡先骕过从甚密，他们都是中国科学社的社员，研究领域极为相近，最为重要的是，他们都以中国生物学的发展为己任。相同的志趣，让他们结成了终生的友谊。

胡先骕是继钟观光之后进行大规模野外采集和调查的第二位国内学者，于1921—1922年相继写出《浙江植物名录》《江西植物名录》和《江西、浙江植物标本鉴定名表》，并陆续在《科学》杂志上发表，在国内引起广泛关注。

1922年7月20日至24日，中国科学社第七次年会在南通通崇海泰总商会召开。梁启超、杨杏佛、竺可桢、丁文江、陶行知和张謇等社会贤达悉数参加。年会上，秉志提出了要积极开展"研究学术"计划，并选择机会成立生物研究所。这一提议，得到中国科学社社长任鸿隽的支持，他责成秉志、胡先骕、杨杏佛三人筹办。

1922年8月18日，中国科学社生物研究所在南京成贤街文德里正式成立，秉志任所长，下设动物学部与植物学部，分别由秉志与胡先骕主管。南京生物研究所的成立，为中国的生物研究打开了一扇窗口，一大批学者慕名而来，氛围热烈而浓厚。

1923年夏，胡先骕第二次留学美国，在哈佛大学攻读植物分类学博士学位。此前陈焕镛在此学习，回国之后，二人联系甚密。

1928年春，中华教育文化基金董事会与尚志学会达成共识，共同在北京组建生物调查所，并以范源濂先生的字"静生"命名，以作永久纪念。

1928年10月1日，在远离喧嚣的北平西城石附马大街83号，范先生的私宅里，一个神秘而充满活力的机构诞生了——静生生物调查所。

这个小小的所在，却孕育了无限的可能。首任所长秉志和继任者胡先骕，他们身负研究全国动植物分类的重任，旨在增进国民生物学知识的探索，在农、林、医、工领域推进实验生物学的应用。他们怀着对大自然的敬畏和热爱，将全部奉献给了这个神秘而神奇的领域。

1930年的国际植物学会议上，胡先骕、陈焕镛、史德蔚被选为国际植物命名法规委员会委员，这是他们的成就，更是静生所的光荣。在这个国际的舞台上，他们展示了中国科学家的风采，为祖国争得了荣誉。

在这个小小的空间里，却收纳了大自然的无尽珍宝。在这里，动植物标本被细心保存、呵护，记录着自然界的各种秘密和奥秘，为科学家们打开了解大自然的新视角。

静生生物调查所，如同一颗生机勃勃的种子，科学家们如同园丁般耕耘，知识如同泉水般源源不断流淌，为我们打开了认识自然、尊重自然的新大门。在这个神秘而又美妙的地方，科学与人文相辅相成，共同谱写着一曲关于大自然奇妙之音的赞歌。

1942年，胡先骕在撰文纪念中国科学社生物研究所成立二十周年时说："既无经费，复少设备，缔造艰难，非言可喻。然奋斗数载，率见光明。……二十年中共同奋斗，为全国生物学研究之先导，卒能蜚声海外，为邦争光。今日事业之发皇，皆发轫于当年二三人擘画，回首前尘，恍如梦寐，不禁为之怃然而叹，欣然而喜也。"

秉志与胡先骕都是留美博士回国，熟悉实验以及理论生物学的价值，他们高瞻远瞩，一致认为中国的生物学发展应该优先从分类学（物种调查）进行突破。

静生所研究中国物种，既使生物学中国化，又贡献于中国，正是这种社会责任与科学视野充分结合的高度，使得静生所的战略得到了中基会的支持。

两位科学巨匠的战略眼光，使静生所的年轻学者能够迅速进入大片未开垦的学术处女地，开疆拓土。

在人才稀缺的情况下，静生所招收了一批本科水平的研究员。正是这批年轻人，后来成为中国生物学的中流砥柱。

唐燿就是受邀来到静生所的研究员之一，他满怀憧憬和期待，不以工资的多寡为意，怀着对植物学的热爱和对胡先骕的尊敬投入全部的心血和精力，专注于研究木材的特性和用途。他经常漫步在树林中，钻研木材的形态和纹理，对每一棵树都充满了好奇和敬畏。

国家公园

唐燿在胡先骕的悉心指导下，不断地学习、探索，提高自己的专业水平，逐渐成为一名优秀的木材学家。他在科研项目中取得了令人瞩目的成就，为国家的工业发展和民生福祉做出了重要贡献。他的研究成果被广泛应用于木材加工、建筑材料等领域，受到了同行和社会的高度赞誉。

唐燿回忆道：我到北平以后，胡先生告诉我，木材研究在科学意义和经济价值上都有很大前景。他借给我一本美国耶鲁大学雷高德教授1918年所著的参考资料，嘱咐我好好准备。

这样，唐燿找到了努力方向。

1936年，唐燿出版了《中国木材学》，在中国开辟了一个新的学科，这时唐燿年仅31岁。1938年，他获得耶鲁大学博士学位，旋即回到处于抗日战争时期的中国。唐燿回国后，胡先骕并没有把他留在身边，而是派他去主持中央工业研究所木材试验馆，开创了一片新天地。

唐燿终生研究木材学，为中国的公路铁路军事等的木材利用做出了巨大贡献。

蔡希陶更是静生所走出的一位传奇人物。

蔡希陶进入静生所时连大学文凭都没有，只担任低级助理。

在胡先骕的指引下，他踏上了云南的热土，开始了长达20年的植物采集之旅。风雨兼程，千山万水，他穿越茫茫大地，寻找植物的足迹，探寻生命的奥秘。

云南，这片神秘而多姿多彩的土地，承载着无数珍贵的植物资源。蔡希陶的研究成果如同一本珍贵的百科全书，为云南的植物学发展注入了新的活力与动力。

他创立的云南农林植物研究所，成为探索植物奥秘的殿堂，吸引着无数学者和学生前来潜心研究。

1946年，蔡希陶在云南做烟草育种实验，他试种了42个国家和地区的烟草品种，后来发现土耳其品种最适合在云南种植，最终将其驯化为云南烟草。

在蔡希陶的努力下，云南的烟草产业蒸蒸日上，成为当地的支柱产业之一。他的研究成果为当地经济的发展做出了重要的贡献，也让更多人认识到植物学的重要性与价值。

蔡希陶，这位默默无闻的植物学家，如同一棵参天大树，为云南的植物学事业埋下了坚实的根基。他的一生，如同一首不朽的诗歌，永远流传在云南大地上，为后人留下了宝贵的财富与智慧。

1933年8月19日，星期六，缙云山白云缭绕，似雾非雾，似烟非烟，磅礴郁积，气象万千。

这天上午，缙云山滑竿如织，首尾相连，蜿蜒若蛇，直到山顶。来自全国各地的100余位科学家，云集北碚温泉公园，参加中国科学社第18次年会。第二天，中国植物学会成立大会隆重举行，这是由胡先骕、李继侗、张景钺、钱崇澍、陈焕镛、陈嵘等19名植物学家共同发起的。钱崇澍当选为第一任会长，陈焕镛为副会长，胡先骕被选为《中国植物学杂志》（季刊）总编辑。

1934年8月21日，第一届中国植物学会年会在庐山莲花谷召开，胡先骕当选为第二任会长。

在年会上，胡先骕提出编纂《中国植物志》。

窗外夕阳斜照，将一抹金色洒在书桌上，映衬出学者沧桑的面容。

他想起了美国古植物学家钱耐，想起了他们一起攻坚克难，证明了1200万年前山东的植物与现代长江流域的植物有着相似性。这项研究不仅为我国古植物学的发展奠定了基础，也开辟了新的研究领域。

胡先骕闭上双眼，仿佛回到了当年实地调查时，他们共同探寻着那些古老植物的足迹。他们的研究成果被记录在《中国古生物志》中，详细叙述着"中国山东中新世植物群"的发现过程和结果，为后人留下了宝贵的研究资料。

胡先骕是个工作狂，20年间，他先后出版了《中国森林树木图志》《中国植物图谱》《中国蕨类图谱》等专著，还培养了一大批造诣很深的植物学家，为进一步开展我国植物资源的调查研究和合理开发打下了很好的基础。

在那个年代，胡先骕是植物界的一颗璀璨之星。他学识渊博，才华横溢，并且将全部心思都投入植物分类学的研究中。

经过多年的勤奋钻研，1950年，胡先骕终于完成了一篇引人入胜的专论《被子植物分类的一个多元系统》，在这篇论文中，他革新了学界对被子植物亲缘关系的认知。

或许在别人看来，植物分类学只是一堆乏味的数字和植物名称的组合，然而对于胡先骕而言，这是一场挑战，是他与植物界的一次交锋，是他用智慧和毅力谱写的一曲华丽的乐章。

他如同一位艺术家，在这个大自然的画册中寻找着那些隐藏的关系，挑战着传统的植物分类观念，用自己独特的视角呈现着一个全新的被子植物的世界。

胡先骕的研究不仅仅是一项科学成就，更是一种艺术的创作，他将植物界的奥秘揭示于世人眼前，让人们从迷茫中找到了方向，从纷乱中看到了秩序，他的名字，也因此被镌刻在了植物分类学的史册上，永远流传下去。

这是中国植物分类学家首次创立的一个较新的被子植物分类系统，也是他在中华人民共和国成立后完成的第一篇学术专著。

那是一个寒冷的冬日，北京师范大学图书馆里灯火通明。一位身材高大的教授在书架前来回搜寻着资料，额头上的皱纹也挡不住他眼中的坚定之光。

胡先骕，这位任教于大学的学者，对自己的教学始终有一种无限的追求。然而，在翻阅着琳琅满目的教材时，他总觉得缺少了一种完美的中文本教材。于是，他决定自己动手，创立一个多元分类系统。他汲取中国本土的资料，编写了一本名为《种子植物分类学》的教材，取代了过去使用的英国植物学家的分类系统。

1952年，当美国发动细菌战的阴影笼罩下来，胡先骕挺身而出，积极参与了反对美国细菌战的研究工作。他不畏强权，坚定地站在了真理的一边。经过他的鉴定，美国侵略者所投下的病菌沾染的植物，来源于韩国，而非我国东北和朝鲜北部的植物。他的成绩卓著，因此荣获了第二届全国卫生会议模范奖状和奖章。

1956年8月，中国科学院和高等教育部联合在青岛召开了遗传学座谈会。会上，不同学派各抒己见，对几十年来世界上两个学派争论不休的理论问题进行了缜密的讨论。

从此，中国遗传学界一家独鸣的沉闷空气被冲散了。此前，胡先骕曾上书党中央，建议在高等学校恢复讲授摩尔根学说的理论。

1957年2月，在毛泽东同志召集的最高国务会议上，胡先骕应邀列席听取了毛主席《关于正确处理人民内部矛盾的问题》的初次报告。会上，毛主席说：谈家桢、胡先骕关于在大学恢复讲授摩尔根学说的建议，有利于学术上贯彻"双百"方针。当年，全国遗传学会议便决定在大学正式恢复开设摩尔根学说的遗传学课程和开展对这一理论的研究。

胡先骕是倡导建设国家植物园的第一人。

中国有帝王园林和文人庭院，欧洲有皇家花园和教会的药物园。这些都可以看作是现代植物园的雏形。

现代科学意义上的植物园，则是在现代植物学诞生之后，在传统园林中注入丰富的科学研究内容，而且要由植物学家主持建立起来。1841年，英国皇家植物园邱园聘请著名植物学家胡克担任园主任后，把该园发展建造为世界著名植物学研究机构，成为现代植物园的起点。

1929年，胡先骕前往香港植物园和当时亚洲最大的植物园——爪哇茂物植物园学习建园经验。1930年10月，胡先骕给静生所委员会提出在北平西郊的鹫峰，建立"西山植物园"的计划。

清晨，胡先骕站在鹫峰，俯瞰着远方的山峦和茂密的树林，心中充满了憧憬和渴望。他的梦想就在眼前，一个属于植物的乐园，一个让人们可以尽情享受自然美好的地方。

胡先骕闭上眼睛，感受着清风拂过脸庞的轻柔，听着远处鸟儿欢快的歌唱，他仿佛已经看到了"西山植物园"的模样，那里将会有各种珍稀植物、参天大树和锦簇花团，人们可以在这里畅游，忘却一切疲惫和忧虑。

然而，现实往往是残酷的，静生所的委员会否决了他的计划，认为他的梦想太过于奢华，太过于遥远。胡先骕心中一阵失望，但他并没有放弃，他知道自己的梦想必将实现，或许只是时间的问题。

于是，胡先骕决定继续努力，他将会找到另外的机会，实现自己建立植物园的梦想，让更多的人能够领略大自然的神奇和美丽。

1931年，胡先骕在写《庐山志》的时候，被庐山浓厚的人文和植物资源所吸引，从而萌生了建设庐山植物园的想法。1934年3月22日，在中基会第83次执行委员会和财政委员会联席会议上，通过了胡先骕在庐山设立森林植物园的建议案。

在胡先骕的积极推进下，创办植物园的各项工作进展顺利，唯独由江西省政府出资的2万元开办费迟迟不能到位。胡先骕非常着急，马上给江西省农业院院长董时进写信告急："如果开办费问题不解决，森林植物园等于画饼充饥，也许永远不会实现。"胡先骕接着说："如植物园事因此挫折而不克成立，弟真无面目见人。"胡先骕建设庐山植物园的决心之坚定、态度之诚恳，由此可见。

在庐山植物园的广袤土地上，翠绿的树木在微风中轻轻摇曳，花朵在阳光下闪烁着绚丽的色彩，仿佛一幅绝美的画卷展现在人们眼前。胡先骕站在植物园之中，望着那些被爱心浇灌的植物，心中涌起了无尽的感慨和憧憬。他心中默默地规划着将这片土地变成一个繁荣、美丽的地方，变成一个可以让人们放松心情、享受大自然的乐园。

于是，他提出了一个大胆的计划，希望能够通过募集基金的方式，将那些不适合种植的陡峭山坡土地划为永租，建起新的房屋，打造成一个新的村庄。这个计划不仅可以让植物园获得更多的基金支持，同时也能够促进庐山地区的繁荣发展。

然而，就在募集基金活动刚刚开展不久，抗日战争的硝烟就笼罩了整个国家，募集活动被迫中断。胡先骕心中感到无比遗憾和失望，但他也知道眼下国家面临着重大的危机，一切都要暂时搁置。

庐山森林植物园，对于胡先骕来说，不仅是一个静谧、美丽的地方，更是他实现梦想的工厂。他以英国皇家植物园邱园为榜样，不断努力探索着改善植物园环境、提升品质的方法和途径。

在这片美好的土地上，胡先骕心怀梦想，坚信总有一天，他的计划会变成现实，庐山将因他的努力而变得更加美丽、繁荣。

这片小小的园地，蕴藏着无限的生机与活力。

庐山植物园的首任主任秦仁昌，身怀世界，心怀苍生，他如同一棵参天大树，稳稳地站立在这片土地上。在他的引领下，园内的种子交换体系广泛而有序，植物资源调查密密麻麻，园内收集、栽培的植物种类高达3100余种。

荒山之上，连绵的绿色波涛般展开，草本植物区、石山植物区、水生植物区等专类园区层层叠叠，苗圃区面积近11公顷，这些都是培育未来的希望；三幢温室如守护神明一般耸立在其中，为珍贵的植物提供了温暖的家园。

标本室内，珍贵的经济植物标本摆满了架子，它们如同一本本生动的历史书，记录着每一种植物的美丽与价值。"东亚唯一完备的标本室"的称号使之悄然成为外界瞩目的焦点，它的价值不仅在于记录，更在于传承。

在岁月的川流之中，庐山植物园如同一颗耀眼的明珠，闪耀着科学的光芒，散发着美丽的风采，赓续着深厚的文化根脉。

穿行在园中，仿佛置身于一个神奇的植物王国。杜鹃园的花海绚丽多彩，各色杜鹃在春风中摇曳生姿，如火如荼；松柏区的古树参天，每一棵木质苍劲，散发出古老的气息；蕨苑中，翠绿的蕨类植物摇曳生姿，仿佛在讲述着远古的故事；树木园里，各种各样的树木错落有致，就像大自然的奇妙鬈发。

园中温室区内，各种珍稀植物在温暖的环境中茁壮成长；岩石园中，奇妙的岩石与翠绿的植物相得益彰，展现出一幅壮美的山水画卷；猕猴桃园里，蔓延着一片片绿意，犹如翡翠一般晶莹剔透。

庐山植物园以其独具特色的园区布局和珍贵的植物资源，成为我国植物多样性保护的重要基地。科学内涵、美丽外貌、文化底蕴，使得这片园地在岁月的冲刷中愈加璀璨耀眼。

1944年3月8日，在"中央研究院"第二届评议会第二次年会上，胡先骕提出了"设立经济植物研究所及中央植物园案"。迄今为止，这是我国最早的建立国家植物园的提议案。胡先骕建议参照欧美苏等国家的先例，通过设立经济植物研究机构及"中央植物园及分园"，来促进我国对经济植物的重点研究。

现在看来，这不仅仅是胡先骕的个人夙愿，更是未来中国植物学发展的方向和远景。

1962年，胡先骕应邀参加中国人民政治协商会议第三届全国委员会第三次会议。胡先骕激昂陈词，依然设想他的国家植物园建设之梦。他动情地说："植物园是一项重要的科学事业。一般大国都有几个著名的植物园。中国科学院先后接办并新创了几个植物园，在这方面是有一定成绩的。但按全国一盘棋的计划，还是应该按地区添设几个植物园的，尤其是四川。现在云南建立有两个植物园，还拟建一个高山植物园，这是值得称道的。但号称'天府之国'而植物又极丰富的四川，却没有建立一个植物园。科学院的生物部应该重视这事，拟订计划由西南分院或地方政府尽速在四川建立一个植物园，同时也应该在其他省份建立植物园。"

胡先骕的中国植物园之梦一经提出，就在众多年轻植物学人的心中播下了倔强的种子。其中，最突出的是陈封怀、蔡希陶和俞德浚。

陈封怀是静生所研究员，被胡先骕派往英国爱丁堡专习植物园造园及高山花卉报春花的分类，回国后在庐山森林植物园开辟了培育高山花卉所需的岩石园；又先后主导了武汉植物园、华南植物园的建设，被誉为新中国的"植物园之父"。

俞德浚，字季川，浙江绍兴人，是胡先骕的爱徒。

1931年，俞德浚大学毕业，就担任了胡先骕先生的助教，负责北京大学和北京师范大学植物分类的实验教学工作，并在静生生物调查所从事植物分类学研究。

这一时期，俞德浚在《中国植物学杂志》上翻译发表了《国际植物学会的发展史料》和《国际植物学命名法规》，为国人了解国际植物学术活动和我国的植物分类研究，提供了宝贵的资料。

1932年，在俞德浚任四川省北碚中国西部科学院主任期间，与常隆庆等人首次考察了四川西部的西昌、峨边、雷波、马边等山区。当时交通不便、军阀混战、匪徒滋扰，要进入这些地区的深山大川，需要很大的决心和勇气。

1935年，他在《中国西部科学院特刊》创刊号上刊登了《四川省雷马峨屏调查记》一文，详细介绍了当地的自然环境、土壤、气候、植被和风土民情。继川西考察之后，他又到云南西北部的德钦、丽江、怒江、独龙江等地考察。横断山区，山高谷深，气候变化莫测，冰雹暴雨，威胁着考察队员的安全。他们历尽艰险，连续几年工作，采集到植物标本2万余号，为国内外研究该地区植物提供了珍贵的材料。

1939年至1947年，俞德浚先后在云南大学生物系、云南大学农学院和云南农林植物研究所任职。

1947年，在英国爱丁堡皇家植物园和英国皇家植物园邱园进修时，他看到这两个植物园收集了世界各国植物5万种以上，其中很多种类来自中国西南部。中国的杜鹃、百合、樱草，以及众多的花卉、灌木都在英国土地上茁壮生长。在英期间，他积极吸收两个植物园在植物引种研究工作和栽培管理方面的成功经验，根据资料和活植物整理编写了《中国西南各省秋海棠属植物名录》和《中国新秋海棠科植物》。

1950年俞德浚先生积极响应周恩来总理号召，毅然辞去由英赴美工作的聘请，回国担任中国科学院植物分类研究所研究员和植物园主任，后担任中国植物学会副理事长兼秘书长，中国园艺学会副理事长，中国植物引种驯化学会理事长，中国园林学会顾问，《中国植物志》编辑委员会主编，中国濒危物种科学组副组长，中国科学院生物学部委员（院士）、植物研究所副所长等职。

1954年，他和孙可群、吴应祥、黎盛臣等10位研究人员，上书党中央、毛主席，建议建立北京植物园，报告很快得到批复。随即，由中国科学院、北京市农林局和首都园林界的知名专家学者，组成建园规划委员会，俞德浚先生任主任委员，他率领大家先后到紫竹院、圆明园、十三陵、小汤山、金山、大觉寺、温泉、香山等地，考察了当地的植被、土壤、水文、气象、地形、地貌，对其进行了比较，并结合首都建设香山风景名胜区的规划，最后将园址选定在香山脚下，使香山这个著名风景区增加了科学内容。

俞德浚先生任北京植物园主任，建园期间，他亲自参加规划、打点、挖坑、植树和日常管理工作。他常常住在植物园单身宿舍里，白天工作，早晚和同事们共同翻译，出版了《苏联植物园》等图书资料。

此间，他还编著出版了《植物园工作手册》，这是我国现代植物园建设的重要参考资料。他为中国植物园事业的发展积累了丰富的资料，是中国植物园事业的奠基人之一。

1968年7月15日深夜，胡先骕因心脏病发作，离开了这个让他牵挂的世界。

一代生物学巨匠就这样走了！挥挥手，没有带走一片云彩。

"少无适俗韵，性本爱丘山。"

1984年7月10日，胡先骕教授骨灰安葬仪式在庐山植物园举行。苍茫多情的庐山，张开热情的怀抱，迎接游子的回归。

胡先骕教授的墓地，坐落在翠绿松柏的浓荫中。墓旁定植了他生前定名的红花油茶、水杉等植物。

心向山林处，魂归田园间。

人生是居家、远行和回家的过程。在这个过程中，守住本心，珍惜生命中值得珍视的东西，即使落寞谢幕，也不枉此生。

正如历史学家陈寅恪所言，惟此独立之精神，自由之思想，历千万祀，与天壤而同久，共三光而永光。

愿大师魂归庐山，心中的执念，也从此释然。

1987年，北京植物园正式对外开放。北方最大的水杉林葱茏耸立于园内樱桃沟。沟内有一水杉亭，亭侧岩壁上刻有胡先骕的名作《水杉歌》："琅函宝笈正问世，东风忙看压西风。"

1992年，联合国环境和发展大会召开，中国签署了《生物多样性公约》，承诺保护濒临灭绝的植物和动物，最大限度地保护地球物种多样性。

2003年12月26日，侯仁之、陈俊愉、王文采等研究地理、园林规划、植物分类的11位院士联名给中央写信，提出恢复建设国家植物园。院士们在信中写道："作为世界植物宝库的中国，理应建立一座具有国际先进水平的国家植物园，以全面搜集和展示中国丰富的植物资源，保护生物多样性，并开展科普教育，提高国民素质。"

2021年10月12日，中国在联合国《生物多样性公约》第十五次缔约方大会领导人峰会上宣布，本着统筹就地保护与迁地保护相结合的原则，启动北京、广州等国家植物园体系建设。

2021年12月28日，国务院批复同意在北京设立国家植物园。

2022年4月18日，国家植物园在北京正式揭牌。此次设立的国家植物园，在中科院植物研究所和北京市植物园现有资源的基础上扩容增效，总规划面积近600公顷。

这里是植物的乐园，是自然的殿堂，是生命的宝库。一棵棵高大的树木挺拔而优美，枝繁叶茂，如同一幅幅巨大的油画，展现着大自然的神奇与魅力。

在国家植物园的每一个角落，都可以看到各种形态各异的植物，它们来自三北地区、北温带、全球各个地理分区，展现着植物世界的多样性和丰富性。

在五大洲代表性植物标本馆中，可以看到收藏的500万份珍贵标本，它们记录着植物的形态、结构和生态特征，仿佛是植物世界的百科全书。尽管这些标本已经离开了生长的土壤，但依然闪烁着生机和活力，让人感受到大自然的奇妙之处。

国家植物园并不只是一个固定的展示场所，更是一个不断演化的生命体。在植物科学研究中心和迁地保护研究中心，科研人员们利用先进的技术和方法，研究植物的生长机理和适应环境的能力，为保护和研究植物贡献着自己的力量。

国家植物园的建设不仅是为了展示植物的美丽和神奇，更是为了引导人们重新审视自然，珍爱生态环境，弘扬生命的多样性。在这片绿色的园地里，每一种植物都是独特的存在，每一个标本都是珍贵的财富，每一项研究都是对生命的尊重和探索。

国家植物园，是一个连接着人与大自然、连接着过去与未来的神奇空间，值得我们珍视和呵护。在植物园里徜徉，仿佛穿行在时光的隧道里，每一步都是一个故事的延续。

阳光透过密密的树叶洒落下来，在地上绘出斑驳的光影，仿佛是大自然为这片园地增添的一抹神秘色彩。

而胡先骕先生的梦想，如同这些生机勃勃的植物一样，终于在一个世纪之后，照进现实。

第二章　山河在胸

> 无山不绿，有水皆清。四时花香，万壑鸟鸣。替河山装成锦绣，把国土绘成丹青。
>
> ——新中国林垦部首任部长梁希

1．山川尔尔，只为青绿

1919年的秋天，在五指山的深山密林中，茂密的树木拥抱着阳光，斑驳的光影穿过树木间的缝隙，投下斑斓的光线。热带植被的气息在空气中弥漫，仿佛一片绿色的海洋在飘荡。

陈焕镛独自一人穿梭在古老的森林里，脚步轻盈而坚定，仿佛与这片原始森林有着某种微妙的联系。他身着布满汗水的破旧衣衫，额上沁出细密的汗珠，脸上洋溢着坚毅与探险的兴奋。

五指山的山峦层叠，如同五根挺立的手指，考验着探险者的勇气与智慧。而陈焕镛毫不畏惧，他手持探险者手册，双眸中闪烁着执着的光芒，内心深处充满了对未知的好奇与憧憬。

在这个被热带植物群落遮蔽的世界里，每一片树叶都散发着生命的气息，每一棵古老的树木都承载着岁月的沉淀与智慧的积累。

阳光从林间洒下，映照出五指山崎岖的山峦，勾勒出一幅壮美而神秘的画卷。陈焕镛迈出坚实的步伐，脚下的土地仿佛在向他述说着这片土地的故事，这片原始森林的传奇。

五指山的深山密林中，陈焕镛的身影犹如一道光芒闪耀的流星，穿越重重迷雾，奋力地跋涉着，探寻着那片绿色的秘境，那片藏着无尽宝藏的神秘之地。

陈焕镛，一个名字，却关联着数十年的植物学研究。

从1921年发表第一个新种的时刻起，他的专业知识和研究成果逐渐在国内外学术界崭露头角。

44种植物新种，11个新属，613个新组合，这些数据背后，是陈焕镛对植物世界的深情热爱和不懈追求。他以植物的名字，纪念着无数植物学同仁，向他们致敬，也让他们永远留存在科学史册中。

这些属名和种名里面涉及纪念人名的多达41个，这些人几乎都是和陈焕镛关系密切的同时代植物学界同仁，其中包括国外学者16名。

1931年4月，陈长年带着贵州籍学员邓世纬，一起前往镇江宝华山考察植物。

华东的阔叶林刚长出疏朗的叶，阳光可以透过树枝照在开阔的林间，老鸦瓣、鹅掌草、浙贝母、延胡索、刻叶紫堇开出了蓝色、黄色、粉色的小花，仰头迎着难得的春光。

陈长年和邓世纬经过宝华山一片林地，突然被地面一小片粉白色所吸引。那是一种兰花，与其他华东常见的兰花相比，只有一片阔大圆润的叶子，而花比寻常所见的春兰要大得多，玉白的唇瓣上点缀紫红色的斑点，还有如小指般长而阔大的"花距"，像一只雕琢镂空的玉杯。他们猜测这是一种从未被植物学界所知的兰花，于是小心翼翼地采了几株压在了标本夹里。

时光如水，很快到了1935年，当时任中国科学社生物研究所教授兼植物部主任的钱崇澍在仔细翻看这批四年前采集的植物标本时，不禁悲喜交加：喜的是，这的确是从未发表过的植物新物种，甚至是新属；悲的是，标本的采集者之一，他的助手和好友陈长年已经在采集标本时意外去世了。

在怀念和思虑之下，钱崇澍最终决定将这个发现于宝华山的兰花新属命名为"Changnienia"，即"长年兰属"，以纪念陈长年作为标本采集员——常常被遗忘的野外工作者对植物学的贡献。

这一新种发表于《中国科学社生物研究所论文集》（植物组），《中国植物志》中保留了这一纪念属，中文名改为更加凸显形态的"独花兰"。这是第一位作为植物属名而被后世所铭记的中国植物标本采集者。

谁也不知道，明天和意外哪一个先到来。

1936年8月，中国近现代植物采集史上，最悲壮的灾难发生了。

在遥远的贵州贞丰县，一支勇敢的植物采集队在茫茫山林中穿行，队长邓世纬带领着杨昌汉、徐方才、黄孜文等同伴，怀抱着对科考的热情和梦想，寻找着珍稀的植物标本。然而，命运却开了一个残酷的玩笑。在那片未知的土地上，恶性疟疾悄然袭击了他们，如同暗夜中的毒蛇扑向无辜的羔羊。因缺乏有效的药物和医疗条件，这支植物采集队面临着前所未有的困境。

杨昌汉、徐方才、黄孜文和邓世纬，在四天时间里一个接着一个病倒，最终，他们的生命在这片神秘的山林中黯然离去，永远地沉睡在那片寂静的土地上。

他们为植物科考献出了宝贵的生命，他们的牺牲和无私奉献，永远铭刻在历史的长河中，让后人心生敬意和怀念。

邓世纬在1935年采到的苦苣苔科植物新属，被陈焕镛命名为"Tengia世纬苣苔属"。

独花兰被发现和命名距今已近90年了。随着交通环境的改善，在广西、四川、陕西、甘肃都陆续发现过这种美丽的植物。但从这些分散的分布地点来看，独花兰的种群规模始终不大。

在远离尘嚣的深山老林和边塞村寨里，一群植物学家开展着一项宏伟而艰巨的任务——调查、采集、引种木兰科植物。

从1981年起，著名植物学家刘玉壶和他的学生，为了保护这些珍贵的植物，风雨无阻，跋山涉水，不畏艰险，探寻木兰的芬芳。他们走遍了全国14个省、区，不辞辛劳。

在华南植物园，他们建立了一个神奇而宏大的木兰园，占地达12公顷。这里是木兰科植物的家园，保存着11个属、160多种木兰。在这里，百花齐放，芬芳四溢，仿佛置身于一个植物的仙境。其中有100多种木兰已经开花，近1/3已经结果，生机盎然。

在木兰园里，他们掌握了木兰科植物的引种繁殖、栽培管理和病虫害防治的技术与方法，实现了木兰的迁地保存。他们用心呵护这些珍贵的植物，保护它们不被遗忘，让它们在这块土地上绽放生机。

除了保存木兰科植物，他们还在选育园艺新品种、开展木兰科植物研究方面做出了杰出的贡献。他们用自己的双手，传递着木兰之美，让这些植物在人们的心中永远绽放。他们是植物界的守护者。

在这片迷人的园林中，木兰花妖娆地怒放着，散发着淡淡的清香，仿佛在述说着植物学的奥秘。每一株木兰都像是一个个神秘的宝匣，装载着无数珍贵的基因信息，诉说着生命的不凡。

华南植物园如同一座重要的文化宝库，珍藏着大量的木兰科植物资源，为科学家提供了无限的探索空间。

正是陈焕镛打下的木兰科植物学研究基础，使得后来华南植物园成为中国木兰科植物研究中心。

在以陈焕镛命名的4个植物新属中，以他姓氏命名的有棕榈科琼棕属、焕镛藤属，以及金缕梅科山铜材属，还有以他的名字命名的木兰科焕镛木属，分别由同时代的德国植物学家巴瑞德、他的学生蒋英以及后辈张宏达、刘玉壶定名发表，以致敬陈焕镛在植物科学研究上的先驱性贡献。

1954年，陈焕镛迎来了人生的高光时刻。

1956年2月1日，中国科学院发布了一份秘密文件，称为（秘密）字61号文，其中提出了建立华南综合研究所及华南总植物园等建议。

根据（56）发文植字第03号文件，中国科学院原则上同意以"龙眼洞"为中心建立华南综合研究所及华南总植物园，并在鼎湖山设立总植物园树木园；此外，建议将研究所的名称改为华南生物研究所。然而，在确定所址时，需要得到广东省人民委员会的批复后才能进一步制订计划。从经费方面考虑，则需要另行报告建园基本建设经费信息。这份文件展示了中国科学院对于在华南地区建立综合研究所和植物园的计划和意图。

1956年2月27日，中共广东省委（56）省办函字第96号文提到：

你们3月1日来函提出"拟在'龙眼洞'建立中国科学院华南综合研究所及华南总植物园，并拟在鼎湖山，设立总植物园的树木园"的意见，省委原则上同意。至若有关具体问题，请直接与省、市人民委员会联系解决。

至此，陈焕镛构想的全国第一个自然保护区——鼎湖山自然保护区乘着新中国的东风，呼之欲出。

1956年6月30日，我国第一个自然保护区——广东鼎湖山国家级自然保护区正式亮相。它高千余丈，山巅之湖四时不竭，散发着神秘而悠远的魅力。这里曾被尊称为"顶湖山"，后因其独特之美而更名为"鼎湖山"。

这是我国历史上第一个自然保护区，为珍贵的生态资源提供了守护之地。在这里，重峦叠嶂，苍翠欲滴，动植物种类繁多，自然景观多姿多彩。

受太平洋季风的影响，鼎湖山常年湿润多雨，树木繁茂。130多公顷的原始森林与1300多公顷的人工造林相得益彰，构成了这片"沙漠带"上的一处绿洲。它是大自然的恩赐，也是人类的责任。

在这里，游人能够感受到大自然的奇妙魅力，体验到绿色的生命力，仿佛置身于一个仙境般的世界。

岁月匆匆，人生海海。

于高山之巅，方见大河奔涌；于群峰之上，更觉长风浩荡。

陈焕镛不愧为中华儿女中的佼佼者！

2. 地衣亦多情

这是一双丈量过万水千山的脚。

哪里险峻、哪里难走，哪里就是他的目的地。

吉林的长白山、贵州的梵净山、四川的峨眉山、云南的玉龙山、湖南的衡山和江西的庐山，甚至连珠穆朗玛峰，都被他仔仔细细地看了个遍。

这个人就是魏江春，生物学博士、菌物学家、真菌地衣学家，中国科学院微生物研究所一级研究员，我国地衣学主要奠基者和学术带头人，是给我国不同地衣颁发"身份证"的绝对签证者，被国际地衣学会主席誉为"中国地衣学之父"。

在60年的地衣研究生涯中，他一个人扛起一个专业，把冷门做成了绝学，成为开启中国地衣学科的孤勇者。

他说他出生就不幸，因为他与"9·18国耻日"一年。这让他永远不忘"国耻日"。

1939年秋，陕西咸阳学道门小学为躲避日军轰炸，由城中心迁至魏家泉村小学，魏江春在该校完成了四年的小学学业，随后在陕西省立西安市第一中学（今陕西西安中学）完成了六年的中学学业。

魏江春曾回忆说：我们教室外面有一个牌子，上面写着"礼义廉耻"四个大字。就是这个牌子，后来被日军的飞机打了好几个洞。"当我刚学会写字的时候，我便用粉笔在我家二门楼门楣上写下了'打倒日本帝国主义'八个大字。"

这段困苦的经历，坚定了魏江春"读书报国"的想法。

1951年，魏江春考入西北农学院，这是一所历史悠久的大学。西北农学院是我国西北地区最早建立的一所综合性高等农业院校，它位于陕西八百里秦川西部的武功县杨陵镇张家岗（今杨陵区张家岗），相传这里是中华民族最早的农官——后稷教民稼穑的地方。

1934年4月20日，国立西北农林专科学校7层教学大楼奠基，这标志着中国西北地区第一所高等农业学府成立。1938年7月，国立西北农林专科学校与西北联合大学农学院、河南大学农学院畜牧系合并，成立国立西北农学院。1949年5月20日，王震将军率部解放武功，学校回归人民的怀抱。国立西北农学院在新中国成立后更名为西北农学院。

魏江春的家境殷实，父亲不希望他外出求学，要他留在身边继承家业。在舅舅和很多乡亲的帮助下，魏江春背着父亲参加了高考，他听高年级同学说，西北农学院人才济济，藏龙卧虎，于是他就报考了西北农学院。魏江春最初选修了著名教授周尧的昆虫学专业，后改学植物病理学专业。

1955年大学毕业后，魏江春被分配至中国科学院西北农业生物研究所，所长是著名的胶体化学家、中国科学院学部委员（院士）、西北农学院的虞宏正教授。

1956年，魏江春被调入中国科学院应用真菌学研究所，在著名真菌学家王云章教授指导下进行蔷薇科锈菌分类研究。

这个时候，魏江春遇见了中国科学院应用真菌学研究所所长，中国科学院学部委员（院士）戴芳澜教授。戴教授特别喜欢朴实无华的魏江春，他建议魏江春主攻真菌学中的地衣学科，这在当时是学术空白。

1958年春天，在戴芳澜教授的推荐下，魏江春赴苏联科学院攻读生命科学的研究生，专门研究地衣学。这不仅仅是难得的深造机会，更是一种社会荣誉。

根据1954年的文件《中央组织部关于留学生政治审查的标准条件及审查的程度再行通知》规定，留学生在出国以前必须经过以中央人事部为主的全国中央公安部、北京俄专二部的联合审查；其中学习机密科系者，再经中央公安部审查，最后决定出国与否。从中可看出，国家对被派遣者的政审标准十分严格。

1958年3月，魏江春从大西北来到首都北京，成为留苏预备生。

根据中央"学习好、纪律好、身体好"的要求，当时留苏预备部的任务主要有三项：业务学习与考核、严格的政治审查，以及保证学生的身体健康。

留苏预备生们称之为"过三关"。一进学校，就进行了俄语分班考试，因为此后他们最主要的学习任务就是语言学习。除了紧张的语言学习之外，留苏预备生还需要进行一定的时事政策学习，接受思想政治教育。还有一项"任务"让预备生们尤为开心，就是要保证自己的"身体健康"。

由于当时我国的人民生活水平较低，很多学生营养不良。周恩来总理亲自指示："出国留学生不能搞得面黄肌瘦，国家再穷，也要保证他们的健康。"为此，规定预备生们的早餐是六必居咸菜、油炸花生米、烧饼、花卷、油条、棒子面粥、小米粥或大米稀饭；午餐和晚餐都有四个菜，至少一个是荤菜，有时还有大对虾。吃饭时大桌子上放着一个大蒸笼，里面是热腾腾的大米饭，旁边是刚出笼的热馒头。不仅伙食好，留苏预备生的出国"装备"也早早地准备好了：藏蓝色粗呢面的丝绵大衣，浅灰色薄呢子面料夹大衣，每人两套西服、一件粗线毛衣、一顶冬天的御寒帽子、6双鞋子、4件布衬衣、4条内裤、4双短袜套……此外，每人有一床深米黄色中等厚度的羊毛毯和一件浅米黄色的雨衣。男生有两条领带，女生有一小瓶香水、面油。

"作为一个穷学生，一下子获得足够穿戴五六年的衣物，做梦也没有想到过。"魏江春想起留苏预备部的生活，感慨万千。

1958年8月9日，魏江春和同学们从北京前门火车站登上K19/20次"北京—莫斯科"的国际列车，前往苏联列宁格勒求学。

这是中国最早的国际列车。

火车穿过国境线后，进入西伯利亚。只见铁路两旁是广袤辽阔的草原和连绵不断的森林。列车越过赤塔、乌兰乌德，绕着贝加尔湖来到伊尔库茨克，经过克拉斯诺亚尔斯克、新西伯利亚、斯维尔德洛夫斯克、彼尔姆、基洛夫、弗拉基米尔等城市，全程9050公里，运行了142小时58分后，顺利到达了苏联首都莫斯科的雅罗斯拉夫尔车站。

接着转乘"莫斯科—列宁格勒"列车，又经过8小时行程，最终到达目的地列宁格勒。

列宁格勒的冬天寒冷而又漫长，春天和秋天短暂，夏天温和凉爽。冬天很少能见到太阳，天空总是阴沉沉的，经常下雪，非常寒冷。

魏江春学习的科马洛夫植物研究所位于美丽的圣彼得堡植物园。这是俄国最古老的科研型植物园，坐落在涅瓦河三角洲的一个岛屿上，面积不大，被古老的城市建筑夹在当中，其两侧被运河环绕。

1931年，在植物园和苏联植物博物馆基础上，成立了科马洛夫植物研究所，植物园成为植物研究所的一部分。该所保持了苏联植物学方面的领导地位，著有6卷本《苏联的乔灌木》，馆藏标本250万，藏书38000册。

魏江春非常珍惜难得的学习机会，宿舍、课堂和实验室的三点连线是魏江春四年留学生涯的轨迹。他无暇顾及列宁格勒的名胜古迹，无心欣赏植物园的奇花异草。学习，学习，再学习，是这位西北汉子给自己定下的任务。

1962年5月，魏江春在科马洛夫植物研究所完成了四年的研究生

魏江春，矢志不渝为地衣写"传记"、编"家谱"

学习，获得了科学副博士学位。

1962年6月18日，是魏江春离开科马洛夫植物研究所的日子。

魏江春本来打算回国后经过8年左右的努力完成博士论文答辩。然而，历史的原因使魏江春的计划推迟了30多年。

1995年，魏江春才以《东亚石耳科地衣分类学与地理学分析》的博士学位论文，在俄罗斯科学院科马洛夫植物研究所通过答辩，获得了生物科学的博士学位。这时，魏江春已经64岁。

魏江春回国后一头扎进高山峻岭，从陕西秦岭太白山开始，陆续对贵州梵净山、四川峨眉山、云南玉龙山、湖南衡山和江西庐山进行了地衣考察与标本采集。

那时，中国大地上的地衣，从未被中国人细致观察和记录过。很多人曾把这种菌藻共生的复合体看作是一种植物。

为了给地衣写"传记"、编"家谱"，魏江春成了一名孤独的"驴友"。他经常一个人背着铺盖卷，揣着干粮，带着锤子、凿子、放大镜等采集工具踏上旅途。

1964年除夕，魏江春来到了云南苍山，这是云岭山脉南端的主峰，由十九座山峰从北而南组成，北起洱源邓川，南至下关天生桥。巍峨雄壮，与秀丽的洱海风光形成强烈对照。

黎明即起，当他爬到苍山山腰，星辰才隐去，天空已经雪花纷飞。魏江春找了个避风的山洞，稍作休息，继续往主峰攀爬，终于在下午3点登上山顶。

寒风猎猎，雪花飞舞。

陡峭的山路本就充满危险，地衣还十分微小，魏江春几乎是趴在岩石上，用放大镜一寸一寸地找，到太阳下山才收好标本，踏着积雪返程，到了山下已是星辰高挂。

夏天，他孤身前往秦岭太白山采集标本时，因浓雾迷路，差点被大雪困在山顶；在贵州梵净山考察时，遇到暴雨路滑，他摔骨折了；在秦岭光头山考察时曾遇到蟒蛇；在丽江干海子穿过大森林时险遇野猪群的攻击……

1966年春天，魏江春加入了中国科学院西藏科学考察队，以"喜马拉雅山的隆起及其对自然界与人类活动的影响"为中心课题，对西起吉隆、东至亚东、南自中尼边境国界、北及藏南分水岭的区域，进行地质、地理、气象、测绘和高山生理等方面的综合科学考察。

这是中华人民共和国成立之后第二次对喜马拉雅地区的大规模科学考察。

"喜马拉雅"一词来自梵文，原意为"雪的故乡"。它全长2400千米，宽200—300千米，主脊山峰平均海拔达6000米，是地球上最高而又最年轻的山系。

喜马拉雅山脉的南北翼自然条件差异显著，动物和植物的种类组成截然不同。这种悬殊的自然景观十分奇特，让人不得不惊叹大自然的造化之功。

喜马拉雅山的顶峰终年白雪皑皑，在红日映照下，更显得晶莹剔透、绚丽多彩；一旦漫天风雪来临，它就被裹上一层乳白色的轻纱，犹如从茫茫太空中飘来的一座玉宇。

魏江春背着干粮，爬到海拔5000多米的地方扎营，干燥、低氧的环境，嘴皮子都黏在一起，每天都是血淋淋的，和抹了口红一样，这让他此生难忘。

在珠峰上，魏江春找到了"珠峰石耳"，一个此前世界范围内从未被发现的地衣品种。

魏江春用了几十年，建成了亚洲最大的地衣标本室，存放着10万余个中国地衣标本，密密麻麻的柜子里，塞满了魏江春为地衣写的"身份证"。

1972年，中国科学院召开了珠穆朗玛峰科学考察学术会议，全面总结了此次考察成果。

1974年起《珠穆朗玛峰地区科学考察报告》陆续出版，共分地质、古生物、第四纪地质、自然地理、现代冰川及地貌、生物及高山生理、气象及太阳辐射等7个分册。同第一次考察相比，第二次科考在探讨高原自然特征、发展历史等方面有较大的突破。

时光荏苒，岁月如梭。

魏江春已经年逾九十，卧室窗外的风景、客厅的沙发都会让他想起离世的妻子。

从苏联回国后，魏江春连续8年远离关中家人，住在北京的集体宿舍。肠胃不好的他，一到吃饭就犯愁，有时胃实在不舒服了，只能到街上喝几天粥。长年饮食不调，他的身体开始走下坡路，患了肝炎。

"妻子儿女千里外，何年何月能团圆？"

魏江春曾多次深夜思乡，仰望大西北。

1970年，为了解决他的困境，研究所给魏江春分配了西颐北馆一间10平方米的宿舍，妻子儿女来京探望时才有了落脚地。

1973年，在魏江春的奔走呼号下，《中国孢子植物志》应运而生。

《中国孢子植物志》与《中国植物志》《中国动物志》并称"三志"，是记录我国孢子植物物种资源、形态解剖特征、生理生化性状、生态习性、地理分布及其与人类关系等方面的系列专著。

《中国孢子植物志》由《中国海藻志》《中国淡水藻志》《中国真菌志》《中国地衣志》及《中国苔藓志》5个分志组成。截至目前，《中国孢子植物志》已出版113卷册，其中，《中国地衣志》27卷册。编研之初，《中国地衣志》的基础最弱，编写人员仅有魏江春一个"光杆司令"，而如今，我国地衣学研究力量已经发展到十几支，其中很多研究者都是从魏江春的实验室走出的硕士生、博士生或进修生。

"地衣是地球上的'开路先锋'。"魏江春说，它们可以在各种岩石表面安家，用独特的次级代谢产物——地衣酸加速岩石分解，开疆辟土，形成原始土壤，为其他动植物提供安家落户的条件。

微小、顽强、开辟、务实，地衣的这些特点似乎也是魏江春科学人生的特点。

1997年，鉴于魏江春在地衣学领域所作出的系统性、开创性贡献，魏江春当选为中国科学院院士。国际地衣学会前主席Teuvo Ahti称他为"中国地衣学之父"。

盛名之下，魏江春并未止步。

在魏江春看来，基于分类学的发展，中国地衣学可以做一些"别人还没做过的事情"。

2003年，魏江春在国际上首次提出"沙漠生物地毯工程"——用现代生物技术"复制"自然界微型生物结皮，为沙漠铺上防风固沙的"地毯"。

魏江春的学生、微生物所研究员魏鑫丽介绍，地衣中真菌与藻类共生的二元机制及如何重建这种共生关系，至今仍是一个困扰全球科

地衣是地球上的"开路先锋"，可以在树皮上安家（摄影：宋林继）

学家近200年的难题。不过，这并未让当时年过花甲的魏江春止步。

魏江春带领团队在腾格里沙漠进行小型样方接种试验。他们选用一平方米沙漠样地，用沙坡头结皮地衣制作的粉末悬浮液进行喷洒接种。一年后，在接种区形成一层薄薄的地衣鳞片结皮；而喷洒水的对照区则未产生结皮。

"小小生命，荒漠生长。织网固沙，唯它专长，生物技术派用场。到那时，布天罗地网，苍龙休狂。"魏江春豪情万丈地吟诵自己写的诗。让学生们钦佩的是，魏江春的思考和探索从未停止，只要是他认为的热点和前沿领域，即便自己不熟悉，他也有魄力做下去。

2014年，魏江春所在的实验室，揭开了世界上第一个地衣型真菌——石果衣的全基因组密码。他们发现，在不给水和营养的条件下，石果衣的共生菌7个月后依然有生命力，并从中发现了大量极强的耐旱基因。

他们把石果衣的抗旱基因转入苜蓿等草本植物，为"沙漠生物地毯工程"提供草本资源；将抗旱基因转入水稻、小麦等作物中，为实现沙漠变良田的梦想提供了可能；他们发现了石果衣从未产生次生代谢产物的机制，找到了其中的沉默基因并将其激活，得到多种次生代谢产物，为抗生素资源的发现打开了一个新窗口。

当前，世界上依然是通过提取单基因或多个基因片段进行分类，魏江春则另辟蹊径，耄耋之年的他基于分类学的生物资源利用提出了新的框架：以共同祖先的基因型和表型相结合的同源性状为基础的同源生物系统学。

魏江春的思维是放射状的，他提出要盘活生物所的储备资源，把生物系统学的相关著作、馆藏地衣标本、菌藻培养物三大生物信息系统有机地联系起来，综合开发利用。

也许骨子里那股大西北人的豪情依然存在，魏江春是睿智和热心的。在学生的心里，他就像一盏指路明灯。"他会基于一生所学给学生指明最远的那条路——往往是瞄向世界最前沿的路。"微生物所副研究员王延延说。

生活中的魏江春则十分平易近人，与学生相处往往是"零距离"。2002年在河北大学读研究生时，魏鑫丽第一次到雾灵山考察，导师魏江春和师母特地从北京坐火车赶过来，给大家送来他们亲自选购的登山包。这是魏鑫丽的第一个登山包。

万人簇拥下，我，依旧是我，不怕寂寞，不怕任何人看错我，不理解我。

这就是魏江春，一个平和而又光芒万丈的人。

3．庐山恋

峨峨匡庐山，渺渺江湖间。北枕长江，东依鄱阳，庐山风景如画，令人心醉神迷。

登高远眺，群山连绵，云雾缭绕，仿若置身仙境之中。翠绿的树木，鲜花盛开，一片片青翠欲滴的景致，让人心旷神怡。而在这座山的腹地，隐藏着一个神奇的地方——庐山植物园。

这里是我国最早的亚高山植物园，拥有着丰富的植物种类，每一株植物都是大自然的杰作，展现着生命的奇迹和魅力。

漫步在庐山植物园中，各色花卉散发着迷人的芳香，树木摇曳着优美的舞姿，小动物在林间穿行，一切都是那么和谐而美好。

庐山植物园，是大自然的馈赠，是人类与自然的和谐之地。在这片绿色的净土上，人们可以尽情感受大自然的魅力，与植物亲密接触，感悟生命的奥秘。庐山植物园，让人心灵得到净化，让人心生敬畏之情，让人深深地爱上这片美丽的土地。

1933年12月，时任北平静生生物调查所所长、植物学家胡先骕教授在江西省农业院理事会第一次会议上，商定由静生生物调查所与江西省农业院合办庐山森林植物园，这将是我国的第一个科学植物园。

庐山的清晨，薄雾缭绕着青山，掩映着那座初创的植物园。

植物园成立的那一天，鸟语花香，微风拂过，仿佛奏唱着一首自然乐章。这里，是一座流淌着科学和人文情怀的乐园，是一座静静述说着自然奥秘的神殿。在这里，人们不仅可以感受到大自然的鬼斧神工，也可以在学者们的指引下，领略生物多样性的奇妙之处。每一片绿叶、每一朵花，都承载着人们对生命的热爱和探索的渴望。

庐山森林植物园，在那个年代，是一颗孤独而又璀璨的明珠，闪烁着人们对未来的憧憬和信心。它如同一本展开的科学之书，在静谧的山间，绽放出属于自己的光芒，指引着世人向更高更远的境界前行。竺可桢、任鸿隽等科学家、学者齐聚一堂，庄严而又隆重。他们的眼睛里充斥着对植物世界的敬畏，对庐山这片土地的热爱。

陈封怀，植物园的第二任主任，一双眸子蕴含着无尽的智慧和热情。他用自己的双手栽种、培育、研究每一株植物，仿佛每一棵都是他心头的珍宝。

1900年，南京的五月，阳光透过稀薄的云层洒在大地上，柔和而温暖。在这个美丽的季节，一个婴儿诞生了。

这个孩子就是陈封怀，他带着对这个世界的好奇和渴望呱呱坠地。他的眼睛清澈明亮，眉宇间透出一种与生俱来的聪慧。

庐山的清晨，薄雾缭绕

陈封怀毕业于东南大学生物系，是植物学家陈焕镛的得意门生。

陈封怀先在清华大学任助教，1931年1月进入静生生物调查所工作并得到了胡先骕的指导。

1934年，年过而立的陈封怀通过了中英庚款董事会组织的留英公费生考试，远赴英国爱丁堡大学留学，研究高山花卉报春花的分类、育种及植物园造园之术。

他认识到要研究发掘祖国丰富的植物资源，必须建立起中国自己的植物园，它既是科学研究基地、科研成果示范场所，又是植物学研究人才培训基地。为了圆梦，他毅然选择了爱丁堡大学所属的享誉世界的爱丁堡皇家植物园。

当时，爱丁堡植物园引种我国云南高山花卉已经获得较大成功，杜鹃花、报春花就是由此传播于欧洲。陈封怀期冀庐山植物园也能培育出我国高山花卉，开发中国园艺花卉新品种，还可以学习爱丁堡植物园以自然式造园风格著称的造园艺术。

在英国爱丁堡植物园学习、研究之余，他还采集了一些爱丁堡植物园栽培的珍奇植物，制作成腊叶标本。陈封怀回国后，爱丁堡植物园将这些标本全都转赠给了庐山植物园。

两年后，陈封怀学成归国前夕，师友们纷纷挽留他在英国工作："植物是没有国籍的，植物学没有国界。"他婉言辞谢："可我是有国籍的，报春花发源于中国，我的根也在中国！"

1936年7月陈封怀返回祖国，放弃了繁华舒适的城市生活，偕夫人张梦庄一同来到崇山峻岭中的庐山植物园，出任园艺技师和植物园副主任，将全部精力倾注于植物园的建设。此后的植物园园林布置、园艺进展大都出自他的手笔。

陈封怀和夫人耐住生活的清苦，为年轻员工做出了表率。

他们在荒凉山谷间的植物园里工作着，远离尘嚣，迎接着田园般的生活。每当黎明的第一缕阳光穿透树梢，洒在绿荫婆娑的苍翠之中，他们便开始了一天的忙碌。

植物园里的工作充满了艰辛，野外采集调查任务更是如此。陈封怀和夫人常常在茫茫的山野中徜徉，寻找着珍稀的植物，记录它们的特征和生长环境。在这漫长的调查过程中，他们面对着孤独、劳顿和辛酸，但从未放弃。

当年在庐山植物园工作的熊耀国，晚年回忆起陈封怀及其夫人张梦庄时，仍倍感亲切：陈先生博学多才，聪明过人，他一面指导工作，一面进行分类研究，在菊科、报春花科、毛茛科等十多个科方面，皆下过扎实的功夫。他平易近人，重感情，知疾苦，与基层工作人员亲如一家，诚恳耐心，诲人不倦。

师母张梦庄，清华大学英语系毕业，才华横溢，谦逊有礼。她身着一袭素雅的旗袍，端庄优雅，像一朵含苞待放的花朵。优美的发髻束起，妩媚中透着淡淡的风雅气息。

在师母眼中，每一个青年学生都是一朵花，需要精心呵护。她温和细致的态度，让人感受到她的亲切和关怀。无论是学习上的困难，还是生活中的烦恼，师母总是耐心倾听，为学生们指点迷津。

师母心中充满了对教育的热爱，她将自己的理念传承给每一位学生，激励他们成就更美好的未来。

师母善于察言观色，在平时生活中总能发现身边人的需求。她提议大家利用假日参加各种活动，既是为了增长知识，也是为了调剂生活。她的善意如一股暖流，温暖着每一个人的心房。

在回到庐山植物园不到三年的时间里，陈封怀以惊人的速度将园中的植物引种数量增加到了3000余种，成就了一片令人瞩目的绿色世界。当人们踏入植物园的大门时，仿佛进入了一个五彩斑斓的花园，形态各异的花草树木在阳光下闪耀着生机。

主要以引种松柏类植物为方向的庐山植物园，已经与国外36个植物园、树木园建立起了密切的种苗交换关系，在世界各地都有了一定的知名度。来自世界各地的珍稀植物在这里得到了生根发芽的机会，也使得庐山植物园成为一个国际性的植物交流平台。

陈封怀如同一个引擎，推动着庐山植物园的发展，让其在短短几年间便成为一个令人瞩目的绿色乐园。

正当建园工作蓬勃发展之时，一声震耳欲聋的炮响划破了宁静的空气，紧接着，一道道硝烟在天空中升腾而起。

全面抗日战争爆发了，战火硝烟遮蔽了清晨的阳光，大地颤抖着，人们惊恐地四处奔逃。建园工作被迫中断，人们困惑地望着天空中飞过的战机，惊诧和无奈在眼神中交织。

1938年，日本侵略军突破长江天堑，继而占领九江，围困庐山。庐山植物园员工被迫迁往云南丽江，成立了庐山植物园丽江工作站。当时植物园其他领导已先期下山，陈封怀仍坚守岗位，疏散员工，将贵重标本、图书寄存到美国学校。

直到日军逼近山下，他才与怀有身孕的妻子从山南小路步行下山，经黄老门转至南昌，几经艰险，经湖南、贵州，随难民潮迁到昆明，在已撤退至昆明的静生生物调查所担任研究员。

1943年夏，胡先骕聘请陈封怀从云南昆明到江西泰和中正大学任教，由于泰和地近庐山，胡先骕希望将来可由陈封怀主持庐山森林植物园的复园大计。

抗战胜利前夕，各界都对庐山植物园的情形十分关心，尤其是寄存在美国学校的那些物品究竟下落如何，更是牵动很多人的心。

当时已在云南大学任教的庐山植物园第一任主任秦仁昌获悉这些物品全部丢失，十分着急，他立即写信给当时的政府接管大员陈诚，拜托查明物品的去向。

经过调查，原来这些物品都被日军运到了北平，与静生所的物品放在一起，并被盖上"北支派遣甲第一八五五部队"的番号印章。

1945年，战争烽火尚未完全平息，陈封怀回到日思夜想的庐山。

千亩山林变成荒山，原有名贵苗木3100余种、110万株枯萎殆尽。战火烧毁了这片曾经繁荣的园林，断壁残垣、满目疮痍的景象令人心碎。

陈封怀，身着破旧的衣衫，脸上布满了污垢和沧桑。他看着眼前的一切，却并未感到绝望，反而燃起了一股坚定的信念。他毅然决然地挑起了重建植物园的重担，担任第二任园主任。

在一间四壁破烂的房子里，他和家人住了下来。他不愿放弃对家园的热爱和对植物的执念。

夜幕降临，星光闪烁。

面对前方的重建工作，他决心要重新栽种每一株植物，让它们重拾昔日的生机和神采。

在他的努力下，庐山森林植物园开始逐渐恢复生机，绿色的希望在废墟间绽放。

1945年8月1日，庐山植物园正式复园。

当时，偌大的园林，仅有员工寥寥数人，陈封怀写信给熊耀国等人，期盼他们回到植物园工作。除了人员，植物园最缺乏的就是经费。

为了缓解窘迫的状况，陈封怀不得不前往南昌中正大学兼任植物学教授，把部分工资用于补贴园内日常开支；另一方面开展生产自救，在园内种植良种马铃薯和蔬菜，出售部分种苗，换取经费，以维系植物园的生存。

陈先生的助理王秋圃回忆当时的境况说："那时的生活是十分清苦的，记得有几次我们职工没有粮吃了，陈先生从南昌大学（1949年后中正大学改名为南昌大学）领来的薪金，除自己一家生活之外，都给我们用了，并靠自己种洋芋来补充粮食。"

1946年，庐山植物园仅得到江西省农林部补助费和静生所下拨的经费。由于金额极少，植物园工作进展十分缓慢。

为了筹措资金，1946年秋植物园大规模采集种子，还编制了《售品目录》，陈封怀在撰写目录引言时强调："我国森林园艺事业本落人后，经八年之抗战复摧毁无遗。本部志在发展森林园艺事业及美化地方，益以多年之经验及国内外诸专家之协助，故所出种苗皆蒙社会赞许，最近更注意于原有品种之改良及新奇种类之搜集，并积极研究，大量繁殖，定价格外低廉，以期协助建设，增福社会，而非以营利为职志也。"

1947年，陈封怀亲自主持修复了一个小温室，却因款项不足，屋顶只有三分之一盖的是玻璃，其余的则用茅草代替。原本还准备恢复标本室，但最终因筹款难以应付，只好请木工做了几个标本柜。

大多数员工都选择在周边租房居住。房屋稀疏散落在山脚下，每到傍晚，炊烟袅袅升起，寂静的山谷里回荡着饭菜的香味和笑语声。唯独陈封怀一家人居住在山上，他们的住居显得孤寂而冷清。

社会动荡，土匪横行霸道，人们心中充满了恐惧和不安。每当夜幕降临，庐山植物园就成了一个孤立于世界之外的小岛，被暴风雨肆虐着。

不管外面的世界如何变幻莫测，陈封怀一家依然过着平静的生活。陈封怀每天都会在园区内巡逻一番，确保家人的安全。妻子在家煮饭做菜，孩子在院子里嬉戏玩耍，一家三口虽然没有豪宅华居，却拥有着彼此的关爱与温暖。

1948年4月2日，陈封怀写信给任鸿隽，言及本人和家属的处境："庐山植物园自复园以来，无日不在挣扎中。年初，园之大门口岗警被盗匪击伤，事后警察岗撤去。人谓植物园独居一家可危也，友人劝晚迁牯岭，以防万一；但因鉴此园无人看守，故冒险仍住此地，盖园中所栽培之植物非有人照顾不可也。"不久之后，他担心的盗匪抢劫，果然发生了。

1949年6—7月间，植物园曾先后遭土匪抢劫四次，员工衣物损失甚多，所种马铃薯、包心菜在一夜之间被挖拔一空。

植物园屡遭匪劫后，庐山军管会拨借牯岭中路174A号一栋房屋给植物园，供办公研究使用，并将储藏在园内的各类植物标本、图书及一部分重要文案公物予以迁移，以便保护。

1948年底，北平与外界通信时断时续，静生研究所与庐山森林植物园的联系几乎中断。陈封怀始终不计较个人的安危得失，身怀强烈的责任感和信念，率领员工坚守在偏僻的山间继续工作。

复园后，植物园在庐山地区、湘鄂赣三省交界地区、云南南部地区展开野外调查采集工作。

陈封怀选派熊耀国等人前往湘鄂赣边区进行野外调查采集，熊耀国对当时的艰苦记忆犹新："出外采集主要由我和杨仲毅负责。一般人采标本有三不去：不通车的地方不去，没有招待所的地方不去，生活物品缺乏的地方不去。我们则反其道而行。越是偏僻险峻、生活艰苦的地方，越能采到珍稀标本。"

野外的生活条件十分恶劣，他们有时就割点茅草垫地，有时就找山洞和废墓穴将歇，粮食吃完了就只能采野菜吃。

功夫不负有心人，他们在湘鄂赣共获得腊叶标本1538号，木材标本32种，球根1100个，种子71种，成绩丰富，其中还有不少新种或新纪录。陈的另一名助理冯国楣则在云南南部进行采集工作，所得云南南部一带的植物种子和标本数量也非常可观。

1948年，熊耀国等人还编写完成了《湘鄂赣边区森林资源调查报告》，在《中华农学会报》9月期上刊出。为了丰富植物品种，陈封怀在植物园内大量开展繁殖试验、引种驯化，进行插条繁殖试验和经济植物栽培试验。

1946年，胡先骕与中央大学郑万钧发表水杉生存新种，引起极大反响。

1948年，郑万钧派人专往四川万县采集水杉种子，寄赠国内外各机构，庐山森林植物园得到50克种子，经过助理王秋圃繁殖试验，共得成苗2700余株，并撰写成《水杉在庐山初次繁殖试验经过》一文。

新中国成立后，陈封怀建议东北地区大量种植西洋参，取得了良好的成果。其他的观赏植物，比如荷兰引进的唐菖蒲，法国引进的大丽花、香石竹、桂竹香等十余种名贵品种，都分别栽培试种成功。

1949年，革故鼎新的新时代开始了。

庐山森林植物园先是被江西省人民政府接管，改名为庐山植物研究所，不久中国科学院植物分类研究所成立，又被纳入该所工作站。

陈封怀被调往江西省农业厅农业改进所，担任副所长，仍兼顾庐山植物园领导之责。

在不到三年的时间里，陈封怀领导植物园扩大了苗圃、茶园，新建了温室区、松柏区、灌木区、草花区、岩石园、标本馆，他本人还在1952年前后陆续编写了《庐山植物园栽培植物手册》《江西植物小志I》（与胡先骕合写），发表了《中国报春花研究补遗》《庐山及其邻近卫矛科植物研究》等学术论文。

虽栖居庐山，陈封怀关心的却是整个中国植物园的事业。

年近花甲的陈封怀，再次踏上了新的征程。他被任命为植物分类研究所华东工作站副主任，前往南京规划、设计、建造中山植物园。

而后，中国科学院中南分院决定在武昌兴建武汉植物园，多次请示请调陈封怀前去主持工作。陈封怀并没有因为年事已高而退缩，反而激情依旧，毅然决定再度投入植物园事业。

他和年轻人一起，踏入了神农架，进行野外考察，引种挖苗。虽然身体已经不再年轻，但他的斗志却依旧旺盛。

在陌生的土地上，他用自己丰富的经验和执着的态度，很快将武汉植物园的架构搭建起来，开始编写《湖北植物志》。他将自己对植物的热爱融入了工作中，无私奉献，为植物事业的发展贡献着自己的一份力量。

陈封怀的故事让人感动，他将不朽的热情和无私的奉献精神传承下来。他在岁月的积淀中，依旧闪耀着自己的光芒，成为植物园事业中不可忽视的一员。他用自己的实际行动，诠释了奉献、执着与坚韧的真谛，为后人树立了一个光辉的楷模。

1962年，陈封怀又一次踏上了新的征程，他被任命为华南植物研究所副所长兼华南植物园主任。

1963年，陈封怀还受邀前往朝鲜平壤，协助朝鲜中央植物园的建园工作。这是一个新的挑战，一个新的机遇，他将自己的经验和知识带到了异国他乡，为当地的植物学事业注入新的活力和动力。

茫茫四野，他的身影如同一轮明月，照亮了前行的道路，为植物学的繁荣发展播下了希望的种子。他的努力和奉献让人们永远铭记，在植物学领域留下了不可磨灭的印记。陈封怀，这位致力于植物事业的伟大科学家，他的光芒将永远闪耀在植物学的天空之中。

"植物学家丹青手，二绝一身学父祖。匡庐云雾云锦开，秦淮河畔留芳久。翠湖步月话古今，羊城赏菊怀五柳。布景建园园中园，一片丹心待后守。"

诗中的"匡庐""秦淮河畔""翠湖""羊城"，代指庐山、南京、武汉、华南四座植物园。这首自题诗也是陈封怀一生植物园之梦的总结。

中国有植物园 100 多座，陈封怀虽然只在上述四座植物园工作过，但我国建立的许多植物园，他都做过多方面的指导。所以，人们在提到陈封怀时，往往尊称他为"中国植物园之父"。

其实，陈封怀在国外植物园同行中，也有很高的影响力。

1964 年，他访问了西非四国，参加了国际生物学会议。在会上，他作了题为《新中国植物园的发展》的报告，并访问了加纳的阿勃里植物园。

1981 年 8 月，在澳大利亚召开的第九届国际植物园协会会议上，尽管此时已 81 岁高龄的陈封怀未能与会，但由于他在植物园事业中的贡献与成就，仍被增选为国际植物园协会常务委员。

陈封怀认为："植物园是科学与艺术共同结合发展之基地。"

在植物园建园理论上，他提出了"科学内容与美丽的园林外貌相结合"的原则；在植物园的引种驯化工作上，他提出了"从种子到种子"的全面、系统进行研究的思想。

陈封怀出身书香门第，受到家族良好的中华传统文化的熏陶，国学根基深厚，能诗善画；留学英国，学的又是植物分类及植物园的建造，具有丰富的植物学知识，对西方造园艺术也有较多了解。

1983 年，他在一篇文章中写道："古为今用，吸前人之精粹；洋为中用，去国外之糟糠。集国内外之大成，继传统之所长，光辉照耀。"故他主持建造的植物园，中外结合，古今结合，科学和艺术相结合，既有丰富的科学内容，又有美丽的园林外貌，还有发展生产的意义。

陈封怀对植物园的引种驯化工作，做出了不可磨灭的贡献：在我国首次成功地引种了西洋参、糖槭、檀香、白树油树、欧洲山毛榉、神秘果等多种经济植物、药用植物、园林观赏植物及造林树种，丰富了我国的植物资源。

在他及同事的努力下，庐山植物园仅裸子植物便先后引种栽培了1科7属270余种，成为我国裸子植物最集中、最丰富的栽培园地；华南植物园也先后引种栽培亚热带植物达3000余种。

报春花科是被子植物进化中的一个重要类群，有22属近1000种。我国种类特别丰富，但由于多为高山种类，形态变化较大，而且标本又较少，在分类上难度较大，此前尚无人全面研究整理。陈封怀对菊科和报春花科均有研究，他早年便注意到了报春花科植物。留学英国时，他学习、研究的一个主要内容便是报春花科植物。回国后，他一方面为建设植物园献智出力，另一方面积极研究报春花科。

1979年，他发表的《中国珍珠菜属植物的分类与分布》对报春花科这一属10余种植物进行了深入的研究，从理论上对该属植物的演化、地理分布和起源，作了全面分析，提出了新的见解。一系列论文的发表以及积累的资料，为日后他和他的学生承担并胜利完成《中国植物志·报春花科》的编著奠定了基础。

自1979年至1989年陈封怀先生和胡启明集中精力对中国报春花科植物进行了系统研究，第一次全面清理并明确了我国报春花科植物的种类共13属517种，并进一步把研究范围扩大到整个东南亚地区。经过深入研究，论证了我国西南山区是珍珠菜属、点地梅属和报春花属的现代分布中心和多样中心，也是起源中心。在分类系统上，他们对珍珠菜属作了重大修正，对点地梅属作了部分修正。

他们的研究成果，集中反映在《中国植物志》第五十九卷里。这一研究与国外同类工作相比，深度与广度都处于领先水平。正因为如此，这一成果荣获1993年中国科学院自然科学奖一等奖。

遗憾的是，这一殊荣表决通过时，为此探索一生的陈封怀先生刚刚辞世。

陈封怀生性好学，诲人不倦，让人敬重、感到亲切且乐意追随他。

他曾在中正大学生物系执教达5年之久，为我国植物学事业培养了一批人才。更值得一提的是，他以植物园为学校，在实践中培养了不少植物园建设与植物分类方面的人才。其中有在杜鹃花研究方面做出贡献的中国科学院昆明植物研究所研究员冯国楣；有建造我国第一座岩石园、在我国第一个进行水杉嫩枝扦插并成功的中国科学院武汉植物园研究员王秋圃；有在报春花科系统研究中令人瞩目的中国科学院华南植物研究所研究员胡启明。

陈封怀对胡启明，不仅在学业上关怀，在生活工作上也倍加关注。当胡启明在内江下放期间虚掷年华时，他设法将胡启明调到华南植物研究所，带着他共同研究报春花科植物。

在陈封怀的培养、指点下，胡启明一人完成了《中国植物志·报春花科》大部分编著工作，并成为美国和日本报春花协会名誉会员和顾问，还担任柬埔寨、老挝、越南、泰国等国植物志报春花科的撰稿人。

从1993年到2024年，陈封怀先生离开我们30年了。但是，陈封怀先生真的离我们去了吗？

没有！您看：春风拂过植物园，花草摇曳生姿，仿佛在迎接一位久别重逢的老朋友。

在那一片片绚烂的花海中，一个身影缓缓走来，他面带微笑，目光温和，给世界带来温暖和关怀，那是陈封怀先生，他的出现仿佛给整个大地带来了生机和希望。菊花盛开，闪烁着金黄的光芒，仿佛在向人们讲述着岁月的变迁和生生不息的奇迹；杜鹃花儿飘逸绽放，传达着倔强的意志；报春花盛开，如同燃烧的热情，唤醒了人们心中沉睡已久的希望和憧憬。

陈封怀先生走近我们，仿佛在述说着他对这片土地深厚的情意，他的眼神里洋溢着对生命的敬畏和对美好的追求。

不管是风吹雨打，岁月更迭，他都永远在我们心中，伴随着这片植物园，永不凋零。

4．万里江山入梦来

走进湖州的梁希森林公园，映入眼帘的是一幅清新翠绿的画卷。

在这片幽静的森林里，绿树掩映着天空，红叶点缀其中，如同精美的绣花，展现出独特的宁静和灵动。远处，一群小鸟跳跃飞舞，穿梭于枝叶间，欢快地互相嬉戏，为这片森林添上了一抹生机勃勃的色彩。

来到这里的目的，就是要拜谒一下梁希先生。

沿着公园的主干道往里走，只见粉墙黛瓦、绿柳拂水，别有韵味。主干道的尽头，便是梁希纪念馆。

纪念馆门前，是一池碧水，水中央伫立着一尊3.3米高的梁希雕像。

他戴着一副圆框眼镜，穿着西服，右手拿着大衣，左手持着礼帽，周围有3只小鹿相伴。人们好奇地走近打量，他们发现，著名林学家、新中国第一任林垦部部长的梁希风度翩翩，很新潮，也很亲切。

纪念馆里，一张张珍贵的历史照片、一篇篇见证过往的历史文字、一件件承载记忆的物件，静静地讲述着梁希"无山不绿，有水皆清"

的梦想和实践，展现了他热爱祖国、献身科学、光明磊落、刚直不阿的革命精神。

1883年至1958年，梁希先生走过75载春秋，生命结束在了林垦部部长的岗位上。他是新中国林业发轫的举旗人和新中国林业发展蓝图的擘画者。

梁希出生在吴兴县（现湖州市）双林镇的一个书香望族，从小天资聪慧，15岁时就考取了秀才。受家庭教育和社会的影响，面对清政府丧权辱国、民族危难的困境，梁希萌生了武备救国之心。

1905年，梁希入读浙江武备学堂，次年被官派至日本学习军事。辛亥革命后，满怀救国热忱的梁希停学回国参加革命。然而，梁希的武备救国梦想很快因袁世凯称帝而破碎。辛亥革命失败后，他毅然走上科学救国之路，先后赴日本和德国留学，攻读森林利用学、林产化学和木材防腐学专业。

梁希回国后，先后在国立北京农业大学、浙江大学农学院、南京中央大学农学院从事林学教育，著述颇丰。

他首创中国林产制造化学学科；在桐油提取、木材干馏、樟脑制造等方面取得重要成果，设计出"梁式樟脑（樟油）凝结箱"。他所编写和讲授的《林产制造化学》讲义，中西交融，图文并茂，是中国近代第一部内容丰富的林产制造化学教材。但大量事实告诉他，仅靠教育救不了国，靠科学也救不了国。

1929年，梁希回到浙江，在浙江大学农学院任森林系主任。除从事教学外，他应邀兼任浙江省建设厅技正（总工程师），不过，吸引他的，其实是用一年时间调查全省山林概况的机会。从夏至冬，他跋山涉水，栉风沐雨，足迹遍及杭州、湖州、宁波、绍兴、台州等地，后因踝关节扭伤而不得不终止。考察的成果，是1931年发表的一篇1万多字的《两浙看山记》。

仅看名字，像是游记，细读之下，是对开山垦地的批判。

梁希在《西湖可以无森林乎？》中，为西湖描绘了未来："安得恒河沙数苍松翠柏林，种满龙井、虎跑，布满牛山、马岭，盖满上下三天竺，南北两高峰，使严冬经霜雪而不寒，盛夏金石流、火山焦而不热，可以大庇天下遨游人而归于完全'美术化''天然化''民众化'也。"这样一幅蓝图，今日读之，仍让人神往。

梁希许多有关绿化、生态保护的见解，在今日看来，仍散发着智慧和理性的光芒。梁希在浙期间，当时有人主张在西天目林场开发原始森林，他极力反对，认为"西天目，有数百年来未经斧凿之处女林，吾人当竭力保护，为国家培元气，为地方养水源，为海内外生物学家、农林学家留标本，决不可使一卉一木为道路与建筑物所牺牲"。

1946年5月，九三学社在重庆成立，梁希被选举为监事。此后，作为九三学社的创始人之一，梁希怀着满腔热忱与中国共产党团结合作，为迎接新中国的诞生，进行了不懈努力。

1948年，在南京中央大学进步学生举行的纪念五四运动万人营火晚会上，梁希不顾个人安危，大声鼓励同学们："不要害怕，天色就要破晓，曙光即要到来！"

当夜，他激动地写下"以身殉道一身轻，与子同仇倍有情。起看星河含曙意，愿将鲜血荐黎明"的诗，以抒心志。

1949年5月，梁希沿着党的指引，绕道香港北上，最终平安抵达北平，与开国领袖共商建国大计。9月，中国人民政治协商会议第一次全体会议隆重召开，梁希身为自然科学家的首席代表，受邀参加了这一开国盛会。

10月19日，周恩来总理宣布政务院组成名单，提名梁希担任林垦部部长。梁希认为自己不适合做官，不想接受提名，便给总理递上一张纸条："年近七十，才力不堪胜任，仍认回南京教书为宜。"

周总理在纸条上回复道："梁先生：你是认真的人，故临时而惧，我应该向你学习。但当仁不让，你应该向古人学习。周恩来即。"

总理的期待和厚望，激起了他内心深处沉睡已久的激情和责任感。梁希毫不犹豫地写下："为人民服务，万死不辞。"他将这几个简短而坚定的字眼，呈给周恩来，这也成为梁希日后行动的动力源泉。就这样，已经66岁的老人，全力以赴地走上了新中国林业建设的领导岗位。

那张周总理回复的便条，已经发黄，成了梁希纪念馆的镇馆之宝。

新中国刚成立之时，林业建设困难重重。全国除少数偏远地区有些森林外，剩下的就是40多亿亩荒山。正如梁希所说："林业在今天一切等于从头做起，基础是薄弱的，工作是艰巨的。"

林垦部成立之初，干部很少，工作十分繁忙。作为一部之长，梁希日夜操劳，不仅重大事情都是亲自过问，不配秘书，而且撰写重要文稿也多是自己动手。有时遇到紧急任务，他一干就是一个通宵。

1950年，全国曾出现乱砍滥伐恶风，前后11个月的时间就发生了3390多起毁林案件。时任林垦部副部长李范五回忆说，对此，梁希先生痛心疾首，寝食不安。他不顾年高体弱，亲自奔赴出事地点进行调查，向党中央提出紧急建议。根据建议，党中央先后发布了有关护林和节约木材的通知及指示，平息了这场乱砍滥伐的歪风。

碧水澄清见发毛，锦鳞行处水纹摇。

梁希志存高远，志在让祖国大好河山水天一色。他奔走于黄河水

如今西湖森林繁茂，正如梁希当年之期许

域，深切探讨黄河流域水土流失问题，百尺竿头，更进一步，最后将心得写成报告，成为1955年全国人民代表大会通过的治理黄河综合规划的重要依据。

1951年3月，梁希在《新中国的林业》一文中，为中国河山描绘出了一幅瑰丽的远景："无山不绿，有水皆清。四时花香，万壑鸟鸣。替河山装成锦绣，把国土绘成丹青。"这段名言，一直鼓舞着广大林业工作者为新中国林业美好的未来而奋发努力。

梁希，这是一个与绿色发展紧紧相连的名字，这是一位开启美丽中国篇章的先驱。如今，他的理想依然熠熠生辉，他的贡献为人传颂，一如故乡老宅里的那棵500年的银杏树，扎根大地，枝繁叶茂。

我有一个梦，梁希说："高到八千八百多公尺的喜马拉雅山圣母之水峰，低到一撮之土，都是人民的山，都要人民的林业工作者来保护来造林。除了雪线以上的高山，要把它全体绿化，而不容许有黄色，这是我们的远景。"

"贮林于山，等于贮金于银行，银行存款只取不存，势必用尽。我们希望山中林木取之不尽用之不竭，故一面伐木，一面必须及时造林。"

他深知，历遭劫难的中国，百废待兴，百业待举，中央设立林垦部，就是把林业建设放在十分重要的地位。白发苍苍、面容消瘦、眼窝深陷的他，心里激荡着一个巨大的绿色理想："新中国的林业，一定要走向现代化的新阶段！"

这份理想和情怀，体现在他的高瞻远瞩和剑胆琴心，更体现在林垦部的日常工作上。当时的林垦部（后改名林业部），在北京东四附近一个小四合院，加上部长总共才12个人，机构设置林政司、森林经理司、造林司、森林利用司和办公厅，宿舍就是办公室。

梁希和他的同事们携手前行，如同一群勇士闯进未知的森林。他们在短暂的时间内，竟然在全国范围内建立起了完备的林业机构，查清楚了整个中国的森林资源分布。这就像是解开了中国林业这个巨大谜题的答案，一切都变得清晰起来。

梁希微笑着对同事们说："虽然我们的院子不大，却能容纳三山五岳；虽然房舍简陋，却可以承载五湖四海。这里就是我们研究中国林业发展的起点。"他们就在这个小小屋子中，筹划着中国林业的未来，展望着万里繁华的光景。

这个小院子，仿佛是一个微缩版的中国，承载着无限的希望和可能。

从小小的四合院起步，中国的绿色之路一寸一寸向外拓展。已近古稀之年的梁希，仍开足马力，为国家的绿色理想而仆仆奔走，令人动容。

在梁希撰写的105篇著作中，有三分之一都是宣传林学和林业的科普文章。比如在1955年，林业院校出现招生不足的问题，其主要原因之一是高中毕业生对林业缺乏认识。梁希二话不说，在1956年招生前夕，俯身写字台前，一笔一画写出《向高中应届毕业生介绍林业和林学》一文。他向学生们讲解什么叫林学，什么叫林业，什么叫森林，并热情而亲切地希望学生们"勇敢地、果断地、愉快地加入我们的林业队伍，大家学会绿化荒山，征服黄河，替祖国改造大自然"。

1956年10月，在梁希的带领下，林业部牵头制定了《关于天然森林禁伐区（自然保护区）划定草案》。现在看起来，这部草案依然具有时代性和战略性，它是指导我国生态建设尤其是自然保护区建设的纲领性文件。

在那个深秋的黄昏，林业部的办公室里灯光摇曳，年轻的林业领导者围坐在桌前，运筹帷幄，展望中国林业发展的明天。他们的眼神里折射着对未来的期许和对环境的保护之心。

纸张在翻飞，笔尖在翻动，他们从不知疲倦，因为这不仅是一份文件，更是一份使命、一份责任。他们明白天然森林的珍贵、自然保护区的重要，因为它们关乎子孙后代的未来，关乎这片神奇大地的永续发展。

他们努力地思考着，就像在书写着一部关乎生态建设、保护环境的史诗。他们的文字悠悠上升，像是栖息其中的珍稀鸟儿飞翔，像是在那片净土上生长的参天古树悄然苏醒。

他们的心灵深处，荡漾着对大自然的敬畏和对生态平衡的念想。那份草案，虽然文字简洁，在那一瞬间却蕴含着无尽的力量和智慧。它不仅是一纸文件，更是一份契约，一份守护自然之美的誓言。

在我国这片广袤的土地上，千变万化的地形和气候孕育出了丰富多彩的生物群落。从北方的寒带到南方的热带，植物种类繁多，已知超过25000种以上。高等植物在不同的气候、土壤和地形条件下繁衍生息，形成了各具特色的植被群落。

原始森林婆娑的枝叶交织成一幅绿色的画卷，生机勃勃地展现着大自然的神奇魅力。在这片茂密的森林中，各种动物悠然自得地栖息着，它们与植物相互依存，共同构成一幅和谐的生态图景。

1958年9月，梁希在《人民日报》上发表了他一生最后一篇科普文章《让绿荫护夏，红叶迎秋》。

当时梁希正在病中，但这并不妨碍他拿起如椽巨笔，用诗一般的语言，歌颂祖国的明天和他为之拼搏一生的事业。他在文章中说："绿化这个词太美了。山青了，水也会绿；水绿了，百水汇流的黄海也有可能逐渐地变成碧海。这样，青山绿水在祖国国土上织成一幅翡翠色的图案……这样，中国九百六十万平方公里的国土全部变成一个大公园，大家都在自己建造的大公园里工作、学习、锻炼、休息，快乐地生活。"

在历史的天空中，星光交相闪耀，如同梁希一生的坚持与探索。他的声音如同清泉般悠远，呼唤着森林的重要性，宣扬着人类最根本的福祉。

他不曾停歇，不顾一切地追求"绿色发展"，开辟了一条通往美丽中国的道路。他的行动如同一颗恒星般耀眼，照亮了我们前行的道路，为未来的世界留下了宝贵的财富。

在这个广阔的天地中，梁希留下了自己的足迹，将一片片绿色的希望种在人们心中。他的奋斗不仅成为历史的见证，更让我们坚定了责任和使命。愿我们紧握梁希的信念，为绿色的明天而努力，让星光继续交相辉映，照亮前行的路程。

无山不绿，有水皆清，这是他心中的中国梦。他的情怀，如同那片蔚蓝的湖水，清澈见底；他的执着，宛如那片郁郁葱葱的森林，生机盎然。在广袤的土地上，他留下了一道光芒，闪耀在漫漫生态文明建设的历史长河中。

他的思想，如同故乡的那株五百年的银杏树，枝枝绿叶，顽强生长，无惧岁月的洗礼。他的实践，如同那条清澈的小溪，一路奔流，永不停歇。他留下的不仅仅是绿水青山，更是一段关于环保的史诗。

1958 年 12 月，因抢救无效，梁希与世长辞。可以说，他的一生都在为中国的林业发展描绘一幅美丽蓝图。梁希的学生，著名森林生态学家、森林地理学家吴中伦曾这样评价自己的老师：梁老一生为祖国林业而奋斗，为祖国绿化而呕心沥血。

请看当时林业部划定的保护区，你会惊叹这些擘画者的超前思维：

我国疆域广大，地形复杂，各地禁伐区的划定，主要依靠各省（区）根据各地天然植被的地带性质、分布情况、植被类型、交通条件等项资料，经过勘查研讨，对比加以拟定。我们掌握的材料不够，兹就全国范围大致提出几处，各省可结合科学研究部门，就本地的情况和需要划定禁伐区并报中央备案。

内蒙古自治区：大兴安岭林区的原始林及草原各一处。

吉林省：长白山林区的天池及沿水系地带的原始天然林和东北草原上的草原1—2处。

黑龙江省：小兴安岭林区永翠河流域已划实验区的原始林，完达山林区的大海林一带和大兴安岭林区呼玛与漠河之间，中国科学院正在研究野生动物地区的原始天然林和镜泊湖周围一些林区。

陕西省：秦岭北坡太白山。

甘肃省：兴隆山老云杉林，贺兰山的油松云杉林，洮河上游的紫果云杉林，白龙江流域贡巴朵儿的云杉冷杉混交林。

青海省：草原二处，森林一处。

新疆维吾尔自治区：哈密林区的落叶松天然林或乌鲁木齐南山的天池及昭苏县的云杉天然林，阿尔泰林区布尔津县后山的卡纳斯及红毛河上游的原始天然林，塔里木及准噶尔盆地荒漠天然植被南北各划一处，伊犁、阿勒泰山、天山和萨吾尔山草原各一处。

浙江省：天目山林区、天台山各一处。

福建省：建瓯万木岭及武夷山。

湖南省：通道千斤洞。

广东省：鼎湖山和海南岛五指山尖峰岭。

广西省：德保和龙胜附近各一处。

贵州省：梵净山和大榕江流域各一处。

四川省：岷江上游和木里藏族自治区各一处。

云南省：南部、中部、西北部和西南部各一处（包括森林和草原）。

其他：各省（区）的寺院林也可以加以考虑划为禁伐林。

时光荏苒，尘埃落定。

这份被尘封已久的关于自然保护区的划定草案，仿佛是一本岁月沉淀的史书，每一页都让人心生敬畏。它记录着生态中国的起点，铭刻着绿水青山的箴言。这不仅是一项政策，更是一种精神，一种生态意识的唤醒。

这份草案，就像是一座连接未来的"绿色通道"，引领我们走向更美好的明天。历史、现实、未来，在这草案中交织着，如同一幅绘就的画卷，展现着人类与自然和谐共生的画面。

大风泱泱，大潮奔涌。

时间的飞逝，历史的演进，皆归于那些勇敢奋进的人们！

前行吧，奋进者！让我们共同见证复兴的壮丽画卷！

（摄影：宋林继）

第三章 大国脚印

春从来不语，却温暖了世界。

花草从来不语，却芬芳了人间。

时间从来不语，却回答了所有问题。

1. 鼎湖山：共和国生态保护的"长子"

我们不得不承认，陈焕镛先生的慧眼识珠。

在北回归线上，大片的土黄色覆盖了陆地，构成了一片辽阔的沙漠带。北美沙漠、撒哈拉沙漠、阿拉伯沙漠和塔尔沙漠一一展现在眼前，无比干燥，无比荒凉。

然而，在这片黄色中，却有一块绿洲，那就是我国华南地区。这片土地上长满了郁郁葱葱的绿色森林，因为得天独厚的季风气候，这里成了沙漠带上的一处奇迹。

当然，这些森林也曾屡遭破坏，但唯独鼎湖山上的季风常绿阔叶林却得以保存至今。这一有着四百多年历史的绿色明珠，在土黄色的大地上熠熠生辉，成为北回归线沙漠带上的璀璨明珠，给人一丝希望和生机。

从20世纪30年代开始，陈焕镛就开始关注鼎湖山地区。

鼎湖山国家级自然保护区位于北回归线南侧，地理坐标：东经112°30′39″—112°33′41″，北纬23°09′21″—23°11′30″，东距广州86公里，南邻西江3公里，西离肇庆18公里。

鼎湖山，位于广东省肇庆市东北部，为广东四大名山之一。《广东通志》云："顶湖山在城东北四十里，高千余丈，山顶有湖，四时不竭。"故称"顶湖山"，后改称"鼎湖山"。

鼎湖山凭借独特的季风气候，养育出一片生机盎然的原始森林，是大自然赠给北回归线的礼物。

鼎湖山拥有保存了400多年的南亚热带常绿阔叶林，分布有高等植物2291种，记录有鸟类270种、两栖爬行类77种、兽类43种，已鉴定昆虫713种、大型真菌800多种，生物多样性富集度高，是"活的自然博物馆"和"物种宝库"。

在这片被时间遗忘的角落，孑遗的珍稀植物重新绽放生机，桫椤、观光木、土沉香在清晨的露珠中闪烁着独特的光泽，仿佛在告诉世人它们的坚韧与生机。

红外相机捕捉到的画面更是令人惊叹。白鹇跟着小鹿群追逐嬉戏，豹猫静静地坐在树梢上，目光如电，而野猪却在泥地里打滚玩耍，俨然忘却了一切烦恼。凤头鹰如一位雅致的贵妇，优雅地展翅盘坐在高高的树梢，享受自己的美食。

但最让人感动的，莫过于那只中华穿山甲了。曾经被世人所忽略，被时间所遗忘，现在它再次出现在人们的视线里，优雅地跋涉在山间，它的小短腿虽然迈得慢，但充满了坚毅。

这片角落仿佛是个遗忘的乐园，动植物在这里找到了自己的归宿，重新展示出生命的力量与美丽。或许，我们需要更多这样的角落，让孑遗的珍稀生物重新找到属于自己的家园。

1956年，秉志、钱崇澍、杨惟义、秦仁昌、陈焕镛等5位著名科学家在一届全国人大三次会议上提出，建议在全国各省（区）划定天然森林禁伐区，即自然保护区，这一提案获得通过，由国务院交林垦部会同中国科学院、森林工业部研究办理。

在新中国成立之后，一场前所未有的科技革命正在悄然兴起。

1955年，周恩来、陈毅、李富春组织召开科学技术工作人员会议，动员制订十二年科学技术发展的远景规划。

1956年，国务院开始编制《1956—1967年科学技术发展远景规划》（即《十二年科技规划》）。在周恩来的领导下，国务院成立了科学规划委员会，并邀请了全国几百位科学家参与规划的制订工作。

《十二年科技规划》确定了"重点发展，迎头赶上"的指导方针。规划文件由《1956—1967年科学技术发展远景规划纲要》（下称《纲要》）和四个附件组成，其中《纲要》包括序言、1956—1967年国家重要科学技术任务、任务的重点部分、基础科学的发展方向、科学研究工作的体制、科学研究机构的设置、科学技术干部的使用和培养、国际合作、结束语等九个部分。四个附件分别是《国家重要科学任务说明书和中心问题说明书》《基础科学学科规划说明书》《1956年紧急措施和1957年研究计划要点》《任务和中心问题名称一览》。

《十二年科技规划》如同一颗明珠，闪耀着智慧与信念的光芒，指引着科技工作者砥砺前行，开启一个崭新的时代。

在这个时代里，科技将改变世界，创新将成就未来。而这份规划，就是这场壮丽航程的起点。

1956年12月，党中央和国务院批准了《十二年科技规划》，从此，以科技发展为依托，中国的生态保护拉开了历史性的序幕。

1956年6月23日，华南植物研究所连续在《南方日报》发布启事："本省高要县的鼎湖山自然林区，业经本省领导机关划归我所作为一个自然保护区，这个地区对于研究林型、树种、森林对环境条件和土壤肥力的变化的影响诸问题是一个极其重要的基地，我所已于6月2日以（56）植字第646号函通知高要县人民委员会接收管理，并以抄件送呈广东省人民委员会等有关单位备案。今后严禁在本区内砍伐、狩猎、吸烟、烧火等情事，学术机关团体如需要采集植物标本也要事先函知我所取得同意后方可进行，事关保护公共财物和保证科学事业的发展主要是依靠大家的全力帮助和支持，如有故违，应受法律上应有的惩处，特此公启。"

在林业部和广东省的支持下，鼎湖山国家级自然保护区很快划定了边界和管理界限，规划了核心区、缓冲区和实验区，形成一个完善的保护区框架。

这也是"人与生物圈"计划的生物保护区基本模式，即"核心区——缓冲区——实验区"三圈模式。现在我们国家所有的保护区，都是按照这种模式来建立的。这正是陈焕镛等老一辈植物学家给我们留下的宝贵财富。

1956年12月10日，人民日报第三版以《鼎湖山发现珍贵自然林》为标题发表消息："我国十多位植物、农、林、园艺、地理等方面的专家，最近在广州西面的鼎湖山进行了实地观察，确定了这里的占地二千多亩的残存自然林中，有许多生长了四五百年的热带和亚热带大树。"

1977年，广东省植物研究所复名为中国科学院华南植物研究所，鼎湖山自然保护区也随之重新回到中国科学院的怀抱。

站在鼎湖山的巍峨之巅，仿佛可以感受到历史的脉搏在这片美丽的土地上跳动。蓝天白云下，翠绿的树林和绵延的山峦仿佛在述说着这里曾经的辉煌与沧桑。

华南植物研究所的重新命名，就像一场历史的重启，让这片凝固了岁月的土地重新焕发出勃勃生机。

历史的潮流在这里汇聚，螺旋式上升，带领人们走向更加美好的明天。

1979年，在那个春日的清晨，鼎湖山迎来了一个新的里程碑。阳光透过树叶的缝隙洒在地面上，一片金黄色的光芒，犹如大自然的祝福般温暖而明亮。

鼎湖山森林生态系统定位研究站的成立，让这片神秘的山脉变得更富活力和生机。科学家们穿梭在葱郁的树林中，记录着每一个生物的声音和脚印。

随着时间的推移，鼎湖山自然保护区也逐渐引起了世人的关注。蜿蜒的山路上，游客们纷纷登高望远，感受大自然的宏伟和壮美。联合国教科文组织的加入，更是为这片土地增添了一道璀璨的光环，将它推上了国际的舞台。

鼎湖山自然保护区正式成为国际生物圈保护区，这是一份荣誉，更是一份责任。如同长白山和卧龙自然保护区一样，鼎湖山以其独特的自然景观和生物多样性，成为世界各国学者和游客向往的圣地。

1988年10月，在漫山遍野的翠绿树林中，一个新的管理机构悄然成立，静静守护着鼎湖山。这便是鼎湖山自然保护区管理处，其是为了加强保护区的管理效能而生。

和鼎湖山树木园并肩而立，管理处宛如春天的新芽，为这片美丽的自然环境增添了生机与活力。从被批准设立的那一刻起，它就肩负起了守护自然、保护生态的神圣使命。

1993年，鼎湖山自然保护区作为第一批40个成员之一加入中国生物圈保护区网络。因鼎湖山自然保护区在中国生态建设中具有示范作用，它被载入《中华人民共和国大事记》和《中国共产党一百年大事记》。

在神秘的鼎湖山自然保护区，郁郁葱葱的森林像是一幅原始的画卷，展现着大自然的鬼斧神工。这片数千亩的森林充满了南亚热带常绿阔叶林的特色，植被种类繁多，个体密度惊人，仿佛是一座被时间遗忘的绿色迷宫。

漫步在这片神秘的森林中，仿佛置身于一个神奇的世界。树木参天而立，树冠连成一片，层次错落，犹如大自然的立体画作。树下繁花似锦，各种植物争相绽放，彩蝶翩翩飞舞，蝉鸣鸟啼交织成一曲优美的乐章。这里不仅具备原始森林的外貌特征，还在植被演替序列中屹立不倒，成为区域气候演替的巅峰之作。

截至2023年6月，2291种高等植物、1091种动物，在这片神秘的森林里播撒着生命的种子，孕育着数不尽的奇迹。65种国家重点保护野生动物和68种国家重点保护野生植物，如明珠般镶嵌在这座绿色宝库中，散发着独特的光芒。生物学家将之誉为"物种宝库"，因为它蕴含着大自然的秘密和生命的奇迹。

在鼎湖山国家级自然保护区的深林中，每一棵树、每一只动物都在述说着自己的故事，每一片叶子、每一朵花都在传递着生命的力量。这里是大自然的馈赠，是生命的庇护所，也是人类的宝藏。

为什么会有这么多的生物在鼎湖山安家？鼎湖山人和动植物和谐相处的密码是什么？

研发与管护相结合，联合专家学者对珍稀濒危植物采取就地保护、迁地保护，共同守护"北回归线上的绿色明珠"，这是鼎湖山国家级自然保护区工作者的主要做法。

在重点保护区和非重点保护区的基础上，细化为核心保护区、缓冲保护区和试验保护区。核心保护区内，实行全面封山，禁止对森林进行任何干扰和破坏，尽可能为野生动植物提供最好的生态环境。过去20多年中，保护区一直保持着98%的森林覆盖率，旅游开发的范围不到保护区的10%。

鼎湖山国家级自然保护区内的南亚热带常绿阔叶林面积已由建立保护区之初的1900多亩增长到当前的近3300亩，增幅超70%。

除了分区管理，鼎湖山国家级自然保护区还对珍稀濒危植物进行就地保护与迁地保护，小心翼翼地呵护每一个物种，监测它们的动态。

在20世纪80年代的鼎湖山，桫椤植株已经几近绝迹。专家们为了拯救这一濒临灭绝的珍贵植物，不惜一切代价，通过采集桫椤孢子，将其重新移植在珍稀濒危植物园中。

在翠绿的小溪旁，这些小小的孢子被细心地栽种下去，如同播种希望的种子。而后，人工的采种繁育开始了。经过专家学者的精心呵护，如今，鼎湖山内已经重现了多株桫椤，它们在阳光下摇曳生姿，展现出生命的顽强和韧性。

不仅仅是桫椤，还有庆云寺附近的人工格木群落，响水潭、大窝田附近的鸡毛松，它们也在专家学者的努力下得到了保护和重生。

如大自然的恩赐一般，这些植物重新茂密成林，宛如一幅幅画卷在山间展开，流转着生命的美丽和神奇。

这些珍贵的生物们就像是大自然的守护者，在人类的呵护下重新焕发出生机，为我们展示着大自然的奇妙和无穷魅力。愿我们永远怀着敬畏之心，守护好这些宝贵的生命，让它们在世代传承中继续绽放。

据统计，鼎湖山国家级自然保护区平均每平方公里就诞生出17.8种新物种，几乎每年都有新物种或新记录种产生，以"鼎湖山"命名的物种已有200余个。

虽然得到国家的支持，但鼎湖山的保护任务依然困难重重。

纵观鼎湖山保护区的保护历史，不外乎"防人""防火"这两大重任。

1958年，当地土法炼钢需要木材，几百名村民浩浩荡荡直奔山上，要砍树炼钢。当时的负责人黄吉祥和员工堵在路上，大声喝止，终于制止了村民的鲁莽行动。

弹指挥手间，光阴流转，无论外界风云如何变幻，鼎湖山国家级自然保护区里没有一棵树倒在盗伐的利斧之下。

在鼎湖山国家级自然保护区，科研人员常时穿梭在茂密的马尾松林间。这片纯林，生态多样性极为单一，面对松毛虫、松突圆蚧等病虫害时毫无还手之力。而林下厚厚的枯枝落叶更是引发火灾的危险源头，威胁着整个保护区的安全。

为了解决这个问题，科研人员开始了林分改造工作。他们在浩瀚的植物资源中，找到了适合在当地环境下生存的先锋树种——木荷、藜蒴等。这些树种以其耐干旱、耐贫瘠的特性，成为改造工作的关键。

阳光透过稀疏的树叶，洒在绿油油的苗木上，仿佛一片神圣的光辉。科研人员在树木旁边留下一道道细小的标记，记录着它们的生长发育情况。每当见到新的萌芽，他们都会欣喜若狂，仿佛看到了希望的种子在这片热土上生根发芽。

渐渐地，木荷、藜蒴等先锋树种在鼎湖山的土地扎下了根，它们开始发芽、生长，为整个生态系统注入新的活力。枯枝落叶在它们的庇护下变得稀少，林间的干燥气息得到了缓解。更重要的是，这些先锋树种不仅丰富了生态系统多样性，也成为保护区中抵御火灾最重要的"武器"。

在科研人员的努力下，鼎湖山国家级自然保护区焕发出了新的生机。他们以自己的双手，将这片土地一点点地改变，让生态多样性在这里得以重塑。其中一个重要人物，便是黄忠良。

黄忠良是中国科学院华南植物园研究员、博士生导师，过去40余年间，他一直扎根深山，是有名的"山痴"。

黄忠良是湖南邵阳人，在鼎湖山生活了大半辈子，他的普通话还带着浓浓的家乡口音。因为常年在深山老林中从事动植物调查，黄忠良的皮肤被晒得黝黑。1982年，黄忠良大学毕业被分配到鼎湖山保护区，因为大学期间连续4年都是三好学生，他原本有机会出国，但他最后还是决定到林区工作。

黄忠良来到鼎湖山国家级自然保护区时，刚好是鼎湖山声名鹊起时。黄忠良记得，当时有二三十个员工，他们大部分是护林员，条件非常艰苦。

他的宿舍在一楼，既潮湿又黑暗，房子是用土砖垒砌，用青瓦盖屋顶。用水只能到山上取山泉水，遇到下雨时，山泉水也变得浑浊，只好先接一桶水沉淀一天，等水中的杂质沉到水底了再拿来做饭。

令黄忠良印象最深刻的是山蚊子，个头大，一到晚上就到处飞，咬得他没法入睡。

即便是晚上，队员们也要轮流守山，时刻防止有人砍树、偷猎、采药。那时，唯一的娱乐就是听收音机。因为常年居住在阴暗潮湿的大山中，很多人得了关节炎，每到下雨天，腿脚都麻木疼痛。

从1992年开始，黄忠良先后担任保护区管理局副局长、常务副局长、局长，直至在局长岗位上退休。如今鼎湖山国家级自然保护区的基本保护框架就是在他"掌舵"时划定的。

"为了科学管理，我把鼎湖山生物圈保护区分为三个区，分别是核心区、缓冲区、实验区，对不同的区域分别实行不同的管护措施。"

据黄忠良回忆，当时鼎湖山分为封山区和半封山区，因为山中还有老百姓居住，所以老百姓进山捡柴，工作人员没有完全禁止，但捡拾柴火的直径不得超过6厘米。"有些村民捡的柴火太多或者树枝过粗，都会被我们拦下。虽然有些不近人情，但职责所在，我只能当'黑脸包公'。"

尤其让黄忠良感到自豪的是，他守山40余年间，鼎湖山国家级自然保护区管理局没有砍过一棵树。

一年中，黄忠良几乎有一大半时间在山里面度过，他把山间的一草一木看得比自己的命还重要，处置险情时他也冲在最前面。

1987年重阳节那天下午5点，黄忠良正准备和同事们去吃晚饭。突然，鼎湖山三宝峰瞭望哨传来报告，鸡笼山山顶发生火警。

黄忠良二话不说就往鸡笼山的山顶冲。鸡笼山海拔1000多米，平时爬上山顶要3个小时，但他担心山顶火势，不到两个小时就到了山顶。经过两个小时的紧张扑火，直至晚上9点多，他们才将明火扑灭。

此时山顶已是一片漆黑，他又累又饿，只得小心翼翼地摸黑下山。到了山下一照镜子，自己真的被熏成了"黑包公"，就连头发也被烧掉了不少。

黄忠良原本是抽烟的，但自从进入鼎湖山保护区工作后，他连烟都戒了。"要像保护自己的眼睛一样爱护保护区的一草一木，它不是我们这一代的，而是要留给子孙后代的。谁要把它破坏掉了，谁就是罪人。"

1978年至1985年间，来自中国科学院及广东省的科研队伍，完成了保护区的地质、地貌、土壤、动物、鸟类、昆虫、植被类型、植物种类等调查工作。

在鼎湖山深处，一位年过半百的科研人员石国梁默默地站在标本室前，他的脸上布满了岁月的痕迹，但眼中却闪烁着坚定的光芒。

多年来，他带领着标本组，冒着严寒酷暑，穿越茫茫山林，采集了数以万计的植物标本，翻山越岭，摸清了鼎湖山的每一个角落。他用自己的双手，记录了这片土地上各种各样的植物，呕心沥血，无怨无悔。

格木，曾因过度开发，濒临灭绝的边缘。但在石国梁的精心照料下，格木得以重新生长，在标本室中，每一株格木都散发着生机勃勃的气息。这种曾经被人们忽略的建材，如今成为鼎湖山的新宠，为这片土地增添了一抹新的底色。

石国梁静静地看着这些被他保护起来的珍稀植物，他知道，自己的使命并没有结束，他会继续守护这片土地，直到生命的最后一刻。

在这个世界上，或许他只是微不足道的一粒尘埃，但对于这片大地来说，他却是最坚定的守护者。

清晨的雾气轻轻飘荡着，阳光透过浓密的树叶洒下斑斓的光影。一名身着白大褂的年轻科学家王英强，正专注地观察着一朵黄花大苞姜。它花瓣细腻如丝，花蕊微微摇曳着，仿佛在述说着一段神秘的故事。

突然，王英强的眼睛猛然一亮，他看到花粉粒竟在向着柱头缓缓滑动。这一幕，细微而又神奇，让他不禁眨了眨眼睛。他从未见过花粉粒有这样的运动方式，心中不禁涌出无限的好奇。

王英强夜以继日地沉浸在对这一现象的探求中。他细心观察，用心感受着大自然的美妙之处。经过不懈的努力和不断的验证，他最终揭开了这一全新的自花传粉机制的奥秘。

当这一研究成果被刊登在著名科研杂志《自然》上时，王英强沐浴在阳光下的笑脸上洋溢着胜利的喜悦和对科学探索的热爱。

鼎湖山，作为完整的森林生态系统，成为他探索未知领域的理想基地，也见证了他科研成就的辉煌。

回眸鼎湖山国家级自然保护区的风雨历程，我们可以窥见中国所有保护区在发展道路上的举步维艰。

这充分说明，保护自然资源并不是一件可有可无的事。

这些山林和它们的守护者，值得时代的敬重与尊敬。

现在看来，陈焕镛等五位科学巨匠的"92号提案"，对中国未来自然资源保护的意义是巨大的，可以说改变了中国自然资源保护的进程。

何其幸哉，鼎湖山国家级自然保护区成为第一个试验和推广地，鼎湖山之后，依据《关于天然森林禁伐区（自然保护区）划定草案》，浙江天目山、海南尖峰岭、广西花坪、云南西双版纳、吉林长白山等多处区域被划定为禁伐区。我国自然保护区建立工作迅速铺开，到1978年底，全国共建立自然保护区34个。

"古木葱茏溪道长，龙潭飞水鼓笙簧。"

2022年7月11日上午，华南国家植物园在广州隆重揭牌。

这是继北京国家植物园正式揭牌之后，在广州亮相的又一国家级植物园，标志着我国的国家植物园体系建设迈出了坚实步伐。

2．尖峰岭的历史性长跑

白云悠悠，时光仿佛折叠起来。

山色妩媚，淡淡的青脉在苍翠间若隐若现。

一走进海南岛的尖峰岭，就会被古木参天的原始热带森林所震撼。这里藤蔓缠绕、溪流瀑悬、山石嶙峋、沟谷幽深，别有洞天，俨然天地初开的世外桃源。

尖峰岭国家级自然保护区拥有目前中国唯一的山海相连的国家级热带森林公园，也拥有中国保存最完好的原始热带雨林。

从开发到保护，尖峰岭国家级自然保护区经历了半个多世纪的长跑。

半个世纪以前，尖峰岭还是与世隔绝的"无人区"，这里瘴气萦绕，蚊虫肆虐，野兽出没，莽莽林海成了人们望而却步的"禁区"。

陈焕镛从哈佛大学毕业后，赴海南岛考察。他也是第一位到海南岛采集植物标本的植物学家。

海南岛，中国仅次于台湾岛的第二大岛，陆地总面积3万余平方公里。这里雨量充沛，适宜众多的植物生长、繁衍，是热带雨林、热带季雨林的原生地，海南省也是中国唯一拥有热带气候的省份。

当年，苏东坡贬居昌化郡（今属海南省儋州市），此处据史书记载："盖地极炎热，而海风甚寒，山中多雨多雾，林木阴翳，燥湿之气，郁而不能达，蒸而为云，停而在水，莫不有毒。"现儋州市的东坡庙中有诗曰："松林山下万松冈，岁晚空留载酒堂……"

清初，海南岛中南部仍是大片森林，感恩、江边一带森林，蜿蜒数百里，出产的花梨、荔枝等，均属良材佳木。

1931年，广东《琼崖水源林调查报告书》记载："在南渡江、昌化江、陵水河、宁远河、嘉积河等河流上游林木茂盛，林相雄伟。"

海南岛森林资源遭遇的最大破坏，当属日本侵略者对森林资源的无度掠夺。日本侵略者在海南挂上东京帝国大学热带森林研究所的牌子，以进行森林植被调查和森林采伐，并建有5个林业苗圃，把人迹罕至的原始森林也纳入了开采的范围。

中华人民共和国成立以后，随着国民经济的发展，改善和保护生态环境，成为摆在党和政府面前的一项重要任务。为合理开发利用森林资源，保护生物物种的多样性，我国开展了植树造林、引种驯化、森林病虫害防治、产业开发利用等活动。

1953年，海南开始逐步建立起一批林业科学技术试验站（场），为新中国的建设贡献力量。1956年，海口秀英林业试验站和海南岑门林业试验场相继建立，为探索木材资源的有效利用提供了新的途径。

当时，新中国的建设离不开大量的木材供应，而广东省的森林资源却面临着匮乏的困境。粤北地区的木材供给已经无法满足需求，因此海南的林业试验站的建立显得尤为重要。这些试验站的建立不仅仅是为了提高木材产量，更是为了推动林业科学技术的发展，实现资源的可持续利用。

那时，探索林业科学技术成为一项重要的事业，为解决木材资源短缺问题贡献了力量。海南的林业试验站，在广大工作者的辛勤劳动下，逐渐成为促进林业事业发展的重要支柱，为新中国林业的持续发展奠定了坚实的基础。

春风拂过尖峰岭，青翠的树木在晨曦中苏醒，似乎在向着远方的山谷诉说着那些被遗忘的故事。

朱志淞领着一群年轻的专业人员，穿越琼州海峡来到这片神秘的丛林。

春节过后的清晨，尖峰岭沐浴在春雨中，润泽且生机盎然。林书谦和同学们的笑声在山谷中回荡，仿佛在讴歌着这片土地的美丽和神秘。他们的足迹，印刻在这片森林里，记录着他们对自然的敬畏和对知识的渴望。

尖峰岭的故事，由林书谦和他的同学们书写，他们的心灵在这片大自然中得到了洗礼，他们的梦想在这里生根发芽。

尖峰岭原始森林如同一幅自然界绘制的恐怖画卷，处处隐藏着阴险的陷阱。人们脚下似乎是一张错综复杂的地图上，谨慎行走才能避免跌入深渊。

蚊虫、蛭虫、毒蛇在这片密林中密度极高，仿佛是荒野中的毒牙恶兽，令林书谦等年轻探险者的心头发寒，时刻感受到紧张与恐惧。密林中的每一处都蕴藏着不可探知的秘密，他们的每一步也都充满着未知与危险。

蚂蟥一般潜伏在树上，没有眼睛，但通过热感应，就能准确判断出人和动物的位置，攻击力极为惊人。

当人走到树下的一瞬间，蚂蟥就会收缩身体，精准地降落到人的身上，在爬到合适的位置后，蚂蟥便开始分泌一种麻醉性物质，这种物质一旦生效，人就完全察觉不到它们的存在。然后，蚂蟥开始吸血。蚂蟥的整个吸血过程自然流畅、隐秘安静，令人毫无察觉。

"进山后有三怕，一怕疟疾，二怕蚊虫，三怕野兽。"说起那段经历，林书谦至今仍心有余悸。

有一次，正值林书谦值班，到了深夜，一只豹子在屋外发出令人惊悚的吼叫，林书谦用锉刀敲打挂在墙上的长锯，尖锐刺耳的金属声把豹子吓走了，林书谦吓得瘫坐在地上，衣服都湿透了。

就这样，林书谦等人几次进山又出山，断断续续地坚持了两年，终于把尖峰岭森林资源的情况大致摸清楚了。与此同时，多家中央及省内外科研机构也在对尖峰岭的资源进行调查、勘测，为尖峰岭日后的开发、保护作积累。

那时的尖峰岭，还很难称为完整意义上的热带雨林自然保护区。

由于时代的局限，保护区的管理机构一直没有成立，禁伐区只是在纸上划的圈圈，大片的原始热带雨林和珍稀动物并没有得到实质性的保护。在很长的一段时间里，开发依然是尖峰岭的主题。

1958年，广东省批准成立了海南区尖峰岭林业管理局。那一年，几千名大学生和知识青年，怀着对未知的好奇和对未来的憧憬，踏上了这片神秘的土地。

他们手持锄头和斧头，在密林中奋力劳作，伐木声响彻云霄。孤独与思乡交织在心中，但他们始终坚守初心，热爱着这片土地。岁月如梭，青春逝去，他们在尖峰岭留下了自己的足迹，留下了对这片土地深深的眷恋。

1976年，广东省林业局革委会同意成立尖峰岭热带林自然保护站，保护站由尖峰岭林业局领导，主要任务是保护管理好国务院批准划定的热带林自然保护区，并采取有效措施，教育职工和群众，保护好尖峰岭林区的珍贵动物。

而后，广东省尖峰岭热带林自然保护区成立，这也是海南第一个自然保护区。虽然，保护区的范围并没有改变，但名称上由"禁伐区"变为"保护区"，意味着真正开始了对尖峰岭的保护。这片被称为热带天堂的土地，被赋予了更加珍贵的使命，那就是守护着这里的珍稀动植物，让它们在自然的怀抱中生生不息。

尖峰岭，千峰竞秀，绿意葱茏。热带林的奇异美景，蕴含着无数科技工作者的汗水与辛劳，在这片神秘的土地上生根发芽，与阳光、雨露同呼吸，同成长。

20世纪60年代初，张振才成了保护站的第一任站长。谁曾想，在这个岗位上，他一干就是25载。

当时的保护站只有5个编制、一间简陋的会议室兼办公室，并且每年仅有1.5万元经费。但是，张振才等人并没有因此气馁，而是积极投入工作中。他们拿出1万元建起了招待所，另外5000元用于购买必要的设备，勉强维持着保护站的运转。虽然缺乏科研人员，但他们依靠"热林所"和其他科研单位提供的技术支持，不断对保护区内的动植物资源进行调查研究。

这段岁月，虽然艰苦却也充满了奋斗和希望。他们不畏困难，尽心尽力，守护着这片自然的天地，捍卫着大自然的尊严。从最初几个人的小团队，到如今保护区内生机勃勃的生态系统，这一切都离不开张振才和他的团队用心付出的努力。

张振才，那位被时光雕琢的守护者，他用坚韧与毅力书写着保护区内的传奇。25年，弹指一挥间，但那份执着和热忱，却长存于时间的长廊中，永不褪色。

著名诗人田汉，登临尖峰岭，目睹年轻科技工作者在苛刻条件下筑梦的身影。他挥毫泼墨，写意间诉说着青年的坚定信念与拼搏精神："直把林场当战场，青年都识菜根香。百年树树尖峰岭，好为人民造栋梁。"

这不仅是一首诗，更是一种豪情壮志蔚然绽放的写照。在这里，青年们肩负起为人民造福的责任，努力奋斗，砥砺前行。

尖峰岭的神秘，像一座宝盒，吸引着一代又一代的年轻人，梦想与实践在这片土地上相互交织，奏响着探索与创新的乐章。他们在这里，书写着属于自己的光荣史诗，将青春与汗水汇聚，诠释了林业科技工作者的使命与担当。

1981年，16岁的刘大业融入了这片神秘的林海，他是"林二代"，浸润着绿色的基因。

他的父辈们奋战8个月，完成了北京特种用材生产任务。人民大会堂的柱子，静默地见证了尖峰岭的英雄树种陆均松矗立风中。

刘大业踏入尖峰岭，眼前的景象令他心潮澎湃。这里曾是采伐的中心，年产木材4.05万立方米，工人如潮。他敬佩老一辈的智慧，70年代就在尖峰岭划定了禁伐"核心区"，为海南岛守住了这片最后的原始森林。

"现在尖峰岭内保存较多的柚木林、母生林，都是那时候保护、营造下来的。"

1993年1月1日起，海南省全面禁伐天然林，实行经营转向。

国家公园

在尖峰岭，森林深邃，千峰竞秀（摄影：宋林继）

尖峰岭山林间响起了一声震耳欲聋的命令——"刀锯入库"！刹那间，原本嘈杂喧嚣的林业界变得一片寂静，伐木的刀声不再响彻山谷。

面对从"伐"到"护"的艰难转型，人们陷入了深深的苦闷和彷徨之中。曾经依山而居的人们突然发现，靠山不能吃山，一时间无所适从。

然而，在这片荒山上，却有一群人敢于挑战困难，他们毅然放下手中的工具，开始了造林之路，一起度过了那段最艰难的时光。

时光荏苒，2000年寒冬的一天，尖峰岭林业局正式实施了国家天然林资源保护工程，开启了"天保工程"的序曲。从此，尖峰岭山林重现生机，万物复苏，蓝天白云下，满眼翠绿，仿若一幅大自然的画卷。

这是一段曲折、感人至深的故事，那些坚守初心的人们，用行动奏响了一曲感天动地的山林壮歌。

这个时候，刘大业再次上岗，这次的岗位是护林员。从伐木者到护林人，刘大业和工友们经历了蜕变。"以前满山爬为伐木，是职责，是为了祖国建设；现在满山爬为巡护，也是职责，也是为祖国建设。想想以前砍倒的那些树，确实心疼。油锯的马达声一直萦绕在耳际，也是对全社会拉响的保护自然的警笛。希望下一代直至千秋万代，牢记历史教训，保护好我们赖以生存的自然环境，人境和谐，健康幸福，绿色发展。"

山谷深处，尖峰岭之巅，有一棵神奇的鹿树，如梦如幻，仿佛仙境中的一角。它高耸入云，根株弯曲似麋鹿的身姿，树身盘旋上升，仿佛鹿在优雅腾跃。三株巨大的根，宛若托起鹿的骨架，一段细长的树身，伸展如颈，分出三丫横枝，指向天际。

鹿树扬起的"前蹄"似乎在迎风翩翩起舞，长颈如角，翘首迎风，仿佛随时会在云端舞蹈。这不仅是一棵奇妙的树木，更是大自然的杰作，展现着生命的魔力和奇迹。

在这片清幽的山谷之中，鹿树成为那些探险者们的向往之地，成为那些寻找灵感和奇观的文人墨客的灵感源泉。它的存在，让人感受到了大自然的奥妙和神秘，仿佛打开了一个通往幻想世界的大门。这棵树，也已正式列入中国树木奇观。

就植物本身而言，热带雨林并非"天堂"，也充满竞争。

林海茫茫，藤叶缠绕，太阳的光芒被层层阻截，最终落到地面的不足5%。在如此幽暗的密林中，即便是"雨林王者"望天树，生存也不容易，2万粒种子中只有1粒能萌芽长成树苗。

谁先见到阳光，谁就有了生存的权利。

在这片绿色世界里，植物们为了争夺一丝阳光，竞相斗智斗勇，展现出各自的生存本领。有的缠绕攀缘，有的奋力向上钻，每一株植物都在不停地拼搏，为了生存的权利而奋勇向前。

在这种植物间的残酷竞争中，最让人心惊的莫过于"绞杀"这一手段。一棵大树倒下，只留下一片空地，不到几天的时间里，便会被藤本植物覆盖。新芽与枯枝轮番上演，生命的律动无穷无尽，却也有着残酷的一面。

有些"急性子"的植物则更加激进，恨不得在同伴还没变成"枯枝"之前，就已经抢占了地盘。它们没有耐心等待，只知道争夺，只知道蚕食着他人的空间。这种残酷的竞争，或许正是大自然的规律，但也让人感叹生命的坚韧与脆弱之间的微妙平衡。在这片绿色竞技场上，每一株植物都在为了生存而努力，都以不同的方式演绎着自己的生命之歌。

在这片神秘的雨林深处，一场默剧正在上演。海南粗榧沐浴着阳光的温暖，悄然生长，欢快地向上攀升，却不知道背后隐藏着一场无声的杀戮。高山榕如同一位优雅的舞者，细长的气生根盘旋在粗榧的身体上，向上攀爬，向下延伸，编织出一张无处可逃的网，将粗榧紧紧困住。

这种"亲密接吻"背后的真相，又让人如何不感慨？

生命中充满了无奈和悲壮，时光倒流，故事中隐藏的秘密也渐渐揭晓，这场绞杀虽然自然流畅，却也让人不禁心生悲凉。静谧的雨林，蕴藏着无穷的神秘和残酷，唯有植物无声，默默承受着这一切。

很久以前的一天，鸟兽饱餐后开始排泄，一颗高山榕种子偶然落入了海南粗榧的怀抱。在这颗小小的种子内，蕴含着无限的生命力，它轻轻萌发出青翠的胚根，优雅地展开它的生命旅程。

胚根在榧木的枝丫间来回摇曳，仿佛在寻找着生长的路径，最终逐渐变成了气生的网状根系。这些根系纵横交错，稳固地附着在榧木的树干上，顺着树干向下延伸，连接着土地的滋养。

而在树冠上，一根根枝条顽强地傲立，茁壮地生长着。叶子抓住每一丝阳光，悄无声息地进行着光合作用。它们笔直地向着天空延伸，不断地吸收营养，壮大了自己的体量。

起初，高山榕长得极为缓慢，被寄生的海南粗榧根本没有察觉到危机就在跟前。直到有一天，高山榕的根系抵达地面，它们逐渐增粗增多，不断交叉融合，由此也开启了对寄主的全面进攻。

在地下，它掠夺水分和营养，使寄主处于饥渴之中；在地面上，它将寄主的枝干紧紧箍住抑制其增粗，阻止其输送水分和养分；而在树冠之上，它向上的枝条野蛮扩张，渐渐覆盖住寄主的树冠，夺走了许多阳光。

抬头往上看，虽然海南粗榧依旧枝繁叶茂，但已经明显察觉到它力不从心。而此时，这场无声的绞杀还远未终结。

这棵海南粗榧，也许还要经历漫长岁月的侵蚀，才会枯萎谢幕。而绞杀者最终"鸠占鹊巢"，成为新的主人。

这一结局并非胡乱猜测，在热带雨林，这样的故事每天都会上演。

在尖峰岭热带雨林，具有绞杀功能的榕属植物多达二三十种，包括斜叶榕、钝叶榕、绿黄葛树、高山榕等。它们的果实往往肉厚多汁，受到鸟兽的青睐，这是一件互惠共赢的事情：清甜可口的果实成为鸟兽的腹中美食，果实里的种子因太过坚硬不能被消化，借助鸟兽的活动四处播撒"安家"。

落在土壤中的种子顺理成章地生根发芽，要是不小心落在其他树上，也不必担心。热带雨林里的枝杈上经常积存着一些凋落物，再加上高温多雨的水热条件，让这些种子同样可以发芽生长。而存活的榕属植物幼苗之所以能够后来居上，还得益于一种"武器"——气生根。

与长在地下的树根不同，气生根可以生长在地面以上，从潮湿的雨林空气中吸取氧气、水分和营养。或如柔软的蟒蛇般攀附其他树木，或形成垂直向下的"根帘"，等到它们扎入土壤逐渐变粗，形成众多支柱根向四周不断"开疆拓土"，就有可能造就独木成林的自然奇观。

除了桑科榕属植物，还有一些植物也同样擅长用这种"温水煮青蛙"的方式完成杀戮。它们通常善于攀缘，在高大挺拔的寄主身上蔓延生长。这种寄人篱下的生存方式与附生植物非常相似，但不同的是，附生植物通常长得并不高大，一般不会掠夺它所附着植物的营养与水分，两者往往能够和平共处。

绞杀植物也并非一无是处。中国科学院的专家们通过研究发现，绞杀植物的主力军榕属植物在维持热带雨林的生物多样性甚至整个生态系统的平衡中起着十分重要的作用——它们几乎一年四季都挂果，可以给兽类、鸟类、昆虫及微生物连续不断地提供食物，也为种类繁多的喜阴植物提供了适宜的生存空间。

在海南热带雨林国家公园霸王岭片区，桑科的各种榕树便是海南长臂猿最喜欢的"粮食树"；而在位于琼中黎族苗族自治县的百花岭热带雨林文化旅游区，一棵树龄逾千年的榕树枝干上附生了50多种植物，远观像一座郁郁葱葱的空中花园。

如此看来，这场绞杀的受害者自始至终只有一个：倒霉的寄主。更可怕的是，这些雨林中的"刽子手"不会轻易善罢甘休，它们会在"勒"死第一棵树后如法炮制，将魔掌伸向其他高大乔木，直到完成新一轮绞杀。

被绞杀者中空后轰然倒地，残留的枯木往往会吸引大量昆虫在里面筑巢，成为一个迷你的生态系统。而它们原先生长的地方则会形成林窗，为周围其他植被冲破幽暗疯狂生长提供机会。

这就是植物世界的牺牲！一个生命的结束，也是其他生命的开始。

这便是热带雨林的残酷，也是大自然的法则。

在尖峰岭热带雨林，为生态世界做出牺牲的不仅仅是海南粗榧，还有一群人。

这群人，自称为"山人"，与雨林同行，唯愿青山安好。

参天巨树，恣意上扬（摄影：宋林继）

　　他们是一滴滴水，将自己融入林海；他们是一棵棵树，扎根密林深处。如陆均松般坚毅挺拔的身影，是"山人"对雨林守望的最好诠释。

42年前，有一位名叫李意德的湖南小伙，背着麻袋，踏着十几公里的土路，一往无前地迈进了中国林业科学研究院热带林业研究所的大门。这是一个与山为伴的地方，一个让人感受自然魅力的荒野。李意德像是这片土地的一部分，与之融为一体。

他像一个本地山民，熟知山林间的每一寸土地，每一株植物。他也是一个远道而来的异乡人，对这片陌生的土地充满好奇和敬畏。他背负着监测设备，上山做监测，下山做实验，从不畏惧风雨。

李意德是一个半路出家的护林员，他将心灵扎根于这片广袤的林海，用自己的双手守护着这片净土。他是一个学识渊博的专家，对植物、动物、生态系统了如指掌，他的眼睛里充满了对自然的热爱和崇敬。

茫茫林海，他与他的团队穿梭其中，采集样品，记录数据，探索着未知的领域。他们的身影仿佛融入了这片自然的怀抱，与山、与水、与树融为一体，共同谱写着自然的华美乐章。

海南热带雨林国家公园，是李意德和他的团队用心守护的绿色宝库。他们与自然共存，血脉相连，彼此依存，共同谱写着一曲生命之歌。

在这片山林间，他们发现了自己，也发现了更多关于自然的奥秘。这是一段人与自然的美丽邂逅，一场永恒的探索之旅。

他曾获国家科技进步一等奖、二等奖，被评为科技部"全国野外科技工作者先进个人"。

世上本无路，走的次数多了就成了路。

在尖峰岭无人区的深林里，一条狭窄的小径蜿蜒曲折。这条小路并非由铺设的石板或沙砾构成，而是由李意德和他的团队踩踏出的。

荆棘刺破了他们的皮肤，虫子咬伤了他们的肌肉，但他们依旧坚定地向前走去。

密林深处，参天大树遮天蔽日，茂密的藤蔓缠绕在枝干之间，竹叶青蔫蔫地摇曳着，蜈蚣和蚂蟥在阴暗的树根下悄然潜伏。然而，在这片幽深的森林中，每一棵树都拥有属于自己的"身份证"。大树上挂着一个小小的标牌，上面清晰地记录着树的种名、胸径和坐标，仿佛是这片森林的守护者为每一棵树刻下了名字，定格了它们的位置。

李意德和他的团队如同这些标牌一般，默默地在这片荒凉的土地上留下了痕迹，为这些树木赋予了新的生命。他们的每一步都是为了保护这片森林，让这些树木拥有更加真实的"身份"。在这个被大自然遗忘的角落，他们是唯一的守护者，是无声的守望者，是这片土地的守护神。

在这片静谧的大山之中，每一棵树都有着自己独特的身份证。它们伫立在那里，静静地承载着岁月的沉淀，见证季节轮回的往复。这些年来，李意德的团队已经给50多万棵树"扯了证"。每一棵树，都像是大自然的孩子，需要50多万个心灵的呵护和关照。每5年一次的量度，是对树木生命的尊重和珍视。

想象一下，30人需要昼夜不停地工作一年多，才能完成这次测量。他们要测量的范围，竟有92个足球场那么大！

在这片广袤的土地上，每一寸都是珍贵的数据，每一根树枝都如同生命的线索。收集样地里的枯枝落叶、烘干、称重，分类登记，打成粉末，测定养分……这些看似枯燥的工作，却是为了让树木的成长更加健康，为了让土地的生机更加繁荣。

一个个脚印，一个个数据，是探索，更是具有生命意义的寻找。

李意德用青春和生命完成了他与山林的历史性对话。

1962年出生的陈焕强，祖籍广东茂名，是军人的后代，他是随父亲南下来到海南尖峰岭的。

在国有林场，陈焕强每天都起得很早，不等天亮就开始出勤。他穿梭在山间，劈柴砍木，汗水湿透了衣衫，身上沾满了树木的尘土。

林业工人的生活并不轻松，没有周末，没有春节长假，只有勤劳和坚韧。但正是这种朴素的生活，让陈焕强变得坚强和勇敢，他的身躯在山林间逐渐被磨砺得更加坚实，他的心灵也变得更加坚定。

晨曦中，陈焕强挥舞着斧头，劈开一株又一株青翠的树木，他的汗水在阳光下闪耀，仿佛在诉说着他对这片大山的热爱和敬畏。在这片广阔的山野中，虽然陈焕强只是一个小小的伐木工，但他的信念和韧劲却比任何人都坚定。

伐木，打枝，集材，归楞，装车，清林，这就是林业工人的工作，没有选择，一天又一天地重复着，一年一年，一代又一代人，慢慢成了历史，成了记忆。

伐木生涯，是一段朴实无华却又充满荣耀的岁月。

在这片山间，陈焕强用他的双手撑起了一片苍翠，用他的奉献和执着书写着一段传奇。三十载风雨兼程，陈焕强终于由一名伐木工人成为植物之王。

他起初只是一名普通的工人，负责野外采集菌类、昆虫，心中却早已藏着对植物的热爱。植物分类的世界，在他眼中如同一幅神秘的画卷，吸引着他深入探索。

他戏称自己是一个"植物人"，因为植物已经成为他生命中不可或缺的一部分。没有经过正规的林业教育，陈焕强凭借自己的坚持和勤奋，一步一步走到了今天。不断查阅资料、积累经验，他终于成为海南省数一数二的植物分类专家。

在陈焕强等人的辛勤劳动下，尖峰岭保护区建起了新的标本馆，那里陈列着677种动植物和昆虫标本，其中大部分都是陈焕强亲手搜集和整理的。他像对待珍宝一般珍惜、呵护这些标本，因为他知道，这些标本不仅仅是植物、动物的标本，更是自然界的珍贵遗产。

然而，陈焕强的付出并非没有代价，长年在潮湿环境中工作，他最终染上了严重的风湿病。但即便如此，他仍然坚守在尖峰岭，只因他深爱着这片土地，深爱着这里的动植物，愿意为它们守护这一片净土。

海南建省、成立经济特区后，时任省委书记的许士杰和省政协主席姚文绪到尖峰岭林区实地考察。

1989年，海南省人大通过了《关于扩大尖峰岭自然保护区的建议》的提案，保护区实现了第一次"扩容"。

在蔚蓝的天空下，尖峰岭林区终于摆脱了岁月的沉重枷锁，天然林再次闪耀出生机和活力。经历了长久的休养生息和国家的呵护，这片热带森林资源得以休养生息，恢复了往昔的荣光。

然而，南风中也闪烁着危险的阴影，盗伐、狩猎、火灾、非法采集等威胁依然如影随形，对这片珍贵的保护区构成了巨大隐患。于是，1999年，尖峰岭热带林自然保护区再次"扩容"，以增强自身的保护力量，同时申请成为国家级自然保护区。

2002年，在国务院的批准下，尖峰岭热带林自然保护区，晋升为国家级自然保护区。这一高光时刻，为尖峰岭的热带森林保护工作揭开了新的篇章，也为我们的自然环境保护事业增添了一道光辉。

尖峰岭，那个被誉为"热岛凉山"的地方，拥有着独特的风韵和秀丽的景观，吸引着八方游客驻足留恋。无数游人在这里留下了美好的回忆，这里已然成为著名的旅游度假胜地。

时光匆匆，山还是那座山，林还是那片林，但尖峰岭的命运却天上人间。它是令人心驰神往的风景，也代表着我们对自然生态的珍视与呵护。

3.举一杯来自天池的水

时至今日，长白山的神秘感依然没有被打破。

巍巍长白山，宛如一条银色的巨龙，蜿蜒在吉林省的东南边陲，吸引着全世界无数的目光。

有人说：长白山是火山与冰川共存，森林与苔原同生，静谧与野性交织。这话不假，长白山的美，除了高山、云雾、天池、瀑布、峡谷、森林、熔岩这些大自然赋予的天然资源之外，更散发着一种独特的神秘之美。

这些美既是看得见之美，又是说不清道不明之美，有些甚至成了大自然中多年的未解之谜，当这些神秘之处每每被谈及时，便会引得人们对长白山心生向往。

余秋雨则评价长白山："中国起步时，你是历史走廊；中国辉煌时，你是半个大唐；中国蒙难时，你是冰雪战场。完成了这一切，突然发现，你还是全世界最稀缺的生态天堂。"

毋庸置疑，长白山是北方民族崇拜的神山，是中国重要的自然基因库，是地球演化留给世界的礼物。

长白山，历经千年，曾是被封禁的神秘之地。

在古代名著中，长白山的身影频现。《山海经》称其为"不咸山"，北魏称"徒太山"，唐代将其尊称为"太白山"，金始称之"长白山"。清朝则将长白山视为圣山，实行封禁政策以保护这片神秘之地。

翻阅长白山的近代史，一个历史性的人物显现在岁月的大屏之上。

1908年的一天，阴雨绵绵，长白山脉被蒙上了一层轻薄的雾气，使得山路更加泥泞，河水更加汹涌。一支十几人的登山队伍在密林中艰难前行。领头人是清末奉天候补知县刘建封，他肩负着东三省总督徐世昌的重任，率领队伍勘察奉天和吉林两省的界线，同时勘察长白山及松花江、鸭绿江、图们江这三江的源头。

刘建封带领5名测绘员和16名士兵，披蓑衣、踏靰鞡，头笼碧纱，腰系皮垫，攀藤抠石，"雀跃蛇行以进"。他们是长白山开禁以后，第一支科学考察长白山的队伍。

探险途中，他不幸坠马，腹背受伤。伤势尚未痊愈，再度踏上了勘查天池诸峰的旅程。

历时四个多月的勘查过程中，刘建封两次登上天池，为了探求真相和完成使命，他不畏风雪，砥砺前行。

第一次目睹天池的真实面貌时，刘建封深感震撼。天气时晴时阴，仿佛有雷声隐隐传来，接着又是鼓声响起，瞬间雾气升腾，眼前一片朦胧，什么都看不见。雨过天晴后，天池西南方的景色渐渐展现出来，周围白沙环绕，水面涟漪如丝绸般细腻。

几日后，刘建封再临天池。当日正值天气晴朗，"近视之，水清如镜；远视之，池中五色灿烂，现象不一，如云峰石映入，遂令十六峰，象形命名：大者有六：曰白云，曰冠冕，曰白头，曰三奇，曰天豁，曰芝盘。小者有十：曰玉柱，曰梯云，曰卧虎，曰孤隼，曰紫霞，曰华盖，曰铁壁，曰龙门，曰观日，曰锦屏"。

大小16座山峰自此有了名字，他自豪地欣然赋诗："辽东第一佳山水，留到于今我命名。"

在当时生活条件极其艰苦、科学技术十分落后、常有虎豹出没的情况下，刘建封以过人的胆识，不畏艰难，率队查清了长白山的江岗全貌和松花江、鸭绿江、图们江之源。

下山之后，刘建封还呕心沥血写出了5万多字的著作《长白山江岗志略》，拍摄了图册《长白山灵迹金影》，并且绘制了长白山江岗全图，为后人留下了弥足珍贵的长白山地区国防、地理、特产、动植物、民俗等史料，成为全面科学考察长白山区的第一人。

长白诸峰的名称一直沿用至今，并广为游客赞颂。其中有一座山峰被命名为"芝盘峰"，据说是因盛产灵芝而取其名，可这一名称显然蕴含了来自"芝泮"（过去写为"芝盘"）的刘建封的故乡情结。

1909年，清政府设立安图县，鉴于刘建封勘查长白山功勋卓著，任命他为首任安图县知县。

刘建封在安图县为政勤勉，发展农业生产，开发森林，建砖瓦厂、石灰厂等资源产业，还开办学堂，设立劝学所、教育公所等，开启民智。

为了保卫东北边陲，他筹集两万白银，建立了森林警察部队——松（花江）图（们江）两江林政局部队，一方面开发森林资源，另一方面保卫祖国领土。刘建封在任三年，建树良多。

新中国成立后，公安部设置了长白山森林公安队。

1953年至1954年，林业部森调大队，对长白山森林资源进行了调查和区划，并将森林公安队改为森林警察队。

1955年至1957年，建立了头道森林经营所，二道、白山、黄松浦

国家公园

林场。

1958年，吉林省气象局、吉林省体育运动委员会，先后在天文峰东侧和温泉下3公里处建立了高山气象站、高山冰雪场。

1960年4月，吉林省人民委员会根据一届全国人大三次会议提案和中华人民共和国林业部（工959）林经川字第54号指示精神，建立了"吉林省长白山自然保护区"。

1972年12月，吉林省革委会收回了长白山自然保护区管理局，由吉林省林业局直接领导。加强对长白山自然保护区的保护管理，充分发挥其保持水土、涵养水源、改善环境、维护生态平衡的重要作用。

1982年8月，吉林省人民政府决定取消绝对保护区和一般保护区之别，统称"吉林省长白山自然保护区"，并重新调整了保护区范围，确定保护区面积为190582公顷（经1993年调查核实，准确面积为196465公顷）。

1980年，长白山自然保护区被联合国教科文组织列为世界自然保留地，闻名全球。1986年7月，经中华人民共和国林业部审定，长白山自然保护区被列为国家级珍贵的森林和野生动物类型保护区，彰显其独特价值和重要地位。1988年11月，为进一步加强对保护区的保护和管理，按照相关法规，通过了《吉林长白山国家级自然保护区管理条例》，使得长白山的宝贵自然资源得到更好地维护和利用，展现出了人们对这一自然奇观的珍视和呵护之心。

长白山天池的平均深度为204米，最深处有373米，是世界上最深的高山湖泊。

在长白山天池的深邃湖水里，流传着神秘而令人惊叹的传说。据说那里栖息着一种神秘的水怪，形态奇特，头大如盆，身披金黄色的鳞片，还有着方形的顶部角和长长的项部胡须。这种神秘生物曾被称为龙，令众人神往和畏惧。

传说中的天池水怪，引起了猎人们的兴趣和惊恐，他们纷纷试图揭开其神秘面纱，一探究竟。有人将其描述成一种古老的生物——蛇颈龙，一种生活在白垩纪的海生爬行类动物。然而，时光荏苒，蛇颈龙早已消失在地球的历史长河中，如今的这种水怪到底是何方神圣，仍然是一个谜。或许，水怪真的存在于天池深处，或许，这只是人们对于未知世界的幻想与想象。但无论如何，长白山天池的神奇与美丽，都令人心驰神往，值得我们去探索。那片湖水静谧而神秘，永远散发着神秘的光芒。

长白山，如同一幅画卷，展现着神秘而壮丽的景色。在这片神奇的土地上，生活着许多珍贵的动植物。

在这里，东北虎、金钱豹、梅花鹿、紫貂等国家一级保护动物自由自在地徜徉在茂密的林间，展现着生命的顽强与生机。而棕熊、黑熊、猞猁、马鹿、苍鹰等国家二级保护动物也在这片宁静的土地上寻找着自己的家园。

长白山的植被类型多种多样，由红松阔叶林到针叶林、岳桦林、高山苔原，呈现出明显的垂直分布。这里的地貌别具特色，有火山熔岩地貌、流水地貌、喀斯特地貌和冰川地貌等四种典型地貌，勾勒出一幅幅绝美的画面。这里不仅是四季交替的舞台，更是松花江、图们江、鸭绿江的发源地，这三条江河穿行于华美的山水之间，将生命之水源源不断地传递下去。其中，图们江、鸭绿江更是两国的界河，连接了中朝两国人民的心灵。在这里，每一滴水都散发着和平与友谊的气息。

长白山天池这颗璀璨明珠，是地球演化留给人类的礼物

除了湖泊与河流，长白山还拥有丰富的矿泉资源，各色温泉如珍珠般散落在山林间，金线泉、玉浆泉等美名让人向往不已。这里的树木相依相偎生长，星空下的银河更是璀璨夺目，仿佛是大自然为人们展示着最完美的画卷。

金秋的长白山，初雪覆盖，山下绿意盎然，岁月流转，三代长白山人相聚一堂，共同回顾自然保护区几十年的风雨历程。

长白山的优秀儿女，与神山相依相伴，与圣水共生共存。他们继承抗联精神，饮冰卧雪，风餐露宿，昼夜巡护，走遍山水之间的每一个角落。

据统计，他们累计巡护里程长达4000万公里，足以绕地球1000圈。一代又一代长白山人，用双足换来了"铁脚板"，用坚韧与坚持书写了长白山的传奇。

长白山，烟雾缭绕的神秘之地，是众多物种的家园，也是朝鲜族人朴炳灿的守护职责所在。他出生于1930年，是长白山第一代保护人，年轻时英勇无畏，参加了许多激烈的战斗，立下赫赫战功。后来，他被组织安排到长白山保护区，担任头道保护管理站的站长。

1960年，在当时那个交通靠走、通信靠吼、取暖靠抖的年代，朴炳灿带领着他的同事们每天背着钢枪，在崇山峻岭中巡护。他们身上都凝聚着坚韧和勇气的烙印，肩负着守护大自然的责任。

无数个日日夜夜，他们在林间穿梭，无悔守护着这片土地的绿意。他们的眼中，只有生灵与生态相互依存的和谐画面。长白山的每一个角落，都有他们辛勤守护的足迹，他们静静地守护着这片大自然的净土。

在长白山脚下，有一个相机不离身的老人，名叫朴正吉。他是朴炳灿的儿子，也是第二代长白山守山人。朴正吉，生于1955年，毕业于东北林业大学动物系。自1977年参加工作以来，他一直在长白山自然保护区默默奉献，致力于动物的研究和保护事业。曾担任长白山科学院动物所所长，指导学生，传承学识。

如今，已经退休的朴正吉，应享天伦之乐，含饴弄孙。然而，几十年的研究习惯让他无法割舍对大山的热爱。他依然穿梭于茂密的森林，进行科学考察，探寻大自然的奥秘。

他有"三宝"，那就是本子、相机和电脑。书架上摆满了密密麻麻的记录本，这是他岁月流逝中的珍贵日记；照相机里存储着8000多张动物的珍贵瞬间，见证了长白山的生机勃勃。

长白山的深秋，风起云涌，秋沙鸭群展翅高飞，穿越云霄，谱写着一曲激情与自然的交响曲。它们被誉为"鸟中大熊猫"，守护着自

　　　　　　国家公园

己的领地，凝视着迷失的南行者，带着坚定的信念，穿越冰川峡谷，来到人类的家园。

在这个漫长而繁重的旅途中，中华秋沙鸭展现出了顽强的生存意志。它们的羽毛在阳光下闪闪发光，如同流光溢彩的画卷，在晨光中闪耀出生命的奇迹。

每当春天来临，中华秋沙鸭又重返长白山，借着温暖的春风，孕育新的生命。它们在蓝天白云间自由翱翔，展开围绕生命的歌唱，静待一树花开，为大地带来新的生机与活力。

在朴正吉的眼里，中华秋沙鸭是无比珍贵的存在。几十年来，他亲眼见证了这些鸟儿对生存的不懈追求。

"春天时，我在头道白河岸边蹲守，看见两只雌性中华秋沙鸭争抢一个天然巢，后来，又在继续观察中发现，适合雌鸭孵化的天然鸭巢少得可怜。"朴正吉如是说。

或许，正是在这些坚强的中华秋沙鸭身上，我们可以找到生命的真谛，找到生命的意义。它们教会我们不畏艰险，不怕挑战，永远保持对生活的热爱和执着。

朴光熙是朴正吉的儿子、朴炳灿的孙子，是朴氏家族工作在长白山保护区的第三代保护人。朴光熙，一个热爱动植物保护的年轻人，从小便受爷爷和爸爸的影响，立志成为一名保护森林的好手。大学时，他毅然选择了动植物保护专业，毕业后投身于长白山科学院，为动植物的研究贡献自己的力量。作为长白山管理站的一名森林管护员，朴光熙日夜照料着这片神秘的森林，他心怀对自然的敬畏和对生命的珍惜。

然而，2017年，一场突如其来的火灾撼动了他的世界，朴光熙义无反顾地奔赴火场，成为扑火队副队长，与火魔抗争到底。

在火场上，朴光熙亲身感受到了父亲那句话的深刻含义：森林火灾是森林最大的灾害，只有在源头上控制了火灾的发生，才能更好地保护这片宝贵的自然资源。朴光熙决心要为保护森林事业贡献自己的力量，用实际行动守护这片绿色的家园。

一个人若一生只做一件事，那便是一种认真，一种坚定。而若几代人只做一件事，那便是一种传承，一种信念。

绿水逶迤去，青山相向开。

在长白山西侧，有一个白雪覆盖的地方，那就是白山市。这里与长白山风景区紧密相连，仿佛血脉相通，情意相投。

2021年9月27日，吉林省委、省政府高瞻远瞩，为白山市制订了一项重要计划，即《关于支持白山市建设践行"两山"理念试验区的意见》。这份文件，为白山市和长白山自然保护区的联动发展指明了前进方向。

白山市（原为"浑江市"，隶属通代地区）坐落在长白山腹地，身处"绿水青山"和"冰天雪地"的交汇之处，自然景观独具一格，美不胜收。

据史料记载，新石器时代，白山境内就有人类活动。历经数代更迭，这里承载了丰富的历史，见证了各个朝代的兴衰变迁。

随着改革开放的不断深入，1985年2月4日，国务院做出了撤销通化地区，设立市管县体制的决定，通化和浑江两县级市分别升格为地级市。在此基础上，1986年9月8日，国务院再次批准设立浑江市八道江区、临江区、三岔子区，进一步完善了浑江市的行政区划。

经历了多次调整和改革，1994年，浑江市经批准更名为白山市。

这一系列的变革和调整，为白山市的发展奠定了坚实的基础，也展现了吉林省在地方行政管理上的不断探索和进步。

在丽日蓝天的映衬下，白山经济开发区新区蓬勃发展，高耸的楼群挺立于大山深处，纵横交错的道路连接起宽阔的厂区，呈现出一幅充满活力的画面。

白山市以践行"两山"理念试验区为引领，全面开启绿色转型高质量发展全面振兴新征程，将"试验区"建设转化为广大干部群众推动绿色发展的新动力、新方向、新实践。这是一场深度挖掘东部优势资源，推动引领示范的伟大实践。

回头有故事可讲，低头有足迹可寻，抬头有方向可行。

长白山和白山市迎来了崭新的"蜜月期"。

"温暖相约，冬季到吉林来玩雪。我在白山等着你。"

长白山发出了时代的邀请。

4. 武夷山的一缕茶香

踏上闽北武夷山的土地，一阵山风迎面扑来，格外清爽怡人。

它不像丽江，四季如春；不像三亚，热情如火；也不像哈尔滨，冰天雪地。但是它有山、有水、有历史、有故事，有着鲜明的四季、不同的精彩。

"年年春自东南来，建溪先暖冰微开。溪边奇茗冠天下，武夷仙人从古栽。"那一方丹山碧水，那美丽的传说，令人魂牵梦萦。

九曲溪，一个仿佛环绕武夷山十八弯的清澈河流，它的水流缓缓在山间蜿蜒，宛如一位羞涩的少女在轻轻地舞蹈。在这片武夷山麓中，灵动的清泉、飞奔的瀑布、幽静的山涧、清澈的溪流一一展现，它们是这座山最生动、最真实的呼吸。流水潺潺，如诉如歌，让人仿佛能听到大自然的呼吸。

乘一叶竹筏，漂流在这片清丽的世界中，视野豁然开朗，宽阔的天地似乎在眼前铺展。蔚蓝的天空与翠绿的山水交相辉映，形成了一幅生机盎然的融融春景图。这里的美景令人心旷神怡，仿佛飘飘然如脱离尘世，羽化而登仙，让人陶醉在这片山水之间。

有人曾发出"桂林山水甲天下，不如武夷一小丘"的感慨，这足以见得武夷山的魅力。风景常在，而这种感慨，源于对宁静怡然之处的深深陶醉。夏日的武夷，更是充满了活力。葳蕤的树冠、野蛮生长的径草、满塘的荷花，热情地在整个武夷蔓延，如阳光般，给人带来希望的活力。这份生机勃勃的景象，让人感受到大自然的热情与活力，也让人对未来充满了期待。

在炎热的夏日里，九曲溪的清凉气息令人心旷神怡。水面平静如镜，清透见底，让人仿佛置身于一幅迷离的画卷之中。夏日的九曲溪充满了浪漫与神秘，宛如一个美丽的梦境。

沿溪而行，满眼都是绿意盎然的野草，轻烟袅袅，如同诗中的仙境。湿润的风拂过面庞，仿佛能将人的思绪带向远方。一批批文人雅士驻足于此，笔端流淌出隽永的诗句，抒发着内心的情感。九曲溪为他们提供了释放才情的舞台，他们为九曲溪增添了风采。

历史长河中，无数英雄豪杰路过九曲溪，也在这里留下了自己的传奇。那一座座山峦、一汪泉水、一缕梵音，仿佛都在诉说着一个个古老而又动人的故事。而朱熹，这位大儒，更是武夷的知音。他在诗中写道："武夷山上有仙灵，山下寒流曲曲清。"表达了他对武夷山的敬仰之情。

武夷之美，在于山水交融，在于自然和谐

朱熹讴歌武夷山之美，向世人展示了武夷的魅力。他的诗作中充满了对武夷山的热爱与依赖："晨窗林影开，夜枕山泉响。隐去复何求，无言道心长。"

千年前的朱子漫步于这片天地，此刻的武夷展现出的是他的精神风貌。而我们，也在这山清水秀的空间中探寻朱熹的足迹，感受他留下的文化底蕴。九曲溪见证了无数文人墨客的才情与传奇，也见证了武夷山与朱熹之间的不解之缘。

武夷山的雪，宛如一位高雅的奇女子，每年在寒风千呼万唤下才飘临武夷一两次，停留两三日而已。降临时，她挥动冰清玉洁的素帕，一夜之间便能将武夷山的峰峰壑壑染成白色，苍茫的白练与天相接，给人一种洁净和美丽的视觉享受。

她的到来，不仅洁净了人们的心灵，也装扮了山的梦，让人们对生活充满了新的希望和期待。

玉女峰在雪的装扮下，仿佛披上了一袭洁白的婚纱，显得娇羞而美丽。她目溢秋波，与大王峰举行了一场永无结局的婚礼。

游客们成为她的贵宾，溪流为她奏乐，寒风则是她的礼宾。在雪的融化中，梦也渐渐苏醒，但情却未了。每年的这个时候，这种凄美而动人的爱情仪式都会在武夷山重演，让人不禁对爱情产生了更多的思考和感悟。

玉女对爱情的忠贞不渝，让人们不禁想象"山为卧榻雪为被"的浪漫场景。抬眼望向峰顶，思绪缱绻，仿佛能感受到那份情意。繁华落尽，一切归于平淡，但心中的那份美好却永远不会消逝。"春有百花秋有月，夏有凉风冬有雪。"无论是春夏秋冬，还是阴晴圆缺，武夷山总是那么美丽动人，等待着人们的到来，共同领略这人间美景。

武夷山是全国首批10个国家公园体制试点之一，是我国唯一一个既是世界人与生物圈保护区，又是世界自然与文化双遗产的保护地，这充分说明了我国对自然生态保护的高度重视。自2016年以来，武夷山一直致力于探索国家公园体制建设，旨在保护其独特的自然生态系统，维护生物多样性，促进可持续发展。

武夷山如同一幅壮丽的画卷，展现了大自然的鬼斧神工。九曲溪畔，群峰林立，三十六奇峰、九十九岩，构成了"碧水丹山"的绝妙景观。

这里的丹霞地貌山体秀美、类型众多、景观集中，山水结合紧密，视觉效果极佳，是入眼最强的自然景观区。在中国名山中，武夷山享有特殊的地位，无论是其自然景观的独特性，还是其生态系统的重要性，都使其成为一处不可多得的旅游胜地。

武夷山是一个足以让世人目光定格的地方，它值得我们去探索、去体验、去欣赏。

在这里，你可以感受到自然的神奇和人文的底蕴，可以体验到"人在画中游"的感觉，可以深深地感受到生活的美好和大自然的伟大。

美哉，武夷山！它是大自然的杰作，也是人类与大自然和谐共处的象征。

（摄影：谢建国）

第四章 "国宝"档案

2016年9月4日，一条爆炸性新闻震撼全世界。

世界自然保护联盟（IUCN）在美国夏威夷大会上宣布：将大熊猫的受威胁程度从"濒危"降为"易危"。

世界自然保护联盟濒危物种红色名录是衡量全球主要物种生存状况和受威胁情况的清单，其将物种的濒危等级划分为7个等级，由高到低分别为灭绝、野外灭绝、极危、濒危、易危、近危、无危。其中极危、濒危和易危物种又被统称为受威胁物种。

根据原国家林业局2015年2月发布的第四次大熊猫调查，截至2013年底，中国野生大熊猫1864只，这比低谷时期1985年到1988年的1114只增加了750只。

正如世界自然基金会（WWF）前全球总干事马可·兰博蒂尼所说，大熊猫的保护境况凝聚了全球千万人的努力，他们共同参与到野生物种保护的事业中来，发现问题并且努力做出改变。今天大熊猫生存状况的好转，给了我们所有人看到希望的机会。尽管大熊猫种群的持续恢复仍然存在不确定性，但它已经可以成为21世纪野生物种保护的标志。

中国的大熊猫从濒危到易危，虽然只是一字之差，这却是对中国大熊猫保护历程的高度赞扬。这是中国政府和中国人民对大熊猫等濒危野生动物抢救的生动写照。

这一转变不仅体现了中国在保护大熊猫方面所做的巨大努力，也表明了保护野生动物的重要性，以及我们每个人都应该为保护地球上的生命做出贡献。

1. 戴维的世界性发现

毫无疑问，阿尔芒·戴维不仅是一个传教士，更是19世纪法国杰出的动物学家、植物学家和博物学家。

十年的中国之旅，他为大熊猫、金丝猴、麋鹿等200多个中国独有物种，打开了走向世界的大门。

1826年，阿尔芒·戴维出生在法国南部的庄园主家庭，从小就对生物学产生了浓厚的兴趣。他在修道院学习时，立志成为一名传教士，同时也努力成为一名执着的博物学家。

在19世纪的西方，"自然神学"盛行，博物学家和传教士都认为大自然是上帝"包罗万象的公开手稿"，研究自然是与上帝的书面信息《圣经》相符的。因此，奔赴大自然便成为大多数年轻牧师的追求。戴维就是其中的一位，他认为科考是对上帝的贡献和莫大的荣誉。因此，戴维对大自然的探索与对科学的追求并行不悖，他在科学的道路上取得了很多重要发现。

戴维的探险经历让他深信科学研究和上帝之间的关系密切，并相信通过研究自然能够了解上帝的启示。这也是他在探险中坚持了科学研究的原因，他追求科学的勇气和坚持是他被后世人们尊重和崇拜的原因之一。

1851年，作为天主教神父的戴维被教会派到意大利的萨沃那学校，讲授博物学。在此期间，他经常到地中海沿岸和附近山区采集动植物标本，这对他来说是一大乐事。

1860年，戴维遇到了一个改变他命运的贵人——法国科学院的"中国通"儒莲。博学多才的儒莲向戴维介绍了古老而神秘的东方国度——中国，任何一个有建树的传教士都应该去那里看一看。此外，儒莲还为他引见了法国学术界的一些大家、名流，其中包括动物学家米勒·爱德华和植物学家布朗·夏尔等。从那时起，戴维便把能够到中国传教、科考视为他梦寐以求的事情。

这也难怪，中国地大物博，自然物种多种多样，驯化历史悠久辉煌，被西方博物学家称为标本收集的"福地"，绿色财富的宝库和生物考察的"天堂"。

1861年11月，戴维受教会派遣，以英国皇家动物学会和法国科学院及巴黎自然历史博物馆通讯员、传教士的身份准备前往中国。

1862年的2月，戴维登上了前往中国的商船。在那个夏天，他抵达了北京，然后立即开始在海淀、西山、百花山、潭柘寺、张家口等地收集标本，进行科学考察。1863年5月至11月期间，他从长城古北口出发，前往热河、承德，那里是大清皇帝的木兰围场，被视为"禁猎区"，物种保护得十分完好，这引起了戴维的极大兴趣。

这一年，戴维可谓收获颇丰。他在京西得到了褐马鸡，在八大处、敬宜园得到养殖的马鹿、梅花鹿，在承德收集到了狗獾、麝、鼬、鱼类等动物及槐、桃、梅、李、菊、樱桃、玫瑰等大量植物。他将所有这些物品都制作成了标本，并把它们寄回了巴黎。戴维送回巴黎的这些标本，让法国人眼界大开，在巴黎生物学界引起了轰动。

1865年，39岁的戴维发表了《华北自然产物和气候及地质情况观察》，记录了他的考察成果，并因此一举成名。然而，这些标本对于戴维的中国生物考察来说，只是个开始。

在这一年，踌躇满志的戴维冒着被杀头的危险来到北京南苑。南苑又称"南海子"，是元、明、清三代的皇家苑囿，因为在永定河故道，形成了大片湖泊沼泽，草木繁茂，成了飞禽走兽、麋鹿聚集的地方。从元代开始，南苑就是皇家的猎场，被称为"下马飞放泊"。

在南苑外面，戴维只能从围墙上窥视。然而，他发现了一种在南苑内奔跑的"四不像"动物。凭直觉，戴维认为这些"四不像"是非常珍贵的动物，于是他决定将其捕获。无论是出于博物学家的执着，还是出于贪婪的欲望，戴维都对这个他叫不上名字的"四不像"产生了兴趣。

俗话说得好：有钱能使鬼推磨。戴维通过贿赂南苑的守卫，只花了二十两银子就得到了两套完整的麋鹿头骨角标本。后来，在法国公使馆的帮助下，戴维得到了三只活的麋鹿，送往法国。巴黎自然博物馆的米勒·爱德华兹馆长对戴维送来的标本进行了鉴定，结果发现这些动物标本属于新属新种的鹿科动物。

这一惊人的发现让戴维在世界动物学史册中留下了重要的一笔，戴维也因此获得了与麋鹿同名的殊荣。

鉴于戴维卓越的考察成果，米勒·爱德华兹建议他去中国大西南，那里是动植物的天堂，到那里会大有作为。

1868年，戴维从天津乘船到上海，沿长江逆流而上抵达镇江，采集到了多种鸟类、鱼类和昆虫标本。在庐山，他发现了吠蛙，收获了水鸡和植物标本。之后，他进入四川，到达了重镇重庆，并在重庆遇到了范若瑟传教士，他们说川西穆坪是动物的乐园和植物的天堂。

经过六天的跋山涉水，戴维终于来到了穆坪镇邓池沟。那里是汉族、藏族和彝族的混居之地。在穆坪，他受到了当地土司和法国传教士的热情接待。这个地方成为他考察的"大本营"，为他提供了良好的住宿环境和标本库房，他们还为他介绍了当地的猎手。

除此之外，邓池沟教堂还发动广大教徒上山采集奇花异草。

戴维狂喜，像是捡到了"宝"。戴维跃跃欲试，攀岩登山。结果，差点因迷路而丧命，幸亏遇到了采药山人搭救，此后，戴维再也不敢贸然涉险。到达邓池沟不久，戴维收获渐丰，白尾鸲、茶隼、灰雀、星鸦、戴胜等珍稀动物便收入囊中。

1869年的一天，戴维受邀来到当地一个姓李的地主家中做客。在不经意间，他看到了地主家墙上挂着的黑白相间的动物皮毛。戴维心中一动，想到这可能是一种科学史上有趣的新物种。高薪雇用的猎手向他保证十天之内会带回一只熊猫。果然，在戴维的日记中记录了猎手在不久后带回了一只幼年熊猫的皮。尽管原本是想捕获活体，但为了方便携带猎手选择了杀死它。

在邓池沟天主教堂的陈列室中，一张醒目的大熊猫照片引人注目。这张照片拍摄的是世界上第一只大熊猫模式标本，来自巴黎自然博物馆。尽管经过了150多年的岁月洗礼，大熊猫模式标本照片仍然栩栩如生。黑白两色的皮毛，健硕丰满的身躯，仍然保持着在密林中行走的姿态。照片中的大熊猫，一只右足向前，身子微微左倾，仿佛仍在宝兴老家的森林里徜徉觅食。

据说，当它在法国巴黎自然博物馆展出时，没有人认识它，甚至有人质疑世界上根本没有这种动物，这只动物是假的！然而，1870年《自然科学年报》第5卷发表了巴黎自然博物馆馆长爱德华兹的研究成果。他根据熊猫的毛皮和骨架及戴维的报告作出了震惊世界的结论：这是世界罕见的动物新种，初定名为"黑白熊"，但它并不是熊类，而应将其单独列入一个新的分类。

在巴黎自然博物馆中，许多标本的标签上都留有戴维的采集信息。如"红腹角雉"，戴维曾于1869年4月16日在穆坪采集到它。

据说，直到现在，每年还有来自世界各地的戴维的"粉丝"，前往四川宝兴穆坪，重走戴维的生物考察之路。

在邓池沟天主教堂的陈列室中展示的照片无疑是大熊猫研究史上的重要证据。它不仅证明了这种神秘动物的独特存在，也揭示了科学家们对生物多样性的不懈追求和探索。这张照片也提醒我们，保护生物多样性，使其不受损害，是我们的责任和使命。

1871年8月，《博物杂志》报道了戴维第二次来华的经历，以及他在穆坪的发现，尤其是在大熊猫方面的重要突破。

戴维此次在中国西南考察和收集的生物标本，使法国人对中国的生物研究产生新的飞跃，大大超过了英国和沙俄。面对如此的丰功伟绩，法国学术界决定授予戴维金质奖章。

从1862年到1875年，戴维在中国共逗留了13年，这是一个人生命中最年富力强的阶段，也是戴维神父（从36岁到49岁）最为辉煌的人生阶段。

他根据考察创作的中国近代第一本鸟类学专著《中国之鸟类》，

记录了772种鸟，包括他在中国见到或采到的470种，其中58种为首次报道的新种。

1900年11月10日，戴维在巴黎与世长辞，享年74岁。

而就在这一天，在遥远的北京南海子公园，以他名字命名的"戴维麋鹿"灭绝。

也正是因为戴维的历史性发现，雅安的宝兴县成为世界上第一只大熊猫的科学发现地和模式标本产地，被誉为"熊猫老家"。一个半世纪之后的今天，在通往宝兴县城的路上，矗立着一座古色古香的城门，中间拱形门洞上，"熊猫古城"四个字十分醒目。拱形门上方左右两边各写着"熊猫老家""传奇宝兴"。这里的"老家"一词比"家"更具有亲切感，它让我们联想到温暖、舒适，以及庇护和安全。更重要的是，它还有唯一性，你可以有很多个家，但老家只有一个。

宝兴县境内99.7%为山地，森林覆盖率为71.52%。独特的山地资源和大面积的森林，为珍稀动植物的生存繁衍提供了天然的条件。这里被誉为"世界濒危动植物的避难所"。

新中国成立以来，宝兴县向国家提供活体大熊猫123只，其中18只作为国礼馈赠给有关国家。宝兴县是最早发现大熊猫的地方，也是大熊猫对外输出最多、大熊猫栖息地世界自然遗产保护面积占县域面积比例最高的地方。因此，说宝兴是"熊猫老家"再贴切不过。

在中国，大熊猫的生存演化历史可谓源远流长。

4000多年前，黄帝和炎帝在阪泉之野展开生死对决。黄帝，又称有熊氏，代表着先进和力量。黄帝驯兽为兵，以熊罴、貔貅驱虎迎敌，最终炎帝臣服，炎黄两支部落合二为一。

有人认为貔貅即为大熊猫，是黄帝驯养的上古神兽之一。另有一说，认为蚩尤的坐骑"食铁兽"就是大熊猫。这些都只是传说，因为我国的炼铁技术出现在春秋时期，"食铁兽"肯定吃不到。

晋人郭璞在其所注《山海经·中山经》中记载："邛崃山，在汉嘉严道，有九折坂，出貊。貊似熊而黑白驳。"这一描述应该说是最接近于现代我们认识的大熊猫形象的，这也是大熊猫有明确栖息地的最早文献记录。然而，纵观历史文献，一直没有发现大熊猫的真实影像。我们可以推定，自有人类文明以来，大熊猫一直隐藏在高山密林中，不愿与人类共存。这或许是大熊猫能活到现在的原因之一。

据考证，大熊猫的祖先是一种名为始熊猫的动物。始熊猫有两个支系：一个旁支叫作"葛氏郊熊猫"，分布于欧洲的潮湿森林，在中新世的晚期灭绝；另一个主要分支则在中国的中部和南部继续顽强地生存着。为了避免被岁月淘汰，始熊猫开始向高海拔的山峦密林中迁徙隐居，以躲避中原地区肉食动物的虎视眈眈。

在漫长的进化过程中，始熊猫的食性逐渐发生了改变，不再以食肉为主，开始以植物尤其是竹子为主要食物，成为地地道道的"素食主义者"。这种转变不仅使大熊猫得以生存下来，还使其成为地球上最独特的生物之一。今天，大熊猫已经成为一种象征性的动物，代表着地球上原始生命的顽强和珍贵。

到了20世纪80年代，大熊猫数量一度减少至数百只，这一情况引起了全世界的广泛关注。

在中国古代，大熊猫有着多种不同的名字，如执夷、貊等。随着时间的推移，大熊猫的名字也发生了变化，比如竹熊、花熊、华熊、银狗、食铁兽、大猫熊等。

1869年，戴维在四川省穆坪邓池沟捕获的大熊猫被制成模式标本，

人言国宝堪殊贵，黑白分明有亦稀

运到了法国巴黎的博物馆，这让大熊猫这个珍稀物种登上了世界的舞台。随后，命名之争不断，但最终国际学术界采纳了米勒·爱德华兹的研究成果，将其命名为"大猫熊"。

1939年，重庆平明动物园举办了一次动物标本展览，"大猫熊"标本最吸引观众。由于中文从右往左的读法，参观者将"猫熊"误读成了"熊猫"，久而久之，人们就约定俗成地把"大猫熊"称为"大熊猫"。

据北京师范大学文学院教授、原中文系古典文学教研室主任韩兆琦的研究证实："貒、尪、貘、羳，四种兽名。貘，似指大熊猫。"这表明，貘被认为是大熊猫的一种。

1975 年 6 月，陕西省西安市东郊的白鹿原，村民在挖蓄水池的时候，无意中发现了几个长方形的从葬坑，里面掩埋着许多动物骨骼。这个地方位于薄太后南陵附近，属于陕西省重点文物保护范围，因此村民赶紧上报文物部门。经过陕西省考古研究所的考察研究，竟然有了惊人的发现：在出土的动物骨骼中，居然有一个完好无损的大熊猫颅骨。颅骨表面呈白色，年代短暂，连亚化石也未形成，根据牙齿损耗程度判断，是只成年熊猫。这一发现是前所未有的，因为在古代墓葬中，熊猫常常作为珍稀动物出现在随葬品中，而在这个从葬坑中出现了熊猫尸体，这说明熊猫曾经被当作宠物豢养。

薄太后本名薄姬，原是魏豹的妾。魏豹兵败，薄姬凭借美貌留在了汉宫，后得到了刘邦的宠幸，生下儿子刘恒，母子俩相依为命。吕后死后，刘恒时来运转登上帝位，是为汉文帝。理所当然，薄姬便以子为贵，母仪天下，成了皇太后。汉文帝对母亲非常孝顺，继任的汉景帝也对祖母百依百顺。因此，薄太后去世后，汉景帝为其举行了国葬，还想着祖母生前喜欢宠物这个习惯，便安排了熊猫、犀牛等珍贵宠物陪葬，让老人家在死后也不寂寞。

古代皇室贵族的陪葬品是有等级之分的，不可僭越。薄太后身份尊贵，大熊猫陪葬并不奇怪。这份陪葬品为我们研究大熊猫留下了珍贵的资料。

值得一提的是，到了唐代，武则天不仅饲养大熊猫，还把大熊猫作为"国礼"送到了日本。这可能是大熊猫第一次以外交使者的身份远渡重洋，充分展示了大熊猫在世界文化交流中的重要地位。

唐朝时，武则天曾送给日本执政者两只活体大熊猫（当时称之为白熊），以及 70 张毛皮。从此，大熊猫从皇家宠物变成了外交国礼。

然而，从70张大熊猫毛皮可以看出，唐朝时，大熊猫已开始被虐杀。到了明朝，大熊猫的悲剧再次升级，李时珍的《本草纲目》也证实了这一点。大熊猫毛皮被用来辟湿气邪气，膏油则用于治疗痈肿，大熊猫的尿液也被用来治疗吞铜铁入腹的病人。

西方国家对大熊猫的强烈渴望和占有，为其带来了无尽的厄运。大量的西方探险家和猎人蜂拥而至，他们在山林间设置猎套，拿着枪四处搜寻。一只又一只的大熊猫被捕杀，制作成标本送到国外。尽管如此，西方国家仍然不满足，他们更加渴望拥有一只活着的大熊猫。

20世纪20年代，美国前总统罗斯福的两个儿子小西奥多·罗斯福和克米特·罗斯福从云南入境，手持合法的"游猎"护照前往四川宝兴穆坪，并在今天的石棉县发现了大熊猫的踪迹。随后他们深入大凉山原始森林日夜追踪，最终射出充满血腥的子弹，饮弹而亡的大熊猫被制成标本送给了美国芝加哥博物馆。

1936年至1946年的10年间，从中国运出的活体大熊猫共计有16只，它们被关在脏兮兮的小笼子里，任由烈日暴晒。还有70具大熊猫标本被送到了西方不同国家的博物馆里。

1936年1月，美国探险家威廉·哈克利斯为了庆祝新婚之喜，从美国乘船来到了中国，准备在四川带走一只大熊猫。不过，他的运气实在太差，前脚刚落地上海，后脚就患病去世了。

然而，威廉35岁的妻子露丝·哈克利斯却继承了他的遗愿，她辞掉了服装设计师的工作，于1936年4月从纽约乘船出发，启程前往中国。

这次中国之行，露丝可谓志在必得。她不但聘请了25岁的美籍华人杨昆廷作为助手，还为了躲避检查乘船逆流而上，沿着水路到达了成都。

进入汶川之后，露丝与杨昆廷二人一头扎进了深山老林，他们不但四处搜查大熊猫的踪迹，还设置了无数陷阱，只要有一只大熊猫受伤，他们就可以顺藤摸瓜，抓获大熊猫幼崽。

1936年11月9日，杨昆廷从树洞中掏出来一只大熊猫幼体，那一刻，露丝欣喜若狂。因为在这以前，还没有一个西方人捕获过大熊猫幼体。然而，虽然露丝抓到了大熊猫幼崽，但她仍无法顺利出境，毕竟她是偷渡来的中国，并没有完整的手续。于是，露丝提前将大熊猫幼崽装进了一个大柳条筐里，在海关登记表上将宠物一栏填上"哈巴狗"，然后又花了一大笔钱，最后蒙混出关，顺利登上了前往美国的轮船。

实际上，当露丝还在路上的时候，她早已将捕获大熊猫的消息通过电报传回了美国。当她所乘坐的轮船在旧金山码头靠岸时，早已有不少人在码头等她。这些美国人不但给露丝举行了一个盛大的欢迎仪式，还一路安排她的衣食住行，为她日后在各地的巡展打点好了一切。

后来，露丝被奉为美国的英雄，因为她带回了这个世界上最珍贵的生物。全国巡展完毕之后，这只漂洋过海的大熊猫被安置在了芝加哥动物园，一度成为最受欢迎的"美国明星"，每天慕名而来的游客络绎不绝。然而，这只大熊猫只活了一年就去世了，露丝见状，又折回了中国四川，她打算再抓一只大熊猫。

然而，露丝这次却失手了。在她准备抢走大熊猫幼崽的时候，却不小心打死了它的母亲。那一刻，她的良知被唤醒了，她决定不再抓捕大熊猫，从此回到美国隐居。但是，露丝虽停手，其他的偷猎者却仍在继续。据统计，1936年到1941年间，美国从中国共掳走9只大熊猫，杀死的大熊猫数量更是比这多得多。

1937年，弗洛伊德·丹吉尔·史密斯在四川捕获了一只不满一岁的大熊猫，命名为"明"。随后，他携带大熊猫先是抵达香港，再启程转运，最终抵达伦敦动物园。

这是活体大熊猫第一次踏上英伦三岛，引起的轰动可想而知。

前来探望的人群中，有一位十来岁的小姑娘，她就是日后的英国女王伊丽莎白。1944年的一个风雪之夜，"明"不幸去世。

这一消息很快震惊英国社会。一向庄重严肃的《泰晤士报》特别发布讣告："她（明）曾为那么多心灵带来快乐，她若有知，一定也走得快快乐乐。即便战火纷飞，她的离去依然值得我们铭记。"

山河破碎，生灵涂炭。

这血色的大熊猫蒙难记，无论什么时候阅读，都是触目惊心，直抵我们的软肋。

2．大熊猫的新生

1960年，25岁的田致祥被汶川县林业局安排到卧龙森林经营所担任护林员，原本不起眼的工作，却改变了田致祥的一生。

这就是命，更是运。

从那以后，田致祥和大熊猫的生命轨迹交织在一起，成为卧龙大熊猫自然保护区的参与者与见证者。从汶川到映秀，再到三圣沟，田致祥背起铺盖卷，带上干粮，踏上了漫长的山路。整整一个星期，他穿越山峦，跋山涉水，跌跌撞撞，终于到达了目的地。

这里居住着藏族、汉族和彝族人，他们过着刀耕火种、狩猎采药的原始生活。当时，条件十分艰苦，住的是大通铺，几十个人挤在一起，被子又脏又重，翻身都要喊"一二三"，卫生条件更是无从谈起。

直到1975年后，情况才有所改善。

与田致祥一同承担护林任务的还有彭家干。他是个"卧龙通"，对卧龙地区的山峦沟壑、飞禽走兽、一草一木都了如指掌。每次巡山，只要有彭家干带领，就能安全回来。田致祥和彭家干两位护林员成了寻找大熊猫的核心力量。那时的巡山护林工作非常艰苦，防火防盗，保护动植物，工作繁重且艰辛。村民们靠山吃山，砍树捕猎，缺乏保护意识。

1955年的春天，林业部第三森林调查队对正河、皮条河进行了森林资源调查，发现卧龙地区自然资源十分丰富。1956年6月，经四川省林业厅批准，在卧龙设立了森林经营所，田致祥和彭家干成了其中的正式职工。随着时间的推移，映秀到卧龙的公路也已通车，卧龙林区和外界的联系进一步加强。

1962年，国务院颁布了《国务院关于积极保护和合理利用野生动物资源的指示》。在这样的背景下，大熊猫的保护工作迎来了新的契机。田致祥等人不仅要承担巡山护林的工作，还要宣传大熊猫的重要性，提高村民的保护意识。尽管工作艰苦，但他们始终坚定地走在保护大熊猫的道路上。

为贯彻落实国务院关于加强野生动物资源保护的指示，重点保护好大熊猫、金丝猴等珍稀野生动物，1963年4月2日，四川省在汶川县卧龙关皮条河上游的大水沟、梯子沟、野牛沟等7条沟范围内，建立汶川县卧龙大熊猫自然保护区，划定面积2万公顷，由汶川县管理。

卧龙森林经营所同时撤销，原有人员转入保护区，保护区编制为5人，主要任务是保护三圣沟以上2万公顷的自然森林资源，制止和处理卧龙、耿达两乡发生的乱捕滥猎野生动物的事件。就这样，田致祥和彭加干成了卧龙大熊猫自然保护区的第一批员工，自此，他们与大熊猫结下了不解之缘。

1973年10月中旬，汶川县革委专题向国务院报告，反映红旗森工局在保护区内砍伐森林，破坏了大熊猫的栖息环境，威胁到大熊猫的生存。

这封直达中央的上访信，执笔者正是田致祥，他在汶川县革委会领导的安排下写了这封改变卧龙命运的上访信。

1974年3月11日，农林部、四川省革委向国务院呈报了《关于四川省珍贵动物保护管理情况的调查报告》。虽然没有认定森工局的责任，但是对日后卧龙大熊猫自然保护区的升级调整起到了重要作用。

1972年4月26日，来自四川宝兴的大熊猫"玲玲"和"兴兴"，乘专机飞越太平洋，安全抵达华盛顿国家动物园，这是新中国成立后首对在美国安家落户的中国大熊猫。

"玲玲"和"兴兴"的美国之旅，在全世界掀起了新的"熊猫热"。此后，来华访问的各国政要都希望能得到中国的大熊猫，中央高层意识到熊猫外交的重要性，周恩来总理当即指示林业部迅速派人对野生大熊猫数量进行调查，并强调要像抢救国宝一样抢救大熊猫。于是，林业部召集四川、陕西和甘肃三省大熊猫产区座谈，决定进行全国第一次大熊猫野外普查，以便弄清我国野生大熊猫的真正数量。

在四川，这一光荣而又艰巨的任务，意外地落到了胡锦矗的头上。而这一重任，也直接改变了胡锦矗的事业走向，让他有机会成为中国的"大熊猫之父"，这就是天降大任于斯人也。

1974年，胡锦矗受命进入卧龙，带领30人左右的珍稀动物资源调查队，进行野生大熊猫生存情况普查。这无疑是个大难题，在中国还没有专门研究大熊猫的人。大熊猫独来独往，嗅觉灵敏，往往人还没有靠近，它就一溜烟不见了。

胡锦矗通过仔细研究，发现不同大熊猫的粪便，其残留的竹节的长短、粗细、咀嚼程度各不相同。通过对大熊猫粪便的比较，可以了解大熊猫的大体年龄、种群数量、活动范围及生活规律等。

胡锦矗的这套方法，后来被命名为研究野生大熊猫的"胡氏方法"。

当时卧龙地区是人迹罕至的原始森林，人们常需手脚并用才能在其中行走。这时，从小山里钻、树上爬的彭加干成了调查队的重要向导。若不是他熟悉卧龙山，调查队可能会遭遇难测的种种困难。野蜂叮人、旱蚂蟥咬人等野外环境中的种种危险情况，都让人们对这片土地深怀敬畏之心。

1974年6月，彭加干和另一位农民向导一起，深入大山寻找大熊猫的踪迹。仅仅走了三个小时，草丛中突然窜出一条五尺长的大蛇，咬伤了这位农民的脚。经过紧急处理和草药包扎，他才脱离危险。还有一次，胡锦矗在青川县摩天岭追踪大熊猫时遭遇暴风雪，连续走了14个小时。在生死攸关的时刻，他发出信号，引来了同事们的救援。当他从昏迷中醒来时，看到所有的人都围着他哭泣。

作为全国第一次大熊猫资源普查，调查队根据"胡式方法"，大体摸清了区内大熊猫等珍稀动物的数量及其分布。卧龙地区生存着野生大熊猫145只，其中耿达河、正河流域有39只；中河、西河流域有46只；皮条河流域有60只。此外，调查队还撰写了调查报告，首次揭示了食物、气候、人类活动等因素对大熊猫生存繁衍的影响，在国际上引起了轰动。

1975年3月20日，国务院批准了调查报告，并将汶川县卧龙自然保护区的面积扩大到20万公顷，使其成为全省的中心自然保护区，并由四川省直接管理。

为了支持这项工作，农林部投资超过1200万元，将红旗森工局的2000多名员工搬迁到松潘县。卧龙因此成为首个国家级、面积最大的大熊猫自然保护区，大熊猫和其他珍稀动物的保护工作也揭开了崭新的一页。

1985年至1988年，中国与世界自然基金会展开合作，中外专家和卧龙的科技人员共同对保护区内的野生大熊猫资源进行了第二次调查。结果显示，卧龙地区的野生大熊猫数量下降到72只左右，其中皮条河、耿达河以南有56只，以北有16只。十年间，野生大熊猫种群数量几乎下降一半。这一现象与1983年卧龙自然保护区内冷箭竹大面积开花枯死有关。

为了挽救大熊猫，自1999年起，国家林业局在世界自然基金会的资助下，组织了国内联合专家组，在卧龙保护区科技人员和职工的配合下，对卧龙野生大熊猫资源进行了第三次普查。此次普查涉及人数达110多人，布样线140多条，采取拉网式的调查方式，覆盖了所有可能分布大熊猫的区域。结果显示，卧龙地区的野生大熊猫种群数量在143只以上。这标志着野生大熊猫数量恢复到了70年代初的水平，成功挽回了因竹子开花枯死而对大熊猫造成的损失。

通过三次大熊猫野外资源的调查，卧龙地区积累了大量的原始资料和基础数据，为开展大熊猫保护工作奠定了良好的基础。

值得一提的是，自1977年四川省革委批准建立"四川省卧龙自然保护区管理处"以来，卧龙地区的工作取得了显著进展，并于1978年建成了世界上第一个大熊猫野外生态观察站。这标志着大熊猫的保护与研究工作开始有了突破性进展。此外，在四川省林业厅的指导下，卧龙自然保护区与四川省南充师范学院生物系的师生合作，对皮条河、正河、西河三大水系进行动植物资源调查，对保护区的动植物资源和区系组成、垂直分布有了进一步的了解。同时，在沙湾建立了动物、植物和昆虫三个标本室和标本陈列馆。这些工作为保护大熊猫及其生态环境提供了重要的科学依据和数据支持。

为了观察野外大熊猫的生活，胡锦矗提出，"我们需要找一处大熊猫多、没有泥石流且水源又充足的地方，建野外生态观测站"。

说起当时的情景，已是耄耋之年的田致祥仍然历历在目。

当时，春节刚刚过完，卧龙自然保护区内牛头山上，白雪还未消融，胡锦矗便带领田致祥等人在海拔2500多米，冷箭竹和拐棍竹交接的地方安营扎寨。这里地势平坦，视野开阔，不远处就是干净的水源，符合胡锦矗的选址要求。他们用几根木桩支起一个棚子，挖了一条通往水源地的台阶路，数了数，从营地到水源地恰好51步台阶，世界上第一个大熊猫野外观察点便被命名为"五一棚"。

时间顺流而下，生活逆水行舟。

谁也想不到，胡锦矗当年用树枝和油毡纸搭建的"五一棚"，今天已成为全世界大熊猫研究者的"圣地"。

那些艰苦的日子里，田致祥成了胡锦矗的得力助手，他们于密林中观察和追踪大熊猫，成为一名"熊猫人"。

观测站建立之初，队员们每天出门都要带把弯刀，以便在浓密的竹林里砍出几条调查样线。然后大家再沿着设计好的调查样线，去追踪大熊猫的活动痕迹。胡锦矗给大家讲解分析熊猫粪便的方法，数熊猫咬过的竹子，教大家辨认和记录一切与大熊猫有关的生物学知识。

田致祥是当时的"后勤部长"，负责为大家采购米面蔬菜，还能回家瞧上一眼。他回忆当时的情况："胡教授他们的情况就不同了，他们几乎不下山。"在牛头山的"五一棚"，胡锦矗的六人小组坚守了六年之久。

随着无线电项圈的引进，大熊猫首次戴上了可以定位活动范围的项圈。当时的追踪工作是非常艰难的。天一亮，田致祥就用胡锦矗反复教过的方法，举着无线电信号接收器，追着"嘟嘟嘟"的电波声漫山遍野地跑。他形容道："成年大熊猫有自己的领地，基本上就在那儿转悠，我们选个合适的位置搭帐篷，晚上就住在里面监测。夜间山上的温度特别低，鞋都被冻成'砖块'了。"

夜间值班是最辛苦的，一个月最少得值10天的班。有一次大雪连续下了两夜，营地来了一只大熊猫。这只大熊猫给营地带来了许多乐趣。吃完东西后，它就在门口半坐半卧，很是悠然自得。大熊猫的好奇心特别重，经常不请自来，一点也不怕人。队员们给它取名"贝贝"。

"贝贝"在营地里十分活泼。它爬上床玩，对着墙上的奖状端详，后来干脆在棚子里睡着了。它的鼾声震耳欲聋，为队员们的生活增添了许多色彩。尽管追踪工作非常艰苦，但这些人与大熊猫之间的故事给人们留下了深刻的印象，这些故事也成为后来人们保护大熊猫的重要资料和依据。田致祥回忆，近距离观察大熊猫虽然难得，但守护它的野性更为重要。于是，队员们只好将贝贝驱赶到山脊的另一头，经过三次尝试才成功。

八年的坚守和努力，胡锦矗科考小组在35平方公里的区域内建立了七条观测线路，并获得了大量有关大熊猫生物学的第一手材料。这是迄今为止野外观察追踪大熊猫时间跨度最长的一次科考活动。

1979年，四川卧龙国家级自然保护区管理局成立，实行林业部和四川省双重领导，以林业部为主，任命赵昌贵为局长兼党委副书记。这标志着卧龙大熊猫自然保护区第一次上升为国家直属管理的层面，显示出中央对大熊猫保护的高度重视。同年12月11日，卧龙保护区加入了联合国"人与生物圈"保护区网。

1980年，我国与世界野生动植物基金会（World Wildlife Fund, WWF）签署协议，决定在卧龙自然保护区建立"中国保护大熊猫研究中心"，全面开展大熊猫生态行为和人工饲养繁殖以及保护高山生态系统等项目的研究。世界野生动植物基金会总部位于瑞士格朗，是一个在全球享有盛誉的、最大的独立性非政府环境保护组织，标志是一只大熊猫。其愿景是制止并最终扭转地球自然环境的加速恶化，并帮助创立一个人与自然和谐共处的未来。该组织在全球超过100个国家和地区设立办公室，拥有5000名全职员工，并有500万名志愿者，自成立以来，投资超过13000个项目，涉及资金约100亿美元。1986年，世界野生动植物基金会更名为世界自然基金会（World Wide Fund For Nature, WWF）。该组织在中国的工作始于大熊猫及其栖息地的保护，是第一个受中国政府邀请来华开展保护工作的国际非政府组织。

建立"中国保护大熊猫研究中心"的专家来自不同国家。外国专家组由来自美、日、英、印、丹麦等9个国家的20多名专家组成，以乔治·夏勒博士为首。中方专家组由来自中国科学院、北大、川大的30多名专家组成，以朱靖为组长，胡锦矗为副组长。中外联合专家组首先对"五一棚"区域大熊猫的生态奥秘进行观察和研究。在经过科学分析后，获得了大量第一手宝贵的野外资料。

然而，这一时期，一些村民乱砍滥伐、乱捕滥猎现象依然相当严重，威胁到了珍稀野生动植物的安全，特别是猎杀大熊猫的案件，造成了极坏的国际影响。

针对捕杀珍稀动物案件，时任四川省委书记杨汝岱多次到保护区调查研究，省政府也派出了联合调查组，查明造成保护区内乱砍滥伐、乱捕滥猎现象严重的原因：一是宣传教育工作做得差；二是汶川县政府对卧龙、耿达两公社管理不力，保护区内乱砍滥伐、乱捕滥猎现象有增无减，愈演愈烈；三是保护区管理局系事业单位，无权制止两个公社社员的违法行为。为此，四川省提出了在卧龙自然保护区的管理范围内成立卧龙特区，设特区办事处的方案。

1983年3月14日，四川省政府发出了《关于成立汶川县卧龙特别行政区的通知》，规定特区设办事处，主要任务是认真贯彻执行林业部、四川省政府关于加强卧龙自然保护区管理工作的各项规定，切实把保护区的自然资源和自然环境保护管理好。

1983年3月18日，四川省副省长刘纯夫代表省政府在卧龙沙湾隆重宣布：汶川县卧龙特别行政区正式成立。同年7月改名"四川省汶川卧龙特别行政区"，隶属于四川省人民政府，由四川省林业厅代管。

卧龙特别行政区由卧龙镇和耿达乡组成，在行政区划上属汶川县，但实际管理则是由四川省林业厅负责。卧龙特别行政区的辖区与四川卧龙国家级自然保护区完全重合，并与国家林业局卧龙自然保护区管理局合署办公。

1983年5月，英雄沟大熊猫饲养场工作人员在砍竹子时发现许多冷箭竹开花。同时，"五一棚"野外大熊猫观察站的工作人员在定位观察中，也发现了冷箭竹开花的现象，这立即引起了保护区领导的注意。

经过120余天的调查，保护区工作人员基本掌握了相关情况。卧龙自然保护区有拐棍竹、白夹竹、大箭竹、冷箭竹等6个竹种。竹林开花面积为59986公顷,其中冷箭竹分布的面积最大,达31995公顷。除生长在低海拔区域(2600米以下)的拐棍竹、白夹竹等未开花外,分布在高海拔区域(2600—3400米)的冷箭竹95%已开花枯死,这严重威胁到区内一百多只野生大熊猫的生存。接着,我国其他大熊猫分布区也相继发现了冷箭竹开花现象。一时间,中国的国宝大熊猫受到了前所未有的生存威胁。

世界野生动植物基金会得知消息后,很快发表了"卧龙保护区竹林开花,熊猫今冬明春严重缺食"的新闻,向全世界披露了这个坏消息。

刚刚成立的卧龙特别行政区迎来了第一场大考。

1983年,国务院办公厅林业部发布《关于抢救大熊猫的紧急报告》的通知。紧接着,四川省林业厅、阿坝州人民政府等都相继发出通知,要求全省所有大熊猫分布区要积极行动起来,全力拯救国宝大熊猫。

为了保护国宝,卧龙自然保护区管理局党委把拯救大熊猫的工作作为当时的首要工作。在基本查清冷箭竹开花的地域和面积后,带领保护区的广大职工和人民群众迅速展开了有针对性的拯救工作。遵照林业部提出的"一不饿死,二不冻死,三不烧死,四不打死"的原则,根据大熊猫的活动规律和未开花竹类的分布情况,有条不紊地展开了救灾工作,及时采取了切实有效的拯救大熊猫措施。

同年,林业部、四川省政府联合发出了《关于进一步搞好卧龙自然保护区建设的决定》,对卧龙特区的领导体制作了适当调整,将原建的"四川省汶川县卧龙特别行政区"改建为"四川省汶川卧龙特别行政区";特区与卧龙自然保护区管理局实行两块牌子、一套班子,将特区的级别由按"县团"级待遇改为"属县团"级；特区、管理局的政治思想、行政、业务工作统一委托省林业厅代管，特区党委正副书记、办事处正副主任（即管理局正副局长）由林业厅党组报省委审批，并报林业部备案。

为解决卧龙特区在建设中存在的困难和问题，四川省政府于1991年、1992年、1995年、1999年，先后四次在卧龙特区召开了省级有关部门负责人参加的现场办公会，研究解决特区存在的与上级部门业务渠道沟通等问题，进一步促进了特区的建设和发展。

实践证明：卧龙特区与保护区实行两块牌子、一套班子、"政事合一"的体制，把资源保护和当地经济开发融为一体的做法，既有利于搞好自然资源保护和科学研究，又有利于安排好当地群众的生产生活，减少矛盾，密切干群关系，增强民族团结，是有中国特色的自然保护区建设的有益尝试。

2019年，一部难得的关于大熊猫保护研究的纪实文学作品《大熊猫的春天》出版发行。三位作者张志忠、张和民、王永跃都是早年到四川卧龙国家级自然保护区工作的中国大熊猫保护研究中心的一线工作人员。作为亲历者，他们全面记录了中国大熊猫保护研究中心四十年的工作与实践，讲述了一个个人与大熊猫的动人故事。

耄耋之年的田致祥，作为卧龙大熊猫保护区的第一代见证者和亲历者欣然为《大熊猫的春天》撰写了序言，回顾了那些铭刻在血脉之中的记忆——

我这一生，在建立卧龙自然保护区之前，便与大熊猫有了交集。

1960年，二十多岁的我被组织上派到卧龙森林经营所工作。邛崃山脉东麓的卧龙，山高林深，古木参天。我背着铺盖卷，跋山涉水，风餐露宿，用了整整一个星期的时间，才到达目的地。

……经营所的居住条件也很艰苦。住的是大通铺，男男女女几十个人，被子有七八十斤重，连翻个身都要喊"一二三"，卫生条件更不必说。这样的生活状况，直到1975年后才有所改善……

卧龙自然保护区成立之初划地仅为两万公顷，我们的职责就是守护这两万公顷的栖息地和其中的大熊猫。但是，随着红旗森工局进驻，保护区域外的森林被大量砍伐，大熊猫的栖息地受到严重破坏。我们与伐木工人多次交涉，都没有结果。1973年，我执笔写了一封信给党中央，报告了森林砍伐对大熊猫生存造成的严重威胁。记者们写的内参也不断呈报给中央。1975年，国务院将卧龙的大熊猫保护区从两万公顷扩大到二十万公顷，红旗森工局撤出，卧龙成为首个国家级的、面积最大的大熊猫自然保护区。

自此，卧龙的大熊猫保护工作力度加大。1978年建成了五一棚大熊猫野外生态观察站，保护与研究工作更是风生水起。

我有幸作为最早前往五一棚观测站跟踪监测大熊猫的六个人之一，和胡锦矗教授一起跟踪监测大熊猫。我们用弯刀砍出了三十多条监测样线，每天跟踪监测大熊猫。后来，中外合作开始，夏勒、约翰逊等外国专家来到五一棚，张志忠、张和民等大学生也来到五一棚，我和他们一起跟踪监测大熊猫。虽然野外的工作艰辛，但生活充满乐趣。每天晚上，火塘边的龙门阵尤其热闹。

卧龙地方虽好，但生活条件艰苦，很难留得住人。加上大熊猫繁育工作一度低迷，外国专家们纷纷撤出，20世纪80年代分配来的一百多名大学生走得只剩下六个。1989年，派往美国学习的张和民学成回

国家公园

国后，团结王鹏彦、汤纯香、周小平、黄炎、张贵权等人，担起了林业部下达的大熊猫繁育攻关计划。他们背水一战，终于在2000年后攻克了人工圈养大熊猫繁殖育幼的"三大难关"，实现了大熊猫人工圈养种群的迅速壮大。

1989年，我退休了，但心里始终牵挂着卧龙的山水和大熊猫。原来冷冷清清的核桃坪来了不少中外游客，他们都被大熊猫的魅力迷住了。一些农家乐也开始在耿达、卧龙兴起。实际上，随着天然林保护，退耕还竹工程的实施，当地居民的收入得到显著提升。他们已经从最早的索取者渐渐变成了真正的保护者。

真让人感叹：是大熊猫改变了卧龙。于我而言，这样的感受在2008年四川汶川特大地震发生后尤其强烈。由于核桃坪受灾严重，次生灾害频发，圈养大熊猫不得不转移。当地老百姓眼含热泪，依依不舍地送走大熊猫。他们担心"熊猫都迁走了，国家还管不管我们？"张和民主任告慰乡亲们："大熊猫一定会回来！国家不仅要管我们，而且由香港特别行政区对口援建卧龙，帮助卧龙灾后重建！"几年后，由香港援建的中国大熊猫保护研究中心在神树坪建成，大熊猫们又回来了。乡亲们夹道欢迎，再次流下热泪，那是幸福的，期待已久的热泪！

据我所知，大熊猫改变的还不仅仅是卧龙。20世纪80年代初，原林业部曾调集川、陕、甘三省大熊猫栖息地保护区各"山头"的技术骨干到五一棚学习，而今他们在各自的领域推进大熊猫保护研究事业，都取得了可喜的成绩。

如今，我已是耄耋老人。亲历了五一棚建棚时，那狂暴的山雨。见证了中国大熊猫保护研究中心成立后，那凶悍挡道的泥石流。从人工繁育捷报频传，到野外培训放归取得阶段性成果，野外引种试验成功……那是多少个挫折的炎夏，多少个失败的严冬，此时此刻，真有一种如沐春风的温暖感觉。

大熊猫的春天，来了！

…………

3．大熊猫回国记

2023年2月21日，对于日本东京的"香香"迷来说，是个心碎的日子。

清晨6点15分，熊猫香香起床了，这是它在东京上野动物园的最后时光。在饲养员的帮助下，5岁的香香乖乖地走进了转运笼，在一辆专属熊猫配色的叉车帮助下，被搬上了卡车。

7点10分，在动物园工作人员的挥手道别中，卡车缓缓驶离了熊猫区，香香踏上了归国的旅途。

三天前，是香香在日本接受游客参观的最后一天，上野动物园门外，寒风中早已挤满了数百位来为香香送行的粉丝，哭成泪人的不在少数。队伍中有拄着拐杖的老人，有抱着婴儿的夫妻，还有许多没能中签的人，只能在熊猫馆附近徘徊观望。香香所在的上野动物园，更是大排长龙。

为了控制客流，园方不得不采取预约加抽签制，中签概率大概是1/70，这天只有2600名幸运儿能见到香香！

在晨光中，香香搭乘的白色车辆缓缓开过街道，喇叭循环播放着：请让一让。日本"香香迷"们沿街相送、拍照并录制视频，人群中有人哭着叫香香的名字，且"谢谢你""爱你""一定要健康啊"的声音此起彼伏。

上野动物园园长福田丰尤为感伤，他看着香香出生长大，"香香是我们心中最柔软的所在，我想说一声谢谢，希望它平安抵达中国，为大熊猫的保护研究做出贡献"。包括朝日新闻在内的多家日本电视台，特别策划了系列报道，表达对香香的不舍。

2017年6月，香香在上野动物园出生，其父母分别为中国旅日大熊猫"比力（力力）"与"仙女（真真）"。从出生那天起，香香便成了上野动物园的明星。由于"香香"父母是从中国租借的大熊猫，它们产下的幼崽所有权属于中国。最初根据两国约定，"在满24个月时将'香香'归还"，但很多日本民众对香香十分不舍，因此经过有关方面商议，将香香的归还时间定为2020年12月底。但几经波折，其回国日期被推迟了4次。透过一双双不舍的泪眼，我们看到了日本民众对中国大熊猫的喜爱。

这份难舍难分的情缘，由来已久，发生在半个多世纪以前。

1972年9月29日，中日两国政府正式签署《中日联合声明》，实现了邦交正常化。作为中日世代友好的象征，中国政府决定赠送日本两只大熊猫。

1972年10月28日，第一批旅日大熊猫"康康"和"兰兰"乘专机抵达东京，时任内阁官房长官的二阶堂进亲自前往机场迎接。从机场到上野动物园，一路有警车开道、百余名警备人员护送。

同年11月初，"康康"和"兰兰"首次公开亮相时，6万名游客将上野动物园挤得水泄不通。次年，上野动物园入场人数高达920余万人，创下了入场人数的最高纪录。日本动画片《樱桃小丸子》，曾再现当时全民轰动争相一睹大熊猫的盛况。

多年来，上野动物园大熊猫家族每次添丁，不仅都能登上新闻头条轰动全日本，还给周边餐馆、商店带来巨大的经济效应。据了解，目前，在日本生活的大熊猫共有13只，可爱憨厚的大熊猫，为日本人民带去了很多欢乐，也为增进中日两国人民友谊发挥了独特的作用。

1995年日本神户发生大地震，损失惨重。神户市政府当时向中国有关方面提出，为了灾后重建中的神户市民特别是孩子们，希望神户能够与中方共同进行大熊猫饲养繁育研究。

这一愿望得到中方积极响应，雌性大熊猫"旦旦"和雄性大熊猫"兴兴"于2000年抵达王子动物园。

王子动物园园长加古裕二郎回忆说，大熊猫的到来，在神户掀起一股热潮，王子动物园的参观人数激增。如今20多年过去了，仍有很多粉丝说，自己看到"旦旦"就仿佛被注入勇气。"大熊猫是日中友好的象征。20多年来，'旦旦'受到日本以及全世界人民的喜爱。"加古说，动物园一直与中方保持良好关系，今后希望这种关系能够持续下去。

大熊猫对于中国来说，意义十分重大，备受瞩目的"熊猫外交"也起到了良好的效果。

20世纪40年代，宋美龄代表国民政府将一对大熊猫作为"珍贵而具有中国特色的国礼"赠送给美国。自此，大熊猫开始成为和平和友谊的象征。新中国成立后，"熊猫外交"也起到了十分积极的作用。

据了解，在1957年至1982年期间，有23只大熊猫被送到苏联、美国、日本、法国等9个国家。后来为了保护濒危物种，我国开始将赠送改为"租借"。进入21世纪后，又改为"合作研究"的方式。

1982年，中国政府决定不再向外国赠送大熊猫，但作为大熊猫繁育计划的一部分，向国外租借大熊猫的情况仍然存在。目前，中国已

　　　　　　　　国家公园

经和国外多个动物园建立了长期关于大熊猫繁育的合作关系，40余只大熊猫向全世界的人们传递着中国的善意与友好。随着我国国际地位的提升，对大熊猫的保护工作更加受到重视。

…………

"我手里的这封信，记录着六十多年前，我国第一只远赴异国他乡的国宝熊猫的情况。"国家档案局原局长李明华曾为众人展示这样一份档案。

这是1957年北京市市长彭真为北京市民向莫斯科市民赠送大熊猫"平平"一事，致莫斯科市苏维埃主席波布罗夫尼科夫的信件。

时隔60多年，"平平"首次出国的记忆已随时光消散，见证历史与友谊的使命留给了档案。

档案详细记录了当时的情况："大熊猫是一种非常名贵的动物，极为罕见，很不易捕获，几年来我们只捕到几只雌的，未捕到雄的，现在赠给你们的这只大熊猫体重92公斤，产于我国四川省宝兴县，名字叫'平平'……"

1959年，莫斯科动物园又迎来了大熊猫"安安"。呆萌、可爱的"平平""安安"成为不少莫斯科人童年的记忆，莫斯科市也写来多封感谢信，表达对中国赠送大熊猫的谢意：中国朋友新赠的礼品引起了我国首都人民极大的兴趣。在展示的第一天就约有10万莫斯科人来到动物园欣赏了这珍奇的动物。"平平"和"安安"生活得很好，它们已经成了动物园观众、特别是孩子们最喜爱的动物……

从赠送大熊猫开始，到后来的租借合作研究，从中体现的是我国国力的提升。"熊猫外交"是中国实力的标志，熊猫已经逐渐成为西方媒体用来指代中国的动物。而我们自己，也把熊猫和这种隐喻当成了文化和价值观的重要输出。

大熊猫作为亲善大使，它走遍全世界，对外交起到了不可或缺的作用。

1972年，美国总统尼克松应周恩来总理的邀请首次访华。尼克松的这次访华共持续了一个星期的时间，被称为"改变世界的一周"的破冰之旅。

在政治家的记忆里，它是《中美联合公报》中的细枝末节，然而，公众对这次意义重大的外交事件的记忆，更多的是作为中国"国礼"回赠给美国的那对大熊猫——"玲玲"和"兴兴"。

尼克松正式访华之前，美国曾派来几个由政府高级官员带队的先遣小组。让时任外交部礼宾司司长唐龙彬感到奇怪的是，几乎每个先遣组来到中国，都要去北京动物园的熊猫馆，甚至为了看熊猫，他们修改了本应参观八达岭长城的行程。起初，唐龙彬并没太在意，因为中国的国宝熊猫虽然名扬四海，但对于外国人来说，终究还是难得一见，再加上熊猫的憨态可掬，想让人不喜欢都难。

1972年2月21日，尼克松总统偕夫人如约来到中国。这位总统夫人毫不掩饰对大熊猫的兴趣，尽管她的行程一再修改，去动物园看熊猫这一项却始终保留。陪同的唐龙彬对尼克松夫人看到熊猫后的兴奋印象深刻。

据他回忆，尼克松夫人到达中国后的第二天就迫不及待地前往北京动物园，虽然有专门的摄影组跟随，但她还是用相机亲自为熊猫拍照，喂它们吃东西，临走时依依不舍，不断称赞熊猫可爱，并且试探性地提出想要熊猫的想法。

尼克松夫人和她的随从还买了一大堆熊猫玩具。唐龙彬感觉出，这是为了争取得到熊猫而为之。

事实上，1956年至1957年，美国佛罗里达州迈阿密稀有鸟类饲养场和美国芝加哥动物园就曾先后致信北京动物园，希望"以货币或动物交换中国一对大熊猫"。考虑到当时北京动物园只有3只雌性熊猫，而其中2只已预定送给苏联，再加上当时中美之间还处于冷战阶段，以及美国国务院的阻拦，交换计划最终流产。

尼克松总统希望借访华之机，再次争取获得熊猫的机会。访问期间，按照国际惯例，两国要互赠礼物。尼克松赠送的是一组由美国鸣禽硬瓷烧制大师爱德华·马歇尔·波姆亲手烧制的瓷塑天鹅、水晶玻璃花瓶；中国回赠的则是双面苏绣、花瓶等。

本以为熊猫计划就此搁浅的尼克松一行人，在临行前的答谢晚宴上，却出乎意料地得知，中国同意向美国赠送一对大熊猫。确定赠送后，中国开始了紧锣密鼓地甄选赴美大熊猫的工作。年龄3岁左右、身体健康、体型适中、外观漂亮是挑选的4个基本标准。其余3项都好把握，唯独"外观漂亮"一条让人拿不准。一只"漂亮"的熊猫，眼睛黑区不能太大，并且呈两个短八字，耳朵的黑区也不能太大，黑白界限要明显，圆头圆脑，嘴巴长短适中，体型要壮硕。

在比较了北京动物园现有的和四川卧龙、宝兴等地的大熊猫后，在北京动物园生活了不到一年的两只雌性大熊猫"玲玲"和"兴兴"被选中。临行前，两只熊猫得到了特殊待遇，它们吃的都是当时在中国普通人都很难享用到的牛奶、鸡蛋和维生素。

在尼克松访华两个月后，"玲玲"和"兴兴"便到达华盛顿动物园，8000多名美国民众冒雨迎接，尼克松夫人也出席了动物园熊猫馆的揭幕式。两只熊猫公开展示的第一天，就吸引了2万人排队参观，以致造成交通堵塞。

美国人对"玲玲"和"兴兴"着迷不已，一股"熊猫热"迅速席卷美国，"玲玲"和"兴兴"的一举一动都成为媒体的焦点，印有大熊猫的啤酒瓶和画册等周边产品层出不穷。就连运送它们赴美的写有"中华人民共和国"的绿色柳条箱，都被拿来展览。因而1972年被美国民众称为"熊猫年"。然而，华盛顿动物园很快就遇到了一个棘手的问题，那就是如何满足"玲玲"和"兴兴"对竹子的大量需求。熊猫的饮食中，99%都是竹子，没有竹子就无法生存。这两只熊猫对竹子的品质又格外挑剔，不新鲜的竹子碰都不会碰。动物园只好刊登广告，向人们征集新鲜竹子。

一个叫南茜·塔夫斯的女孩看到广告后，拨通了动物园的电话。她的父母都是中国迷，自家的院子里就种有超过8000平方米的竹林。动物园工作人员考察了塔夫斯家的竹林后喜出望外，他们发现这正是他们寻找的竹子类型，是熊猫最喜欢的品种。塔夫斯家就成了华盛顿动物园的竹子供应商，每周，动物园都会从她家砍伐数百磅竹子，专门供给"玲玲"和"兴兴"。

"玲玲"曾四次产下幼仔，但都夭折了。其间，华盛顿动物园想尽了一切办法帮助玲玲产仔，甚至从伦敦动物园借来一只雄性大熊猫与"玲玲"交配，也没有成功。

1992年，"玲玲"因心脏病，在毫无征兆的情况下死在了笼子里，此时它已经23岁。熊猫进入20岁，就意味着已经步入了老年，这个年龄相当于人类的80至90岁。

1997年，美国国家动物园专门为"玲玲"立碑：大熊猫是中华人民共和国的礼物，为几百万游客带来欢乐。7年后，28岁的"兴兴"也

国家公园

因年老引发器官衰竭，动物园不忍看它受罪，为它实施了安乐死。据说，"兴兴"去世前，胃口还不错，吃了甜土豆、竹子嫩芽、米粥和它最喜欢的"星巴克"蓝莓松饼。至此，"玲玲"和"兴兴"完成了它们20多年的特殊使命，它们共经历了五任美国总统，对中美关系的发展做出了难以磨灭的贡献。

全世界的野生大熊猫现存约1590只，人工圈养也不过两百多只，由于生育率低和对生活环境的高要求，大熊猫始终顶着濒危动物的头衔。稀有、唯一、可爱的外形和不带攻击性的性格使大熊猫天生就具备"亲善大使"的特质。

这些熊猫大使在获赠国获得的是"国家元首的待遇"，旅美大熊猫玲玲的一只幼仔夭折后，甚至世界自然基金会瑞士总部第一次下半旗志哀。

1982年，为响应保护濒危动物的全球号召，中国停止了向外国无偿赠送大熊猫的做法，大熊猫作为"国礼"的时代结束了。不过，大熊猫的出国之路并没有因此中断。

1984年，中国政府提出了大熊猫租借方案，这使得一些国家能够以短期借展的方式获得大熊猫，并通过将大熊猫带到当地的动物园巡展来吸引游客并获得门票收益。在1984年洛杉矶奥运会前夕，一对大熊猫"永永"和"迎新"被租借到美国巡展三个月，这使得美国动物园获得了千万美元的门票收益。此后，大熊猫还相继前往加拿大、爱尔兰、瑞典、比利时等多国巡展。然而，每天大量接待游客延误了大熊猫的繁殖。为了吸引游客，一些动物园甚至训练大熊猫表演杂技。随着环境保护团体的抵制，大熊猫巡展逐渐停止。

根据《濒危物种国际贸易公约》的规定，外国动物园只能以租借的方式，以科学研究交换的名义获得熊猫。因此，中国野生动物保护协会、中国动物园协会与国际动物保护机构经过两年的磋商，达成了一项与国外开展合作研究的协议。这项协议旨在通过合作研究来保护大熊猫，并促进大熊猫的保护工作。该协议得到了国际动物保护机构和众多国家的广泛支持，并在全球范围内获得实施。现在，中国正在努力加强对大熊猫的保护，确保它们能够得到足够的栖息地和食物来源。这些努力得到了国际社会的认可和支持，对于促进大熊猫的可持续发展具有重要意义。

外国动物园可以从中国租借大熊猫进行合作研究，一对亚成体大熊猫的租借期通常为10年，承租的动物园每年支付100万美元的租借费，如果熊猫在出借期间生下幼仔，平均每年租金增加60万美元，两年后熊猫幼仔也要交还中国。倘若熊猫死亡，尸体也要归还中方。中方可轮流派出技术人员与外方共同对大熊猫进行研究。

1994年，成都大熊猫繁育研究基地的两只熊猫首次以"科研交流大使"的身份，旅居日本白浜山野生动物园。此后，日本和歌山，韩国首尔，美国亚特兰大、华盛顿、孟菲斯等不少地区的动物园也都开始与中国进行长期的合作研究。

这样的合作方式，人力、物力更加充足，利于对大熊猫进行更为全面的研究。鉴于大熊猫在国内外的特殊地位，今天大熊猫在政治和外交上的作用依然存在，比如进行一些短期的出国活动。

1972年9月29日中日实现邦交正常化，作为友好的象征，中国人民送给日本人民的礼物是两只大熊猫。日本在报道这一盛况时，用了"等了一整夜，见面一分钟"的标题，指出平均每人只能看熊猫30秒。"兰兰"和"康康"分别于1979年和1980年死亡。

1979年，日本开始向中国提供政府开发援助，大熊猫"欢欢"和"飞飞"也相继"出使"日本，先后生下了"秋秋""童童""悠悠"。

为避免近亲繁殖，以及为纪念中日邦交正常化20周年，1992年，出生在北京动物园的"陵陵"与"悠悠"交换，来到上野动物园。"童童"2000年病故。"陵陵"于2008年4月死于心脏病。"陵陵"去世时的年龄相当于人类的70岁，在世界最年长大熊猫中排名第五。

距今4000多年前圈养大熊猫就已经开始，但人工饲养大熊猫繁殖成功则始于1963年北京动物园的"莉莉"和"森森"自然交配成功产下的幼仔。1978年通过人工授精又取得繁殖成功。1980年成都动物园用冷冻精液进行人工授精，亦获得成功。在人工饲养条件下，大熊猫雌雄本交的可能性极小，往往采用人工授精。由于大熊猫发情期长而且表现各异，但排卵期只有1—3天，所以目前多采用高科技手段测定其排卵期并重复人工授精，以保证较高的受孕率。

国外首次于1979年繁殖成功的大熊猫来自日本上野动物园。近年来在育幼方面有很大的突破。成都动物园于1990年首次在人工辅助下，哺育成活一对双胞胎熊猫；1992年北京动物园攻克了未吃初乳幼仔人工哺育成活的难关；同年成都动物园再次育活双胞胎并代哺一只，创造人工辅助下一母育三仔成活的奇迹。

人工饲养的大熊猫，由于条件优越，一般寿命可达20岁左右，最长的达38岁，雌体4—5岁成熟，生育年龄在10年以上。近年来，随着大熊猫繁育科研的不断深入和高新技术的引用，人工采精、受精和育幼技术的不断完善提高，大熊猫的受精受孕率、幼体出生率、幼体成活率大大提高。

成都大熊猫繁育研究基地的"英雄母亲"美美，活了21岁（1992

年病死），共产9胎11仔，成活7只；美美的女儿庆庆（1984年出生）到2001年已产8胎12仔，幼体全部成活，创造了大熊猫繁育史上的奇迹。大熊猫在人工授精的情况下产双胞胎的概率较大，1999年成都大熊猫繁育研究基地饲养的大熊猫产3胎5仔，两对双胞胎。

1986年，中国大熊猫研究中心采用人工授精的方式成功繁殖第一只熊猫幼仔，世界野生动植物基金会名誉主席英国菲利普亲王闻讯后，亲自到卧龙为这只幼仔命名为"蓝天"，以表达他对大熊猫的热爱和对中国人民的友好情谊。

为突破人工繁殖大熊猫技术难题，研究中心在林业部的指导下，于1991年组织实施了"大熊猫繁殖技术攻关计划"，以"中国保护大熊猫研究中心"为主，吸收北京、成都、重庆动物园参加，组成攻关小组，调整了大熊猫种群结构，集中种源和技术力量，采用野外和室内相结合的方法，围绕大熊猫人工繁殖进行多学科研究。

1991年，雌性大熊猫"冬冬"生产了一对双胞胎，之后又出现了生产"双胞胎"，甚至"三胞胎"的新纪录，特别是在2000年的人工繁殖大熊猫工作中，中心共繁殖8胎12仔，使大熊猫的研究工作达到了世界领先水平。

据统计，自1991年至2003年，卧龙大熊猫研究中心采用自然交配和人工授精相结合的办法，共繁殖大熊猫43胎，65只，存活53只。

2003年7月8日，我国在全球首次启动了大熊猫野外放归前期研究工作，将近两岁的大熊猫"祥祥"放入面积为2.7万平方米的野外放养场进行野外生存训练，为大熊猫正式放归野外收集数据，并与同龄的大熊猫在饲养管理、疾病防治、行为学、内分泌、植物生理学等方面进行对比研究，以逐步实现有计划地将人工繁殖的大熊猫放归野外，扩大大熊猫的野外种群，使大熊猫免遭灭绝。

2023年2月21日17点15分，从日本东京上野动物园启程回国的大熊猫"香香"历经5个多小时的飞行，顺利抵达成都双流国际机场。

顺利入境后，大熊猫"香香"于18点35分搭乘货车前往中国大熊猫保护研究中心雅安碧峰峡基地。

据悉，香香回国入住的当晚，吃了8公斤竹笋、5公斤竹子。

4．"大熊猫之父"胡锦矗

2023年2月16日晚，94岁的胡锦矗先生走了。

这一天，距他第一次跟大熊猫打交道，已经过去49年。

2月19日下午，"大熊猫之父"胡锦矗先生的遗体告别仪式在四川南充举行。告别仪式上，胡老的照片已经变成了黑白色——那是大熊猫的颜色。胡锦矗先生与大熊猫相伴半生，给我们留下一个不再濒危的大熊猫种群。

胡老的老朋友、美国动物学家乔治·夏勒闻讯悲痛不已："胡锦矗的离世，对于所有关心野生动物和大熊猫的人来说是一个损失。他为人慷慨，和他相处非常愉快，在卧龙一起工作的时候，他教会了我很多东西。非常遗憾，我不能参加追悼会，我向他的家人、朋友和同事致以慰问和问候，他将永远在我心里。"

"老人家不仅是我学术道路上的引路人，还是我人生道路上的引路人。不论是做人还是做学问，都是值得学习的楷模。"西华师范大学副校长、西南野生动植物资源保护教育部重点实验室主任张泽钧回忆起与老师交往的点点滴滴，悲从中来，声音哽咽。

1996年，24岁的张泽钧师从胡锦矗先生，开启了探索国宝大熊猫生存奥秘的科研之路，逐渐成为西华师大大熊猫研究的第三任掌门人。

张泽钧表示，胡老与大熊猫打了半辈子交道，他对大熊猫的真挚热爱，深深地感染了后来的熊猫学者。理想信念是"原生动力"，职责使命是"意志盔甲"。张泽钧始终把老师的话放在心里："要做好科研，必须要考虑社会责任，你的科研成果能给人民带来什么好处，会给社会造成什么影响，能给国家做出什么贡献。我们和大熊猫同住一条河，同喝一江水，保护大熊猫就是保护人类自己。"

正是有了胡锦矗这样低调的大师，西华师范大学虽然地处四川南充，却创造了世界顶尖的大熊猫科研成果，因此该校被誉为中国的"熊猫大学"。

自2009年以来，西华师范大学生命科学学院副教授黄燕一直协助胡锦矗工作。"严格上说，胡老算是我的'师爷'了，但他一直把我当他的学生看待。"十多年来，在黄燕的心中，胡锦矗是"恩师"，更是亲人，胡老"在楼下摘把金银花泡茶、拿袋零食，都会分我们一半"。

在协助工作的过程中，黄燕常常被胡锦矗的敬业精神打动。"他出生于1929年，学校返聘后再次退休的时候已经78岁高龄（2007年），但他仍然坚持给学生上课到2013年。"黄燕回忆道。后来，随着年龄增长，胡锦矗虽然没再给学生上课，但他依然坚持每天都到办公室里做研究，直到2020年3月23日住院的前一天。

黄燕表示，近年来由于受到白内障等疾病的影响，胡锦矗的视力、听力越来越差，但每当有人和他聊起大熊猫时，他仍然可以神采奕奕地跟人聊两三个小时之久；有一次，电视上播放到一个有关大熊猫的影像，他虽然看不清，却能非常准确地指出是哪个山脉，简直把大熊猫的研究刻进了他的骨子里。

在为"胡老"写完讣告后，黄燕在朋友圈留下这样一段话：谨此讣告，共寄哀思。也许，这是我为老爷子写的最后一份材料了。我如何能用短短的文字来概括您精彩的一生，概括您那非凡的人格魅力。以为能平静接受这一局面，依然泪如雨下。愿您在另一个世界依然脚步矫健，去您熟悉的山脉翻山越岭，去追逐您最爱的大熊猫。

1929年3月24日，胡锦矗出生在四川省开江县的一个小山村。1955年毕业于西南师范专科学校；1957年，刚从北京师范大学研究生班毕业的胡锦矗，抱着建设新中国的一腔热血，义无反顾地回到家乡——四川。

第一天到成都报到，第二天领导就找他谈话："你到南充（市）去吧。"那一年，南充师专（现西华师范大学）生物系刚刚成立，急需专业教师，科班毕业的胡锦矗正好合适。"好啊。"胡锦矗想都没想就答应了，背着还没来得及拆开的行囊，直接到了南充市。

进入南充师专最初的十多年里，他先后参加了《四川省志·地理志》的编写和长江水产资源调查；组织了四川东部地区动物资源调查研究。在这段时间里，胡锦矗自己也没有想到，有一天会和熊猫结缘。

1972年4月26日，两只可爱的大熊猫"玲玲"和"兴兴"抵达美国华盛顿动物园，受到极大欢迎，"熊猫外交"由此显现出不同寻常的意义。此时中国政府也在寻找一种方法来确认大熊猫的数量，胡锦矗就被选为负责这个任务的人员之一。

在那个年代，社会上对大熊猫还缺乏真正的了解，也没有专业人员。领导认为胡锦矗的专业除了鱼就是鸟，这与大熊猫最接近，都是野生动物，于是他就被派去四川卧龙大熊猫自然保护区进行调查。而那个时候他的女儿刚刚出生。

当时，进行调查的过程是非常困难的，因为这支调查队是由各个领域的人员组成的，他们中有的仅仅对生物学有所了解，还有的甚至连地形图都看不懂。但胡锦矗仍然凭借着他所知道的有限知识，决定从大熊猫的粪便中寻找线索。他发现，大熊猫的粪便中竹节的长短、粗细、咬痕和咀嚼程度各不相同，而这是能够确定大熊猫的大体年龄、种群数量的依据。

1979年，在卧龙西河，胡锦矗的小分队被连绵阴雨围困数日。他们每天用手指抠，膝盖蹭，在雨雾瘴气中摸索前行。就在"弹尽粮绝"的时候，一位农民向导一不留神，踩塌了悬崖边上的巨石，石头跌入山谷，发出沉闷的轰鸣。这时，奇迹出现了，河对面有人高喊"胡老师！胡老师！我们在这儿！"原来，接应人员在沟口已经等了半个月，不见小分队出来，便沿河搜寻。想不到滚落山谷的巨石，成了救命的信号。

为了尽快找到大熊猫，胡锦矗和队员花费了4年半的时间，踏遍了川西群山。深冬，他们趴在雪地上细细辨认熊猫的足迹；盛夏，他们钻进熊猫用身体挤出来的竹林"隧道"，挥汗如雨。经过一千多个日夜的风餐露宿，胡锦矗和团队最终成功地确定了四川省大熊猫的数量和分布区域。这份报告不仅确认了中国野生大熊猫的数量，还推动了卧龙大熊猫自然保护区的升级，并直接促成了四川省青川县唐家河等五个国家级自然保护区的建立。经过国务院批准，卧龙国家级自然保护区的面积由原来的2万公顷扩大到20万公顷，大熊猫等多种珍稀濒危野生动物的保护和拯救工作正式上升至国家层面。

1978年，胡锦矗提议在卧龙建立世界上第一个大熊猫野外生态观察站——五一棚。这个简单的木棚子只不过是几个人在半山腰上搭建的一个简易场所，却成为中国大熊猫保护事业的重要起点。几十年来，从"五一棚"延伸出的保护道路指引着众多专家和科研人员投入大熊猫的保护工作中。他们通过耐得住寂寞和熬得住孤独的努力，见证了大熊猫保护事业的繁荣和发展。

在世界自然基金会的资助下，四川省内共设置了30条大熊猫监测与巡护样线；到了2009年，这一数字增长到了530条。一张照片保存至今，照片中的胡锦矗身着黄色中山装，头发乌黑，正与外国专家一起在野外考察被大熊猫吃剩的竹子。这张照片见证了胡锦矗等人的痴爱和无私奉献，也展示了中国大熊猫保护事业的发展和进步。

从"五一棚"这个起点开始，胡锦矗等人首次对大熊猫生物学、生态学、种群、繁殖等多项课题进行了较为系统的研究。他们的努力

深山守护不易，有人甘为它风餐露宿；繁育研究不易，有人甘为它青丝白发（摄影：谢建国）

和坚持不仅解决了大熊猫生存与繁育的难题，也为国际社会提供了宝贵的经验和知识。

"我们甚至连野外监测用的笔记本都买不起，监测时就用几张纸记录，没有电，没有电话，照明用马灯，一晚上下来，鼻孔都是黑的。"说起当时的艰苦，四川省林业厅野生动物保护处原处长、曾经多次到过"五一棚"的胡铁卿记忆犹新。

1981年，世界自然基金会和中国政府合作进行大熊猫研究，派来野生动物学家乔治·夏勒博士，而此次调研的中方专家就是胡锦矗。

那是初春一个中午，在简陋的办公室里，卧龙特区首任主任赖炳辉，迎来了一位头戴牛仔帽的美国人——乔治·夏勒。受世界野生动植物基金会派遣，研究了半辈子雪豹的夏勒一路颠簸来到卧龙。在这里，他将和中方专家一道，探索最适宜中国野生动物保护的新模式。

在卧龙吃第一顿饭的时候，夏勒看到了一个身着中山装的中年人——端着一碗玉米和红薯熬成的粥，就着几根小拇指粗的清炒箭竹笋。来卧龙第一天，夏勒就在日记里写道："这里比想象的要糟糕。"但在胡锦矗看来，卧龙已经具备了良好的基础。

在五一棚，胡锦矗和夏勒同住在一个帐篷里，同走一条观察线，追踪大熊猫的粪便，了解大熊猫的活动情况。就这样，他们一天天重复着单调、艰苦的工作，两个多月过去了，连大熊猫的影子也没见着。

夏勒在日记中描述了胡锦矗和他的团队："他们打了厚实的羊毛绑腿，用来防水和防寒，脚上却只穿单薄的球鞋，我在心里记下，要设法替他们争取到靴子。"

1981年3月1日，胡锦矗教授在一条山脊观测时，听到密林深处传来熊猫的嘶鸣声。他顺着声音寻找，发现一只约2岁半的熊猫，被一只成年大熊猫驱赶到树冠的小枝上，充满敌意地注视着。这时夏勒博士也走了过来，他们站在一边静静地观察。瑟缩着的幼年熊猫不断发出求救的嘶鸣声，恐惧的声音穿透了整个山谷。一个小时后，那只粗壮的成年熊猫终于失去耐性，退下树，消失在竹林里。幼小的熊猫松了一口气，紧靠树干，继续待在原处。

这时夜幕已经降临，胡锦矗教授和夏勒博士相视一笑：两个多月的追踪，他们终于见到了野生熊猫的真面目。

后来，他们又陆续发现了"珍珍""龙龙"等六只野生大熊猫，并给它们戴上了颈圈。借助无线电遥测技术，对大熊猫的活动规律进行观察。

1985年，科普读物《卧龙的大熊猫》一书，以中、英文两种版本在全世界发行，这是当时国内外研究大熊猫的专著中最全面、最系统、最深入、最细致的一部专著。书中资料丰富、论据充分、描绘生动，读起来颇为有趣。著者采用现代化的仪器、方法，通过大量的野外实地观察研究及室内分析，并吸取前人的点滴材料，把大熊猫的研究提高到了一个崭新的阶段。

这部全面探索大熊猫生态环境和习性的著作，是胡锦矗与夏勒两位专家心血与汗水的结晶。

《卧龙的大熊猫》揭开了大熊猫的神秘面纱，让世人开始了解它们在茂密的竹林下的"隐士"生活。

时光荏苒，岁月弥新，过去简陋的"五一棚"早已不见踪影。在茂密丛林中，取而代之的是一排乳黄色的如别墅一样的房子，这里驻扎着10多位野外观测巡视队员，除配备了远红外相机、GPS定位系统、

在卧龙，有世界上最大的大熊猫圈养种群（摄影：谢建国）

国家公园

电脑等现代工作设备，还有发电机、电冰箱、电视机等生活娱乐设施。毫无疑问，胡锦矗是大熊猫科研走向正规化、规范化的引领者，是中国大熊猫研究的奠基人、开山之人。

经历了20世纪70年代的筚路蓝缕和80年代的唇枪舌剑后，胡锦矗决定回到西华师范大学，继续教书育人。

在此前后，他一一推掉了出国、前往更高平台的邀约。被他深深折服的老友夏勒说，胡锦矗改变了我对中国学者的印象。

"我们有世界上唯一的种群和栖息地，科研搞不好，对谁都没法交代。"这是在有据可查的发言中，胡锦矗说过的唯一豪言壮语。因为，他是一个不折不扣的沉默者，连弟子们发表论文时提及的"胡氏方法"，都被他亲手改成了"咬节法"。

作为科研工作者，胡锦矗有着自己发言的方式。科研遇到关键节点，已经七八十岁的他，仍然选择上高山、进森林、住窝棚。只是因为，这样才能拿到真实、一线的数据资料。因为，只有这样他才能感知当年自己播种下的大熊猫保护幼苗长成参天大树的变化。

胡锦矗是沉默的。但因为他的存在，西华师范大学一直是国际、国内大熊猫科研的重要学府。也是因为他的存在，一代又一代大熊猫科研人员走上前台、一项又一项大熊猫科研成果问世。直至退休，他手下培养出近二十届研究生。他们中的多数，成为大熊猫研究界的扛鼎者，包括首位研究大熊猫出身的中科院院士魏辅文，皆出自其门下。

从1974年与大熊猫打照面开始，胡锦矗先后发表论文近200篇、出版专著23本。

2007年，世界自然基金会授予胡锦矗教授"自然保护贡献奖"；

2010年，胡锦矗被评为"全国优秀科技工作者"……

在学生们的记忆中，胡老先生从不提及这些荣誉。然而，在课堂上，他却总是能够围绕大熊猫的话题侃侃而谈——哪怕是一块骨头和一撮毛发，他也能一眼分辨出是不是大熊猫的。仿佛，他的眼中只有黑白分明的世界，整个世界都被大熊猫所占据。

5. 乔治·夏勒的中国心

乔治·夏勒是世界最杰出的野生动物学家之一。

他是第一个研究中国野生大熊猫的外国专家，也是第一个被中国政府允许进入羌塘开展研究工作的外国专家。他的建议促成了世界最大的自然保护区羌塘国家级自然保护区的建立，他最早揭示了藏羚羊被大量盗猎的真相。

2017年，74岁的乔治·夏勒被《时代》杂志评为世界上最杰出的三位野生动物学家之一。

从1980年算起，乔治·夏勒与中国已有44年的交往史，他说："熊猫是我灵魂的一部分。"

乔治·夏勒于1933年出生在德国，之后随父母迁居美国。自1952年起，他开始了长达半个多世纪的荒野科考之旅。在坦桑尼亚塞伦盖蒂国家公园，他最喜欢的地方就是可以看到大量野生动物的区域。他与妻子和儿子在那里住了三年，长颈鹿会到他家前院进食，狮子会进来睡觉，甚至连老虎都会熟悉他的存在。然而，他从未习惯它们在他身边出现。

在自传《大自然的猎人》中，乔治·夏勒详细描述了自己如何从儿时的兴趣转而成为一名博物学家的过程。在他居住在美国密苏里期间，他像许多喜欢野外生活的男孩子一样，喜欢观鸟、爬山，并将青蛙捉回来养在一个盒子里，给它们喂食。他说，他并不是为了做实验，只是想看看它们。

也许每个博物学者都源于儿时那个爱好自然的孩子，只是后来有的人的兴趣消失了，有的人依然保持。乔治·夏勒坦诚地表示，他现在的兴趣只是继续儿时的爱好，到处走走，看看动物。随着年龄的增长，乔治·夏勒发现，通过研究动物学，他不仅可以继续儿时的爱好，还能找到谋生之路。于是，他决定学习生物学。

他先后在威斯康星大学和阿拉斯加大学学习生物学和人类学。他的工作不仅让他有机会近距离观察动物，也让他有机会深入了解生物学的方方面面。他为保护野生动物和环境做出了巨大的贡献，他的工作也得到了广泛的认可和赞誉。

研究生毕业那年，一位教授半开玩笑地问他是否愿意去非洲研究大猩猩。他毫不犹豫地背起帐篷就去了刚果。这一经历让人很容易想起另一位知名的黑猩猩研究者——珍妮·古道尔女士。在那里，他住在一个山顶的小木屋里，观察着树林里的猩猩。如果观察者保持安静，时间长了，猩猩就会接受他，将其视为一段奇怪的"木头"。好奇的猩猩们偶尔会主动接触这段奇怪的"木头"。在观察中，他逐渐对猩猩进行个体分辨，认识其中的120只，都取了名字。

1980年，乔治·夏勒踏足中国，受邀开展野生大熊猫研究。他被认为是那个年代鲜有能接触到该物种的西方人。"我很高兴，终于有机会来了。"他在书中写道。

1984年，乔治·夏勒在四川卧龙的合作期结束，他不得不离开他所喜爱的大熊猫。

很快，他的注意力转向了青藏高原神出鬼没的藏羚羊。

他在书中写道："大群雌性藏羚羊聚在产仔地，旁边有湖，远处有雪山。"但藏羚羊被大量盗猎。"对藏羚羊来说，非常不幸的是它们拥有世界上最好的绒。幸运的是，中国政府加大了保护力度。"

他在著作《第三极的馈赠—— 一位博物学家的荒野手记》中描绘了一位致力于自然保护的科学家，为了研究藏羚羊，在人迹罕至的地域跋山涉水，走过了许多路程，以此来了解藏羚羊的迁徙模式。

这位非凡的学者在非洲的经历不仅使他成为一名出色的野生动物研究者，也让他更加坚定地投身于自然保护事业。他深知保护自然环境的重要性，以及我们每个人在保护地球家园方面所承担的责任。在他看来，亚洲与藏羚羊类似的有蹄类动物大迁徙数量正在减少，留住这一奇观对中国乃至世界都具有重要意义。

他坦言，地球上存在着一场场野生动物与人类开发之间的较量，仿佛是一场"你进我退"的拉锯战。乔治·夏勒在他的著作中反问自己，为何会如此迷恋这片荒野？他回答说："也许，我只是觉得那个与外界隔绝、弥漫着沉静气息的世界很美。"如今，他早已不再是那个初入荒野时一头棕发的瘦高个子男孩，而是满头银发的长者。

从1979年到1988年，他成为国际野生生物保护学会专职研究人员，这个机构可以让他在进行研究的同时，更多地参与对野生生物的保护。在夏勒的奔走呼吁下，美国建立了5个野生动物保护区，其中包括受石油开采威胁的阿拉斯加的北极自然保护区。

1979年，邓小平访美，开启了中美关系的新时代。趁此机会，早就希望进行熊猫保护，使得自己的工作与"熊猫标志"名副其实的世界野生动植物基金会开始想办法与中国政府协商此事。

经美联社香港记者Nancy Nash和新华社记者王金鹤的牵线搭桥，世界野生动植物基金会终于与林业部取得联系，"中国政府重视保护野生动物，并愿为此与世界各国合作"，世界野生动植物基金会与中国的合作就此定下主旋律。

1980年6月30日，世界野生动植物基金会与中国政府在荷兰签署合作协议书及行动计划：中华人民共和国中国环境科学协会与世界野生动植物基金会公认，大熊猫不仅是中国人民的国宝，也是一项与全世界人类息息相关的珍贵自然遗产。它具有无与伦比的科学、经济与文化价值。

1980年5月15日，夏勒第一次来到卧龙，第一天踏入长满箭竹、冷杉和高山杜鹃的原始森林，并且极其幸运地在森林里发现了熊猫的粪便。他"小心地把这脆弱的宝贝交给史考特爵士，所有其他人都聚拢来看我们这么如获至宝地在干什么。我们相顾微笑，高兴得完全没想到主人家看我们以玩弄粪便为乐，会做何感想"。

这个计划和工作在今天看似寻常，可在刚刚对外国科学家敞开大门的当时，实际有很多意想不到的矛盾和问题，包括中外科学家的合作问题、工作人员的选配、合作理念的沟通，甚至经费的谈判。但熊猫计划还是在艰难之中逐步推进着。从夏勒《最后的熊猫》中，我们能够还原出当时的场景——

早晨七点，虽然天还黑着，我已经听见厨子唐江瑞（译音）在厨房里乒乒乓乓的（应为地，编者注）忙。我在睡袋里穿上衬衫，把它先捂暖了，然后直挺挺躺着，等寒意消褪（应为退，编者注）。胡锦矗睡在帐棚（应为篷，编者注）的另一头，轻声打着呼，还有一头，睡的是跟我们从北京来此的临时翻译员小黄，他头上永远戴着一顶毛皮帽子。天色透光时，我就穿好衣服准备起床，我的日耳曼式工作伦理使我觉得，天亮后还赖在床上是一种罪恶。五一棚营地另外两个帐棚（应为篷，编者注）里的人都还在呼呼大睡，又一个寒冷的十二月天，在灰濛濛（应为蒙，编者注）的曙色中开始了。挂在杜鹃树干上的温度计，指着零下八摄氏度。

我钻进公用的棚屋。一切都简单到极点，由一堆摇摇欲坠的粗木板搭成，板缝勉强用草席挡着，油毛毡屋顶。门口挂着帆布，免得风雪刮进来。里头也很冷，除此之外没什么好说的。唐江瑞穿着厚重的鸭绒外套和裤子，活像一头枣红色的大熊，正埋头用炒锅和压力锅弄早餐。梁上吊着一只猪的后半段，角落里堆着几袋面粉和米、食油桶以及其他补给品。我抓了一个馒头，走到隔壁房间，泥地上生了一堆火，我把馒头放在热炭上，在一个充作凳子的树桩上坐下，一边烤馒头，一边就着火烘手。屋子很简陋，勉强可以住人罢了。角落里有个桶，四周溅出的水都结了冰。唐江瑞每天要到数百英尺（应为几十米，编者注）外的小河，用扁担挑水来把桶加满。另一个角落里有张摇摇晃晃的桌子，上头放一架电晶体收音机，还有几排架子，供大家放置漱口杯、毛巾、肥皂、牙膏、牙刷等。木材堆在跟屋里所有其他东西一样被煤灰熏得墨黑的橡下。没有窗户，但一面墙上有个开口，方便从外面把木头直接推进来。

周守德走进来，拿起水桶附近地上的一个搪瓷脸盆，取下火上的开水吊子，倒了一些热水洗脸。他是营区队长，一个瘦削的青年，很有礼貌，但态度疏远，不易亲近。张贤堤过来，把火搅一搅，弄得火星四散。他的头发又短又浓密，根根直竖，像一只触电的鼹鼠，他脸宽，笑容也宽。他总能在需要帮忙时出手，是个有条不紊的工作者。

…………

更多人来了，潘文石、小王（王连科）、大王（王学全），十一个人都到齐就开饭。我们排队把稀饭打到搪瓷碗里，搭配油炸花生米和酱菜。围火进食，每个人都吃得很快，不聊闲话。

胡锦矗问我："我们今天去哪里？"

我说："由你决定。"

…………

我很佩服胡锦矗对田野工作的投入。我在中国遇到的生物学家，大多年满五十岁就在心理上宣告退休，一心一意保护既得的地位，避免被年轻人夺走，尽量不引人注目，等着领退休金。胡锦矗是个令人惊喜的例外。

他在一九七八年选中这片营地，对这个地区十分熟悉。五一棚海拔八千三百英尺（应为约两千五百米，编者注），接近谷口，高踞半山坡，位于两种不同种类竹子生长区中间的缓冲地带。往下走是拐杖竹，往上就是箭竹。

胡锦矗挑中彭加干陪我们前往山谷的北叉（应为岔，编者注），另一组人则采集竹子标本——以一平方公尺（应为米，编者注）为单位，对枯枝、老枝与新枝计数与秤（应为称，编者注）量。这么做可让我们了解今年竹枝的密度与产量，熊猫可以有多少食料——生物数量。中国人打了厚实的羊毛绑腿，用来防水和防寒，脚上却只穿单薄的球鞋。我在心里记下，要设法替他们争取到靴子。

小径横过山坡，老彭照例反穿着他的羊皮背心，一马当先……前方有瀑布挡路，我们必须一寸寸沿着瀑布边缘，接近一条结冰的斜坡道，冰的上空斜架着一根细细的树干。一手扶树干，一边小心翼翼踩着老彭用斧头在冰上砍出的阶梯，我们通过了这个障碍，回头只见冰冷的水在下面的小池里冒泡……

　　夏勒在卧龙和唐家河工作了四年，与胡锦矗等中国专家合著了一部大熊猫科学研究的经典之作《卧龙的熊猫》。

　　在卧龙"五一棚"最初的几个月，夏勒非常急于贴近观察熊猫。他早早出去，抓一袋油炸花生米。渴了就喝几口山泉水，饿了就吃几粒花生米。后来，五一棚的"居民"都学他的样，不带馒头带花生米。因为馒头一冻硬如铁，实在难啃。饥肠辘辘时，一把花生米下肚，立刻有了力气。后来，夏勒等人终于用烤羊骨，招引来原本是肉食动物的熊猫，用木笼先后关住了起名为"龙龙""珍珍""宁宁"的三只熊猫，给它们戴上无线电颈圈，让它们成为"卧底"，一步一步揭开了神秘的熊猫王国面纱。

　　在报春花初绽的日子，夏勒凭着无线电信号，找到了发情的"珍珍"，跟着"珍珍"的是几只欲火中烧的雌性大熊猫。

　　在动物世界，情场好比战场，谁的拳头硬，谁先抱得美人归。

　　旷野之上，森林中间，"比武抢亲"的雌性大熊猫，像两团黑白相间的绒球在杂草中腾挪翻滚，吼声、磨牙声，震得积雪纷飞，草叶乱颤！

　　夏勒博士又创造了"世界第一"，他拍下了大熊猫野外交配的珍贵照片。《美国国家地理》用大篇幅发表了夏勒的文章和照片，在全世界动物学界引起一片赞叹之声。

1984年圣诞节，在唐家河自然保护区——中外合作研究大熊猫的第二基地，夏勒和夫人完成了他们的熊猫研究计划，即将踏上回国的归途。

人生有初见、相识，就一定会有离别。可是，这样的离别，还是出乎所有人的意料。

晚上，回到白熊坪，大家一齐动手，把饭厅布置成"宴会厅"。几十支蜡烛把四壁照得雪亮，美国女记者南希从中国香港寄来的纸花缀成长长的彩练，从天花板上纵横交错地垂下来。世界野生动植物基金会、四川省林业厅赠送的贺年片陈列在餐桌中间。

餐桌上，色香味俱佳的川菜与大蛋糕组成了赏心悦目的图案。四年间，夏勒竟成了川菜迷，那舌尖上的麻婆豆腐，他能一气吃下两大碗。

"吱呀"一声，门开了。夏勒和克依亮出了他们辞别的礼物，是一颗色彩斑斓的圣诞树！大家欢呼雀跃起来。圣诞树是一棵一米多高的云杉，树干笔直，树冠呈宝塔形，繁茂的针叶间悬挂着许多好看的小玩意儿。大家围着圣诞树点燃一排蜡烛，圣诞树变得更辉煌灿烂。圣诞树，是浓缩了的"夏勒的世界"，是一个充满鸟鸣猿啼、狮吼虎啸的生机勃勃的世界。

"干杯！"夏勒用三分京腔七分川味的中国话频频祝酒。三大杯下肚，两颊腾起红云。

可能这与他的离别有关。夏勒已结束了在熊猫保护区四年的研究课题，将去新疆研究雪豹，这圣诞节的宴会也是告别宴会，他心里不好受。宴会间，他赠给每一位中国朋友一件小礼品，是爬山包和多用途小刀。看得出，夏勒对中国同行的感情是那么深厚。

胡锦矗有些眼泪迷离，他不断地给夏勒敬酒，对夏勒的离开，他有万般不舍。这一年，他们深入岷山、邛崃山、相岭和大小凉山的熊猫主产地，指导救灾工作；这一年，他们开创了第二个大熊猫研究基地——唐家河自然保护区。

第二天，夏勒开始用十字镐狠挖门前的冻土层。每天挖一点儿，终于掘开一个小圆桌大的土坑。夏勒和克依小心翼翼地把圣诞树栽了进去。

别了卧龙！别了唐家河！别了大熊猫！

1985年的早春，夏勒离开白熊坪时说："我已经把自己栽种在中国了。"是啊！夏勒待在中国的时间比在美国密苏里老家还要长。

对中国来说，夏勒也是特别的。因为他，四川的熊猫、青藏高原的藏羚羊、新疆的马可波罗盘羊被改写了命运。更为深远的影响，是中国自然保护事业从此打开了门，透进了光，有了全球视野、专家的加持和帮助，发展飞快。

他在这里待的时间也最长，以至于"能听懂很多中国话""喜欢火锅"，就像熊猫用灿烂的生活充实竹林一般，中国的岁月成为他灵魂的一部分，他也影响了一代又一代的中国"野保人"。

唐家河的森林和山脉依旧是夏勒记忆中的样子，木兰正在盛放，白色的铁线莲藤蔓从大树枝上垂落。

这里也有一些显而易见的改变。唐家河自然保护区于1978年完工，当时，几乎没有访客。如今，这里每年接待10万游客，有很大的游客中心和设计精巧的自然历史博物馆，保护区也正在进行一系列惊人的研究。

夏勒和妻子曾经住过的房子已被洪水冲毁，但是他们种下的圣诞树——云杉，却在洪灾和地震中幸存了下来，如今已有9米高，粗壮结实，枝繁叶茂。

当时，有人曾经问夏勒：为什么要把圣诞树重新种下呢？

夏勒说，因为树有根，还活着。

（摄影：宋林继）

第五章　国家样板

国者，天下之大器也，重任也，不可不善为择所而后错之，错险则危。

——《荀子·王霸》

1．天边的净土

青藏高原的隆起，是地球数百万年来最伟大的杰作之一。

巍巍昆仑，不仅是万山之祖，还是万水之源，由汩汩细流，最终汇聚成江河浩荡而下，滋养了全球近1/3的人口。从长江、黄河到澜沧江，这些江河在不同的区域，被不同的民族冠以"母亲河"的称谓，而这三条江河发源的区域，被称为"三江源"。

高山巍峨，云卷云舒，仿佛是大自然的画布，绘制着瑰丽多彩的风景。在这片高原之上，生物的多样性达到了巅峰，各种珍稀物种在这里找到了栖息之所，构成了一幅生态的奇妙画卷。

雪豹在崎岖的山岭间徜徉，身姿矫健，目光犀利；藏羚羊在广袤的草原上徐徐行走，羊角高昂，飘逸而威严；野牦牛在浩瀚的河流旁徜徉，皮毛粗犷，气势磅礴。它们是这片土地的主人，是生态系统中的一部分，也是我们心中神圣的存在。

在这片高原之上，太阳升起的时候，万物苏醒，生机盎然；云彩翻滚的时候，天地相连，气象万千；星光闪烁的时候，宇宙辽阔，梦想无限。在这里，自然的力量和美丽的景色交相辉映，让人心驰神往，感悟生命的宏伟和无限可能性。

三江源，水之源头，是神秘而神圣的地方。在这里，水乃江源之魂，溪流汇集，湖泊遍布，长江、黄河、澜沧江源自此地，被誉为"中华水塔"，承载着维系全国乃至亚洲生态安全的重任。

在这片神奇的土地上，动植物是江源之子，奇珍异草随风摇曳，野生植物种类繁多，野生动物自由驰骋，守护着地球生物多样性的重要使命。

三江源不是传统意义上的旅游胜地，它吸引的不仅仅是游客的眼球。踏足此地，仿佛能感受到一场灵魂的洗礼，一种对自然的向往，一份对地球的责任。

在茫茫的雪域高原上，三江源庄严而又神秘地存在着。那里的冰川融水在雨水的滋润下，汇聚成奔腾的江河，撒下满山的清泉。

这片神秘之地，承载着自然的灵魂，它需要被尊重和保护，而不是肆意征服。

唯有亲身体验，方能领悟三江源的珍贵。在这里，人们可以重新审视和定位自己与自然的关系，放下征服者的角色心理，与自然并肩共存，保护这片神秘之地的生机与活力。

走进三江源，仿佛进入了一个神秘而崇高的世界。这里的生态之美无法言表，高峻苍凉，却又充满着生机与活力。

只要怀着敬畏之心走近这片土地，便能感受到大自然的伟大与恢宏。探险家们在这里寻找着未知的激动，摄影家们在这里留下无数动人瞬间，旅行家们在这里享受着纯净的自然之美，修行者们在这里找到内心的宁静与归属，勇敢者和挑战者在这里展开最后的冲锋，与自然进行着一场永不停息的对话与交融。

三江源头，如同一个隐藏着无尽秘密的宝匣，等待着人们去探寻、去发现。在这片土地上，每一个湖泊、每一处青山绿水，都散发着独特的魅力和生命的力量。

在这片神秘的土地上，野生动物繁衍生息，自成一家，它们与大自然和谐共处，构成了一幅和谐美丽的画面，让人感受到大自然的神奇和伟大。

群鸟嬉戏追逐，飞向天边，宛如一群欢乐的精灵，展翅飞翔在蓝天白云之间，带来了生命的活力和美好。这里的景色如同一幅幅画卷，展现出大自然的鬼斧神工和无穷魅力，让人感受到生命的宝贵和美好。

然而，远离人烟的三江源地区正饱受"生命之痛"的折磨。

湖泊和湿地，在气候变暖的威胁下渐渐缩减，甚至无声干涸，沼泽地黯然消失，泥炭地干涸，草地片片退化，沙化蔓延，原本繁盛的生命力如今正在一点点地消退。

曾经踱步其中的雪豹、欧亚水獭等"原生居民"，如今却难觅踪迹，它们的叹息在轻风中飘荡，似乎在诉说着这片失去丰盈之美的土地的沉重。

生态和生命的净土，正被气候变暖和人类活动蚕食、亵渎。愿那份静谧与繁荣，再次回归这片悠远的山水间，带来新生、带来生机，让我们能够再次感受到大自然的慷慨和神秘。

何其有幸，今天的三江源成为我国第一个国家公园。

这是我国第一次以国家的名义见证一个公园的诞生。三江源国家公园已经成为我国生态文明建设的国家样板。

2013年，我国发布关于国家公园的指导意见。

2016年，三江源国家公园管理局、世界自然基金会等机构联手，开启了一场别具意义的合作。他们不仅共同承担三江源的保护工作，更是一同努力，力图将这片宝地建设成为人类共同的精神家园。

2020年，历经甄选、试点、试运行，三江源国家公园正式成立。

2021年10月12日，习近平总书记在出席联合国《生物多样性公约》第十五次缔约方大会领导人峰会时通过视频向全世界宣布：中国正式设立三江源、大熊猫、东北虎豹、海南热带雨林、武夷山等第一批国家公园，保护面积达23万平方公里，涵盖近30%的陆域国家重点保护野生动植物种类。

其中的主角，就是中国乃至亚洲水生态安全的命脉——三江源国家公园。这里是长江、黄河和澜沧江的发源地，承载着中国乃至亚洲水生态安全的命脉。

三江源国家公园为中国的第一个国家公园体制试点，其广袤的面积让人惊叹不已。总面积达12.31万平方公里，相当于青海省总面积的

可可西里雪山被誉为"世界屋脊上的最后一片净土"（摄影：宋林继）

1/6。公园被分为长江源、黄河源和澜沧江源三个园区，每个园区都拥有独特的生态景观和物种。

　　三江源国家公园是中国大型食肉动物的乐园，它们在这里自由狩猎、繁衍生息。这片土地所蕴含的生态系统原真性不亚于美国的黄石国家公园，让人为之倾倒。

　　在三江源国家公园中，有一处神秘的打卡地，那便是位于长江源园区西部的可可西里。2017年，可可西里被列入世界自然遗产名录，成为人们心目中的一颗璀璨明珠。

　　然而，可可西里只是三江源国家公园中众多景观生态中的一角。

在黄河源区，星罗棋布的大小湖泊点缀着这片神奇的土地，高原湿地生态系统为水源涵养发挥着不可或缺的作用。扎陵湖和鄂陵湖入选国际重要湿地名录，这里的草原吸引了众多野生动物，湖水倒映着雪峰、绿草和牦牛，构成了一幅祥和宁静的画卷。

在这片纯净的土地上，人与自然和谐相处，共同谱写着一曲关于生命和美丽的赞歌。澜沧江源园区作为青藏高原向西南山地的过渡地带，生态系统更为多样，既有高原湿地，也有高寒草甸及高寒针叶林生态系统。

长江、黄河、澜沧江，三条汹涌澎湃、波涛滚滚的江河，历来为世人所熟知。它们的源头在同一个"摇篮"，那就是平均海拔近5000米的青海省玉树藏族自治州。

世界上很难再找出这样一个地方，汇聚了如此众多的名山大川；世界上也很难再找出三条同样的大河，它们的源头竟是如此之近，血脉相连。

长江源在唐古拉山脉的主峰格拉丹冬冰峰下，源头是冰雪雕琢的世界，绵亘几十公里的冰塔林犹如座座水晶峰峦，千姿百态，婀娜动人，体现出大自然的博大胸襟。

黄河源在巴颜喀拉山北麓的卡日曲河谷和约古宗列盆地，源头湖泊、小溪星罗棋布，水丰草美，景色壮观。

澜沧江源自唐古拉山北麓的群果扎西滩。这里地形复杂，沼泽遍野，是珍禽异兽的欢聚之所，景致万千，分外迷人。

2. 生命之源

三江源国家公园，是时代赋予青海的神圣使命，也是党中央交给青海的重要政治任务。

青海，是大自然的宠儿，是神明的恩赐。三江源国家公园犹如一颗明珠，镶嵌在这片净土上，闪烁着光芒。保护三江源国家公园，就是保护祖国的绿水青山，就是守护生态的纯净，就是担起传承文明的责任。

古人认为，"河出昆仑"，黄河源头在昆仑山。周穆王西寻昆仑山就是为了追寻黄河源头，汉武帝也让人一次次去找昆仑，以定河源。

中国最早的一部地理著作《山海经》说："昆仑之丘……河水出焉。"古人展开想象的翅膀，将昆仑描绘成一座非常高大而又充满神秘色彩的神山、仙山，上面住着一个戴着首饰、长着虎齿、拖着一条豹尾的半人半兽的西王母，掌管瘟疫刑罚。

西汉时张骞出使西域后，有黄河"发源于于阗，东流至盐泽，再潜行地下，南出为河源"的说法。

至元十七年（1280），元世祖忽必烈派都实带领人马到黄河源进行勘察，一行人从河州浩浩荡荡出发。都实的这次探源之旅，没有参考前朝的任何一种既有的猜测，而是采取了一个最为辛苦也最为稳妥的"笨方法"，即沿着黄河向西走，逢山开路，遇水搭桥。经过四个月的艰辛跋涉，都实一行人来到了吐蕃朵甘思西部（今西藏自治区昌都地区），继而再往西，群流奔涌的大河突然变得平静起来，宽阔的河面渐渐分成几十股涓涓小溪，而小溪的源头则直指前方一片开阔地。

这个被当地人称作"火敦脑儿"，也就是星宿海地区，被都实认定为黄河源头。

与今天的黄河源头相对照，都实距离真实的源头并不远了。

其实，在炎黄子孙的认知中，黄河源头在哪里，昆仑就在哪里，王朝之天命和国家之龙脉就在哪里，可以说，"河出昆仑"不仅是中华民族的千年文化乡愁和精神家园，还与国家主权、国家疆域范围融为一体。

1952年，国家科考队认为约古宗列曲为黄河正源。约古宗列曲长度为326.09千米，流域面积2372平方千米，宽1.5米，深0.2米，流量为2.5立方米每秒。而卡日曲长362.63千米，流域面积3126平方千米，宽3米，深0.5米，流量为6.3立方米每秒。

1978年，国家再次组织河源考察队，深入河源地区实地查勘，查清在河源地区西部，有3条河流汇入星宿海，它们是扎曲、约古宗列曲和卡日曲。扎曲流程最短，水量又小，只能算作约古宗列曲的一条支流。约古宗列曲和卡日曲相比，卡日曲比约古宗列曲长近30公里，流域面积多700平方公里，水量也大2倍多。因此，确定卡日曲为黄河正源的依据较为充分。

卡日曲发源于巴颜喀拉山北麓的各姿各雅山，海拔4800米，山脚下几个泉眼溢出的清水，就是"咆哮万里触龙门"的黄河最初水流。

青海长天流云，三江奔腾不息。

在三江源头，一个全新的生态治理体系诞生，奔涌出新时代人与自然美美与共、生生不息的江河涛声。

2019年6月26日，国务院新闻办公室举行新时代人民满意公务员代表中外记者见面会。三江源国家公园管理局黄河源园区管委会专职副主任、青海省玛多县人民政府副县长甘学斌表示："三江源，是长江、黄河、澜沧江的发源地，是祖国的母亲河的发源地，更是我们赖以生存的源头。"甘学斌的声音引起了与会者们的共鸣。

"三江源国家公园成立以来，黄河源园区管委会探索创新了生态保护的新模式，初步走出了一条生态、生产、生活联动融合发展的路子。"然而，他的脸上却透露出一丝忧虑。"青海这次遭受雪灾，三江源地区是重灾区，大面积的积雪覆盖了茫茫草原，出现了野生动物觅食困难的情况。"

2019年，几十年不遇的雨雪天气将青海省西南部变成一片冰原，局部地区积雪厚度高达45厘米。这次雪灾，青海省玉树、果洛、海东3个州（市）13个县（市）67个乡镇281个村牧委会，共5.3万户21.01万人受灾，转移安置受灾牧户2862户9652人，转移牲畜22.33万头（只），197.33万头牲畜觅食困难，因灾死亡牲畜5.79万头（只、匹），造成直接经济损失1.92亿元。

寒潮袭来，连续的强降雪成了这个冬天的主旋律。雪花纷飞，悄无声息地给大地披上了一层厚厚的银装。

青海玛多县被积雪覆盖。55天，75天……时间在这片雪原上静静流逝。

在海拔4300多米的高原上，寒风呼啸，寒意袭人。野生动物们正面临着生死考验，草料被大雪覆盖，它们无法觅食，无法续命。

就在这时，有一群平凡的人，他们毫不畏惧高寒恶劣的环境，肩负起救援任务，为了拯救野生动物的生命，他们冒着严寒，用肩上扛、背上背、双手抬的方式，及时将320吨草料投放到野生动物活动区域。

甘学斌坚信，这并不仅仅是他们个人的功劳，而是千千万万基层一线工作人员的共同努力。正是有了这些坚守在本职岗位上的无私奉献者，国家的政策才得以顺利实施，社会的和谐才得以维护。

这场雪灾虽然凶险，但在大家的努力下，园区内外没有一只野生动物因此而丧生。他们用爱心点亮了这片荒凉的高原，用责任守护着生命的脆弱。

甘学斌办公室的墙上挂着两张地图，一张已经颇显陈旧，上面各类自然保护地像拼在一起的七巧板，为了醒目，边界线被标得花花绿绿、五颜六色，看得人眼花缭乱；另一张化零为整，"七巧板"全都归属三江源国家公园黄河源园区管委会的管辖范围。

甘学斌参与了三江源国家公园从体制试点到正式设立的全过程，他将最深刻的变化总结为："以前是'九龙治水'，而现在实现了'一块牌子管到底'。"

青海省果洛藏族自治州玛多县，藏语意为"黄河源头"，从无数泉眼溪流涌来的母亲河水汇聚成的扎陵湖、鄂陵湖蔚为大观，之后浩浩东去，滋养了华夏文明五千年的璀璨夺目；闻名遐迩的星宿海，也属于玛多，大小湖泊如星罗棋布、不可胜数。

曾经，这里的管理体制被划分为国土、林业、环保、水利等多条线，各种类别的自然保护地等区块也相互交错，形成了一个错综复杂的治理体系。

这种"条块分割"的管理，让问题愈发复杂，让生态保护点的管理变得困难重重。在这样的压力下，甘学斌需要不断思考、调整和创新，寻找解决之道。

他知道，只有打破"条块分割"，建立起跨部门、跨单位的协作机制，才能真正保护好这片生态环境。然而，面对如此复杂的管理体制，甘学斌知道路还很长，挑战还很大，但他依然坚定地向前走去。因为他相信，只要坚持不懈，只要合力协作，就一定能守护这片美丽的大地，让生态环境更加清澈美丽。

青海省成立了三江源国家公园管理局，旨在保护这片神圣的土地。管理局下设长江源、黄河源、澜沧江源三个园区管委会，对所属县进行大部门制改革，全面推进国土、环保、水利、林业等领域的改革。

在这片广袤的土地上，改革的精神如同一轮明亮的太阳，照亮前行的道路。青海人民秉持对自然的敬畏和对生态的热爱，不畏艰难，不惧风险，决心守护好这片青藏高原的最后净土。

经过数年的探索，这场改革交出了亮眼成绩单：在不新增行政事业编制的前提下，从原单位连人带编划转到三江源国家公园新设管理机构，县级部门精简了1/4；对三江源国家公园内原有6类15个保护地进行优化整合，实现山水林田湖草一体化管理保护；大部门制改革后，监管能力有效提升，三江源国家公园内综合执法机关已累计查处各类行政案件394起、刑事案件4起，违法行为查处率达到100%。

总之，生态治理统归国家公园，其他社会管理职能仍归地方政府，实现了用国家公园一块牌子、一套人马将大美江源管全、管到底。

据统计，2016年到2020年，三江源地区输送水量年均增加近百亿立方米。

三江源国家公园的探索与实践，与国家顶层设计保持着高度一致。

2019年6月中共中央办公厅、国务院办公厅印发的《关于建立以国家公园为主体的自然保护地体系的指导意见》中明确提出，我国自然保护地未来将按生态价值和保护强度高低依次分为国家公园、自然保护区、自然公园三类。

国家公园建立后，在相同区域一律不再保留或设立其他自然保护

汹涌的长江水奔涌着穿梭在崇山峻岭中（摄影：宋林继）

地类型。

　　这意味着，作为我国自然保护地最高级别的国家公园，将贯彻"一块牌子管到底"的理念。三江源国家公园管理局党委书记、局长王湘国对记者表示，这一理念的核心，就是"促使治理效率愈趋最大化、治理能力愈趋集约化"。

　　探路国家公园，如"白纸作画"，需要高起点、高标准、高水平建设，依托这一全新体制，大力推进生态治理体系和治理能力的现代化。

　　在大自然的怀抱中，三江源国家公园如一块闪亮的宝石，闪烁着治理效率最大化和治理能力集约化的光芒。

　　这片宝石不仅是国家最高级别的自然保护地，更是一幅白纸，等待着艺术家们用心绘制。每一寸土地、每一条河流、每一片树叶，都承载着生态治理的责任和使命。

　　　　　　　　　　　　　　　国家公园

管理局的领导们，如画家般挥毫泼墨，将现代化的治理体系一笔一画地描绘在这块宝石上。他们依托新的体制，不断探索，不断尝试，努力推动国家公园的建设和管理向前迈进。

在这里，生态环境得到了最大程度的保护和修复，每一种动植物都得到了细致的呵护，生态系统日益健康，自然资源得以永续利用。

未来，随着国家公园的不断完善，这块宝石必将更加耀眼夺目，成为生态文明建设的典范和楷模。

三江源国家公园管理局先后编制了《三江源国家公园总体规划（2023－2030年）》，以及科研科普、生态管护公益岗位、特许经营、社会捐赠、志愿者管理、访客管理、国际合作交流、环境教育等一整套管理办法，形成了在广袤的江源大地之上能够"一把尺子量到底"的"1+N"制度体系。按照统一监测规划、统一基础站点、统一标准规范等要求，一个"天空地一体化"的生态环境监测体系正在万里高原铺下"大网"。

走进三江源国家公园管理局生态大数据中心，只见巨幅环形电子屏上，借助国产高分辨卫星的"天眼"，三江源地区的山水林田湖草近在眼前。植被、水体等生态信息的分辨率能达到16米，而人类活动信息更是能精确到2米，更辅以自动捕捉技术，让破坏生态的不法行为无所遁形。

在实地采访中，不少乡村基层干部坦言："棕熊、狼、雪豹明显多了，以前它们还是夜里下山，后来甚至大白天闯进村子，伤人害畜情况时有发生。野生草食动物与家畜争夺草场的问题，也让大伙有些头疼。"与日俱增的"人兽冲突"，在一定程度上影响着三江源地区牧民群众的生命财产安全和畜牧业的健康发展。

如何在生态优先的前提下切实保障好民生？这是国家公园建设中无法绕过去的"命门"，直接关乎国家公园的成败。

新课题摆上案头，三江源国家公园管理局配合青海省林草局、省财政厅等部门，制定出台《青海省陆生野生动物造成人身财产损失保险赔偿试点方案》，推进野生动物致害责任保险理赔机制试点工作。

以"谁受益、谁补偿"为原则，建立黄河流域横向补偿机制试点。在致力于生态治理体系和治理能力现代化的路上，每一步都是新的开拓。

随着国家公园从无到有，人与江源的关系也在重新定位。

放下牧鞭、领上工资，果洛藏族自治州玛多县牧民索索，如今成为三江源国家公园黄河源园区生态管护队伍的一员。

骑上摩托、巡守河源，索索负责监测扎陵湖、鄂陵湖畔那熟识的一草一木，同时严防盗猎、盗采。索索还学会了照相，藏羚羊、藏野驴、斑头雁，都成为他手机镜头里的"模特"。

长江源村位于格尔木市唐古拉山镇，是长江园区为牧民新建的新家园。

20世纪80年代以来，人类活动和自然条件给长江源头地区生态环境带来的压力越来越大，草场每年以2%的速度沙化。为了缓解这种状况，自2003年开始，政府给愿意离开牧场的牧民提供新居，并且前10年每月给每户移民500元补助金。

2004年11月，128户407名牧民群众积极响应国家政策，自愿从400至800多公里外的牧点、平均海拔4700米的沱沱河流域，搬迁至格尔木市南郊。

长江源村寓意"来自长江源头，饮水思源、不忘党的恩情"。搬迁后，牧民群众生产生活方式发生了翻天覆地的变化，生活水平显著提高。

一进入长江源村，一条条整洁的道路通向整洁的房屋，新村舒适美丽，充满了人间烟火气。

仁青措就是其中的移民之一，她说她非常喜欢现在的生活，以前买个药都要翻山越岭，现在生活很便利，买什么东西都很方便。她参加了管护队，成为一名生态管护员，承担巡线值守，捡拾垃圾，调查、记录并保护这里的野生动植物等生态资源，打击盗猎盗采等违法活动的工作。

在三江源国家公园，已有数以万计的生态管护员持证上岗，他们从昔日的放牧者转变为生态守护者和红利共享者。

在治多县的吉尕小学里，教室里弥漫着创意与活力的气息。那里的藏族学生们，正在用各种废旧材料做手工，展现着他们的巧思和想象力。

一个学生正在专心致志地用废旧光盘搭建自行车模型，小心翼翼地将每个部件拼装在一起，仿佛在制作一件艺术品。另一位学生则将废旧纸盒加工成小卡车，每一个细节都被打磨得十分精致，仿佛真的可以开动起来。

教室的墙上挂满了壮美高原的自然风光，那些雄伟的雪山、辽阔的草原和清澈的湖泊，仿佛在呼唤着孩子们去探索。而一些小型动植物的标本，则展现了高原生态的多样性和美丽。

这个小小的教室里充满了孩子们对于生活的热爱和对于未来的期待，他们用自己的双手创造着美好，用自己的智慧感受着世界的奇妙。

兴海县总面积1.2万平方公里，其中草原面积占总面积的90%，大部分草场集中在开阔平坦的北部地区，那里曾是牧草丰茂的天然牧场。

20世纪90年代开始，全县境内的草原加速退化，土地沙化、湿地萎缩、鼠害频繁，至2008年，全县草地退化面积达27万亩，尤其是苦海地区的黑土滩情况十分严重，成了重灾区。

兴海县位于"三江源"自然保护区内，保护区面积占全县总面积的40.71%。工程实施至今，全县在生态移民、黑土滩治理、建设养畜等7大类12个子项目上已经累计完成投资1.7亿元。

在兴海县那片美丽的土地上，生态移民项目如火如荼，群众的热情高涨，项目进展神速。重点生态建设工程在有序推进，生态城镇、美丽乡村、绿色校园及生态廊道建设纷纷展开，宛如一幅绚丽的画卷。

在"绿盾"自然保护地监督检查、联合执法、环保双随机等专项行动中，通过投入1.74亿元实施农村环境综合整治、高原美丽乡村建设等项目，57个行政村的面貌焕然一新。村民们自发成立生态组织，共同参与生态保护，8个生态基地如涌泉一般喷薄而出，为生态移民项目添上浓墨重彩的一笔。

岁月如歌，春华秋实。兴海县的生态移民项目，如一朵盛开的鲜花，绽放出绚丽的光彩。群众心手相连，共同呵护这一片美丽的土地，让生态环境焕发出勃勃生机。在这一片生态净土上，人与自然和谐相处，共同谱写出美好生活的乐章。生态移民项目如火如荼，带给人们的不仅是一处美丽的家园，更是一份对生态环境的热爱和呵护。

唐乃亥乡龙曲村村民南才看着眼前华丽的新家，心中充满了感慨和喜悦。这个现代化装修的家，让他想起了从前在龙曲村的日子。

野生动物成为管护员镜头下的"模特"（摄影：宋林继）

　　曾经，一顶牛毛帐篷、一盏酥油灯就是他的全部家当。每天看着牛在草场上悠闲地吃草，挖掘药材，过着简单而安静的生活。如今，他们搬到了距离县城不远的新家，过上了物质丰富、现代化的生活。

　　阳台被钢窗玻璃封闭，三间屋子温暖舒适。客厅里铺着地板砖，欧式大沙发和大彩电展现着现代家居的时尚氛围。冰柜、洗衣机、VCD等家具家电应有尽有，让他们生活更加便利和舒适。每年的饲料补助款和烤火费补助，让南才感到无比欣慰和感恩。现在的生活虽然不再像从前那样简朴，但他并没有忘记他们在龙曲村的那段艰苦岁月。

　　南才深深地感慨："现在的生活虽然丰富多彩，但我永远不会忘记那个朴素而真诚的龙曲村，那个养育了我们的地方。无论过去还是现在，我们始终要感恩和珍惜，永远不忘初心。"

河卡镇幸福村曾经是一片宁静的草场，绵延无边。牧民们依靠这片草场放牧，过着简单而自在的生活。他们谙熟草场的每一寸土地，感受着大自然的馈赠和力量。

然而，随着时间的推移，草场逐渐被过度放牧所破坏，草原生态岌岌可危。那曾经肥美的草原逐渐被踩踏，绿色逐渐消逝，取而代之的是枯黄和荒凉。

幸福村的牧民们深感失落和焦虑，他们不愿看着自家的草场变成沙漠，也不愿看着家畜因饲料缺乏而挨饿。于是，他们决定采取行动，保护自己的家园。

退牧还草，减人减畜，搬迁定居成了他们的共同决定。虽然这意味着放牧生活的改变，也意味着一段不确定的未来，但他们明白，只有通过这样的努力，草原的生态才能得以重建，才能保护他们的家园，让后代继续享受这片美丽的大地。

幸福村的牧民心中，都有一份对自然的热爱和敬畏，他们愿意为了草原的绿意，为了家园的未来，放下固有的生活方式，做出改变和努力。

他们知道，保护环境，就是在保护自己，保护子孙后代的生存空间。他们相信，只有每个人都做出努力，才能共同守护这片草原，让它永远美丽、繁荣。

蓝天白云下，城镇边上、国道两旁一排排新居让牧民群众开始了崭新的生活，辽阔无垠的大草原也进入了新的生命轮回。

在兴海县，一片肥沃的草场在黄河和曲什安河的滋润下茁壮生长，宛如天赐之地。这里的人们十多年来不断努力，通过各项生态工程，在三江源建立起了一道坚实的生态屏障。

退耕还林、封山育林、天然林管护、人工造林，成了这片美丽土地上的重要工作。通过这些努力，兴海县成功遏制了滥采、滥挖等破坏生态环境的行为，植被得以茁壮生长，生态环境得到了极大改善。这种保护生态环境的举措，不仅造福当地居民，也为后代留下了宝贵的自然资源。

兴海县的故事，是一曲关于人与自然和谐相处的赞歌。他们用自己的双手，守护着这片美丽的土地，为生态文明建设贡献着自己的力量。

3．历史的拐点

历史该储存这激动人心的瞬间。

2020年，中国建立国家公园体制试点基本完成，整合设立一批国家公园，分级统一的管理体制基本建立，国家公园总体布局初步形成。这标志着我国国家公园体制的顶层设计初步完成，国家公园建设进入实质性阶段。

国家公园体制以加强自然生态系统原真性、完整性保护为基础，以实现国家所有、全民共享、世代传承为目标。这意味着人们将共同分享这片土地的美丽，将保护环境当作自己的责任与使命。

中国的国家公园坚持生态保护第一，把最应该保护的地方保护起来，给子孙后代留下珍贵的自然遗产；坚持国家代表性，以国家利益为主导，坚持国家所有，具有国家象征，代表国家形象，展现中华文明；坚持全民公益性，坚持全民共享，着眼于提升生态系统服务功能，开展自然环境教育，为公众提供亲近自然、体验自然、了解自然，以及作为国民福利的游憩机会。

国家公园是生态保护的圣地，是珍贵的自然遗产，是国家形象的象征。在这里，每一个细胞都在跳动着，为生态保护努力着；在这里，历史的沉淀与现代的融合，创造出了一幅独特的画卷，这是国家的代表作，展现着国家的丰富魅力；在这里，人们可以亲近自然，体验自然，了解自然，享受自然带来的快乐，这是一处国民福利，为广大公众提供着宝贵的教育资源和休闲机会。

国家公园虽然带有"公园"二字，但它既不是单纯供游人游览休闲的一般意义上的公园，也不是主要用于旅游开发的风景区。"国家公园是众多自然保护地类型中的精华，是国家最珍贵的自然瑰宝。"世界自然保护联盟的驻华首席代表朱春全说。

建立国家公园的首要目标是保护自然生物多样性及其所依赖的生态系统结构和生态过程，推动环境教育和游憩，提供包括当代和子孙后代的全民福祉。

国家公园是我国自然保护地中最重要的类型之一，属于全国主体功能区规划中的禁止开发区域，纳入全国生态保护红线区域管控范围，实行最严格的保护。"我国的国家公园建设坚持三个理念：生态保护第一、国家代表性、全民公益性。"清华大学教授杨锐这样解读。

相比以审美体验为主要目标的风景区，国家公园是中国生态价值及其原真性和完整性最高的地区，是最具战略地位的国家生态安全高地，三江源、神农架和武夷山等国家公园体制试点都具有这样的特征。

国家公园，是一座永恒的守护者，它守护着大自然的原始之美，守护着人类文明发展的基石。国家公园蕴含着深厚的历史和文化底蕴，是人类与自然和谐共生的见证。

在国家发展改革委员会的负责人眼中，国家公园不仅仅是一处美丽的风景，更是一种精神的传承，传递着保护环境的理念。他们认为，国家公园应该承载着人们对自然的敬畏和珍惜之心，将最宝贵的自然遗产传承给子孙后代，让他们在未来的岁月里仍然能够感受到大自然的神奇和壮观。

随着时代的变迁，国家公园成了人们心中的一片净土，这里没有繁杂的喧嚣，只有一片清净的天地。人们在国家公园中漫步，感受大自然的鬼斧神工，看着植物的生长，听着鸟语虫鸣，感受着自然的魅力。国家公园是大自然的画廊，每一幅画作都是独一无二的珍品。

国家公园不仅仅是一处风景，更是人类的精神家园，是我们传承给子孙后代的宝贵财富。2016年，我国首个国家公园体制试点——三江源国家公园体制试点获批。随后成立的三江源国家公园管理局，整合了所涉4县国土、环保、农牧等部门编制、职能及执法力量，建立了覆盖省、州、县、乡的4级垂直统筹式生态保护机构。

根据方案，国家公园内全民所有自然资源资产所有权由中央政府和省级政府分级行使，条件成熟时，逐步过渡到由中央政府直接行使。重点保护区域内居民要逐步实施生态移民搬迁，集体土地优先通过租赁、置换等方式规范流转，由国家公园管理机构统一管理。

国务院发展研究中心研究员苏杨认为，国家公园和自然保护地管理将迎来一场革命性的变革。一个统一的部门将被建立，负责行使管理职责，并对国家公园进行指导和管理。这个部门将解决当前碎片化和多头管理的问题，打破部门和地域的限制，实现政出一门的管理模式。

这个新部门的成立并不意味着不需要跨部门和中央地方的协调与配合，相反，它更加强调了构建服务型政府的重要性。各部门之间，

人与自然和谐共生的美丽家园（摄影：宋林继）

中央和地方之间，政府、企业、社会团体和个人之间的合作和协调将更加紧密，共同推动国家公园和自然保护地的管理和保护工作。

这个新部门的成立，是自然环境保护工作的一次重大进步。它将为国家公园和自然保护地的可持续发展提供坚实的支持，保护和传承自然资源，实现人与自然的和谐共生。

国家公园体制的建立，核心是体制创新。

我国的国家公园建设，将把创新体制和完善体制放在优先位置，做好体制机制改革过程中的衔接，成熟一个设立一个，有步骤、分阶段推进。

国家公园作为最为珍贵稀有的自然遗产，是我们从祖先处继承，还要完整真实地传递给子孙万世的"绿水青山"和"金山银山"。因此，国家公园在局部利益和个体利益面前要始终以国家利益为重。

"国家公园强调全民公益性，主要体现在共有、共建和共享上。"权威人士说。在有效保护国家公园的前提下，还要为公众提供科普、教育和游憩的机会。

2013年，党的十八届三中全会首次提出建立国家公园体制，要求严格按照主体功能区定位推动发展。由此，中国正式拉开了国家公园建设的序幕。

国家公园是大自然的宝库，是文明的象征。在这片净土上，山川河流，植物动物，人文历史，一切都如珍宝般闪耀着光芒。

深化经济体制改革，开展国家公园体制试点，意味着我们要更加重视生态环境的保护，更加注重自然资源的可持续利用，更加关心人类与自然和谐共生的理念。

国家公园体制试点方案的实施，是为了让我们的后代能够继续享受自然的馈赠，也是为了让我们的国家更加美丽，更加繁荣。

生态文明建设，是一场关乎全局的大事。我们每个人都应该关心环境保护，每一个细微的举动都可能影响整个生态系统的平衡。

2017年9月，10处国家公园试点正式公布，中共中央同时推出《建立国家公园体制总体方案》，定位国家公园产品应为"游憩产品"。

2017年11月，党的十九大报告指出，构建国土空间开发保护制度，完善主体功能区配套政策，建立以国家公园为主体的自然保护地体系。

在远古的时代，中国大地上的山川河流、草木花果都曾被赞美为自然之美。一切都在自然的节拍下轻轻摇曳，仿佛是大自然对我们的恩赐。然而现代文明的发展，在这片土地上留下了一道道伤痕，让我们深感悲伤和遗憾。

如今，中国走到了真正"全球开放"的新时代，人们意识到保护自然环境的重要性，也开始反思过去对自然资源的盲目开发。传统的"风景名胜区、国家××公园、国家自然保护区"等既定概念已经无法满足人们对自然的向往，需要更加细致和多样化的管理体系。

"自然与文化资源供应不足，可持续旅游消费需求剧增"，这让我们深感紧迫，需要创立规范化的国家公园管理体制，以保护我们的自然资源，实现可持续的旅游发展。中国正在步入"两个一百年"的民族复兴关键期，我们有责任保护好这片美丽的土地，建设美丽中国，让大自然的恩赐继续延续下去。

国家公园体制的建设将带来新的概念体系，让我们重新认识和尊重自然，让我们与自然和谐共生。

年华流转，岁聿云暮。

60年前，一缕绿色之芽在广东萌发，自然保护区成立，守护着大自然的芳华。

岁月流转，风雨兼程，奋斗笃行60载，绿色文明与灰色文明交锋，演绎着长篇大戏。保护区里生灵盎然，物种繁衍昌盛；灰尘飞扬的城市中，工业进步飞速。如潮汐般的拉锯战，展现着环境之殇，绿色的呼唤，时刻在耳畔回荡。灰色的浓雾，未能遮掩绿色的光芒，虽有挫折，绿色之火仍燃不息。60年的历程，波折与反复唤醒思考，自然与人类，何去何从，耐人寻味。

60年来，科学家们苦心孤诣，为了保护环境和自然资源，他们不畏权势，不惧排挤，站出来发出了属于他们自己的声音。

秉志、钱崇澍、杨惟义、秦仁昌、陈焕镛等科学家们，他们是勇敢的先行者，他们是坚定的守护者，他们用自己的行动，诠释了科学家的担当。在全民涌动的"超英赶美"浪潮中，他们格外孤独，他们的选择被认为是异类，然而他们坚持自己的信念，呼吁保护环境，呼吁珍惜资源。

科学家不仅是理论的积累者，更是社会发展的引领者，他们的责任不仅仅是研究，更是保护和发展。在那个狂热的时代，他们选择了另一种声音，他们为自己还为我们留下了珍贵的记忆。

1956年6月23日，《南方日报》登载了一条启事："本省高要县的鼎湖山，自然林区……今后严禁在本区内砍伐，狩猎，吸烟，烧火等情事。"中国历史上第一个自然保护区宣告成立。

在鼎湖山保护区内，绿色的树木被呵护，野生动物得以安详栖息。这片"绿色孤岛"成了大自然的宝库，每一丝微风、每一声鸟鸣，都是它独有的歌谣。

默默守护这片土地的人们，以他们的行动诠释了绿色生活的真谛。时任华南局第一书记的陶铸、原广东省委书记任仲夷等，纷纷加强对鼎湖山的保护，将其视为宝贵的自然资源。

尽管荆棘丛生，尘世扰攘，鼎湖山依旧高悬"绿色孤岛"的旗帜，将大自然的美好永远锁在胸怀之中。

鼎湖山，一座美丽的自然保护区，被誉为自然保护区之长子。然而，在1958年那个狂热的时代，它陷入了生死存亡的危机中。

利斧长锯挥舞间，山林哀鸟惊飞。

人们为了生存，为了大炼钢铁，纷纷涌上鼎湖山，准备开山砍树。在这场生死搏斗中，保护区的党委书记黄吉祥挺身而出，他是塔山阻击战的英雄，一个仗义豪爽的人。他站在山脚下，面对数百个手持利斧的壮汉，坚定地说道："这个保护区是中央领导批准的，我看谁敢胡来！"

鼎湖山，最终得以幸存，黄吉祥功不可没。他用自己的坚定与智慧，保护了这片美丽的天然环境，让鼎湖山成为世人心中的一座绿色明珠。

在改革开放初期，地方旅游部门看中了鼎湖山的潜在价值，准备对其进行大规模的开发，从而引发了一场激烈的冲突。有些地方领导甚至否认了鼎湖山的存在，不承认鼎湖山自然保护区的地位。

这场冲突在各方势力的对抗中不断升级，似乎无法得到化解。直到华南植物研究所副所长何绍颐站出来，写信给中国科学院和国家科委，向他们描述了鼎湖山的珍贵之处和保护的必要性，最终才使鼎湖山自然保护区得以保留下来。

这个故事告诉我们，保护自然环境是我们的责任，无论是政府还是个人都应该为此尽心尽力。只有在保护自然环境的道路上坚定不移地前行，我们才能保留下这片美丽的大自然，让后代继续享受它的恩赐。

在粤语里，"保护区"和"包袱区"的发音十分相似，须仔细听才能分辨。对于地方政府来说，至少从短期来看，自然保护区是投入远远高于回报的"买卖"。

在这片被称作"包袱区"的土地上，一座自然保护区坚守而立，孕育着珍贵的生态资源。自然保护区，如同看似平静实则汹涌的大海，需要人们不断地投入和守护，才能保证其中的生态环境得以良好维持。而这些投入却在短期内难以得到回报，对于政府来说，这似乎是一笔亏本的"生意"。但从更长远的视角来看，这种"买卖"所带来的收获却是无法计量的。因为只有保护好这方天地，才能让后人继续享受到大自然的馈赠，让生态的美好永远流传下去。

地方政府或许需要更多的耐心和智慧，来看待自然保护区这座"包袱区"，让投入与回报更加平衡，让生态环境得到更好的维护和保护。只有如此，我们的地球才能永续发展，人类才能永远生存下去。

到2010年，广东省计划建成自然保护区500个左右。问题随之产生：既然无法保证质量，仍大刀阔斧，是否有"盲目"之嫌？

"我们的策略是，先圈起来再说。现在环境破坏的速度一日千里，我们感觉是在和时间赛跑。圈起来，至少就不会被破坏掉，等以后条件具备了，再提高质量。"这句话，智慧中透着无奈。在不能完全保证"多而精"的情况下，尽量做到"多而不滥"。

2002年8月，广东成立了省级自然保护区专家委员会，由中国科学院院士对新晋升的省级自然保护区进行评审论证，实行严格把关，同时规定在自然保护区内的开发建设活动，以及保护区的范围和功能区调整，都必须通过专家委员会委员的论证才予以批准实施。

长期以来，自然保护区是我国生态保护的核心区域，其发展和演化在一定程度上体现了我国生态保护的进程和特点。

根据国务院《关于自然保护区建设和管理工作情况的报告》，目前我国已建立各类自然保护区2740处，总面积达147万平方公里，其中陆域面积142万平方公里，约占我国陆地国土面积的14.8%；国家级自然保护区446处，总面积97万平方公里，约占国土面积的10%。这些数据表明，中国的自然保护区面积，已达到甚至超过世界平均水平。

调查显示，目前我国85%的陆地生态系统类型和野生动植物已得到有效保护，80%以上国家重点保护野生动物野外种群稳中有升，东北虎、东北豹、大熊猫等部分珍稀濒危物种野外种群数量逐步恢复，生态系统退化和生物多样性急剧下降的趋势得到减缓。

我们需要深入理解国家公园体制创建背后的原意和目的。只有通过推动国家公园的建设，才能实现我国生态保护事业的跨越式发展。

陈建伟，原林业部野生动植物保护司副司长、原国家林业局野生动植物与自然保护区管理司巡视员。他作为中国自然保护区发展历程中的亲历者和见证者，在退休之后接受了《南方周末》的专访。他深刻反思了自然保护区的发展过程中出现的问题，希望国家公园体制在未来的发展中能够少走弯路。

陈建伟的经历，如同一部文学作品般，记录着中国自然保护区发展的点点滴滴，记录着那些曾经为生态保护付出努力与奉献的人们。他的话语中充满着对自然保护区的热爱与坚守，也蕴含着一份使命与责任，那就是让自然保护区在未来得到更好的发展与保护。

陈建伟站在保护区的历史边缘，遥望储存在心中的自然风景。他深深地吸了口气。他知道，保护区的管理并不是一件容易的事情，需要不断地努力和改善。

"社区工作是保护区的重要职能之一。"陈建伟说道，"我们必须要做好这一点。保护区的发展和保护需要社区的支持，只有让社区居民感受到保护区带来的利益，他们才会愿意去维护这片宝贵的自然资源。"

他继续说道："保护区的发展不仅仅是为了自身的利益，更是为了周边地区的共同发展。只有让老百姓觉得保护区的存在给他们带来了利益，他们才会真心地支持保护区的工作。"

他知道，只有不断地完善管理，只有让社区居民真正地参与进来，这片美丽而神奇的自然保护区才能得到真正的保护和发展。

截至2014年底，全国已建立自然保护区2729处，此外还建立了国家地质公园240个、国家级风景名胜区225个、国家级森林公园779个、国家湿地公园429个，分属林业、环保、国土、农业、水利、海洋等部门（以林业为主）。这些保护地的规划建立过程，几乎都有利益博弈的影子，以至于一个地方，挂了几块牌子，以平衡各方利益。

这种局面要不要改？要改。但是，肯定不是改一个名字，或者把一堆名字收拢到一处就能行的。

"九龙治水"只是形式，任何一种保护地管理体制的特点，都取决于其功能设定和背后利益相关方。内在问题没改变，即使管理权上交统管，由于仍然要顾及相关利益，依然面临"改不动"的风险。

中央提出建立国家公园体制，是以建立国家公园为改革推手，完善我国保护区体系，解决目前的地域分割、部门分治，"多龙治水"的难题。所谓体制创新，既要有自己的新办法，也可以借鉴别人的老办法。但要做到不照搬，就需要充分考虑国情的不同。

在多年的工作实践中，陈建伟深刻地认识到我国自然保护区存在的问题。他指出，通过借鉴世界其他国家的经验和教训，国家公园的管理应该由一个部门来统一负责，而且是垂直管理的方式。

陈建伟认为，垂直管理模式能够更好地体现国家意志，确保执法措施的有效实施；同时，在人权、财权、事权方面也能够得到更严格的保护和监督。总之，他强调国家公园的管理应该以垂直管理为基础，从而提高管理的效率和质量。

　　这种理念的提出，无疑将为我国自然保护区的管理带来新的变革和提升。通过垂直管理的方式，国家公园将能够更好地服务于国家和人民，实现自然资源的最大保护和可持续利用。相信在陈建伟的倡导下，我国的自然保护区管理工作将迈向一个新的高度。

　　谈到设立国家公园的意义，北京林业大学生态与自然保护学院院长、博士生导师徐基良教授说道："目睹国家公园的建设，会让公众从内心生发出民族自豪感，这对于增强民族荣誉感是非常重要的。从更高的层面来说，这对在国际上推进生物多样性保护主流化也具有积极意义。"同时，他还指出，设立国家公园的初衷之一在于解决资源保护或国土资源管理中存在的问题，特别是规避碎片化管理，防止出现"九龙治水"，这将为今后的生态保护工作积淀经验。在社会获益方

面，徐基良认为，"绿色惠民"是很有力的扶贫手段，例如三江源生态公益岗位设立的"一户一岗"制，让群众在"绿水青山"中收获"金山银山"。

当"国家公园"最终成为"公园国家"，我们的子孙后代就能在丛林深处聆听虎啸猿鸣，在山川之间欣赏姹紫嫣红，在雪域高原见证生命传奇，继续感受自然的奇妙。

4．世界看见"中国绿"

阳春三月，草长莺飞。植树造林、绿化祖国的繁忙景象，在神州大地处处可见。

2024年3月12日，全国绿化委员会办公室发布的《2023年中国国土绿化状况公报》显示，全国全年完成造林399.8万公顷、种草改良

（摄影：宋林继）

437.9万公顷、治理沙化石漠化土地190.5万公顷，国土绿化面积超800万公顷。

森林被誉为"地球之肺"，是世界上超过3/4的陆地生物的栖息地，每年吸收约20亿吨二氧化碳。目前，我国已成为全世界森林资源增长最多、最快和人工林面积最大的国家。在世界范围内，中国率先实现了土地退化"零增长"，荒漠化土地和沙化土地面积"双减少"。

近年来，我国创造了举世瞩目的生态奇迹和绿色发展奇迹，绿色已成为新时代中国的鲜明底色。

"一年之计，莫如树谷；十年之计，莫如树木。"

2023年，我国的国土绿化行动扎实开展，组织实施了96个全国重要生态系统保护和修复重大工程项目、25个国土绿化试点示范项目，同时在辽宁、山东、河南、重庆、四川、宁夏等6个省（区、市）开展了科学绿化试点示范省建设。此外，我国还持续推进山水林田湖草沙一体化保护和修复工程，新增水土流失治理面积6.3万平方公里，建设生态清洁小流域505条。

这些鲜活的数据生动地反映了我国推进生态文明建设的成果，描绘出一幅幅美丽画卷。这些成果展示了我国在生态环境保护和修复方面所取得的显著进展，也为我们未来的可持续发展奠定了坚实的基础。

在绿色发展过程中，我国努力拓展美丽中国的生态版图，践行绿水青山就是金山银山的理念，以建设人与自然和谐共生的美丽中国为目标，协同推进降碳、减污、扩绿、增长。

绿色发展路径正在逐渐清晰，我们正在为美丽中国建设按下"快进键"。从推动生态环境综合治理，到大力发展绿色低碳经济，再到积极稳妥推进碳达峰、碳中和，我们全力突破满足人民日益增长的优美生态环境需要的攻坚期。

我们深知守护好"云山苍苍"与"江水泱泱"之间的那一抹绿色至关重要，要让绿色成为美丽中国最鲜明、最厚重、最牢靠的底色。

这不仅是一个关于环保的问题，更是一个关于可持续发展的战略问题。我们必须坚定不移地走绿色发展之路，让绿色成为我们国家的鲜明特色和重要标志。只有这样，我们才能真正实现美丽中国的愿景，让我们的国家变得更加美丽、更加繁荣。

绿色是生命的象征，是大自然的底色，更是美好生活的基础和人民群众的期盼。

从曾经的荒漠到如今的绿色林海，塞罕坝发生了翻天覆地的变化。曾经这里黄沙遮天日，飞鸟无栖树，如今却变成了河的源头、云的故乡、花的世界、林的海洋、鸟的乐园。从昔日的沙漠到现在的绿意葱茏，库布齐沙漠也发生了惊人的变化。曾经这里黄沙漫漫，被人称为"死亡之海"，如今却变成了充满希望的绿色海洋。浙江安吉余村也从工业村、污染严重村，变成了3A级景区村庄，并成功入选联合国世界旅游组织公布的"最佳旅游乡村"名单。

从一棵树到一片林，从一抹绿到连片绿，这些变化见证了"绿水青山就是金山银山"的生态理念在神州大地上已经转化为实实在在的行动。

这些例子表明，保护环境、实现可持续发展已经成为我们共同的使命和责任。我们应该积极采取行动，保护我们的家园，让绿色成为我们永恒的主题。

美丽中国，是生态文明的形象代言，更是亿万中华儿女的夙愿。

当前，我国生态环境保护结构性、根源性、趋势性压力尚未根本缓解，国土绿化不平衡不充分的问题依然存在，与人民群众对优美生态环境的需求相比还有较大差距。这些问题解决起来并非一朝一夕之功，也非一蹴而就之力，需要我们保持加强生态文明建设的战略定力，一茬接着一茬干、一锤接着一锤敲，让更多"中国绿"铺满山河，让"万里蓝天白云游，绿野繁花无尽头"的日子成为常态。

中国生态环境建设的历史性变化，引起了众多国际人士的关注。

从国家公园体系建设，到积极推进生物多样性保护、荒漠化防治，中国始终是全球生态文明建设的重要参与者、贡献者和引领者。

保罗·萨洛佩克曾在中国进行他的徒步之旅。在徒步过程中，他一直在社交媒体上记录他在中国的所见所闻，特别是中国生态文明建设的成就和绿色中国的独特魅力。

在云南，他感叹这里野生动植物种群的丰富和保护措施的完善；在四川，他看到大熊猫在得到妥善照料的同时，科研人员还在不断探索和完善野化放归的方法。

一些海外网友在看到保罗的记录后表示："对于从前只看到中国大城市照片的我们来说，这样的中国真有趣。"

保罗·萨洛佩克感叹，世界上很少有国家像中国这样对生态保护与建设有如此大的投入，并称赞中国在生态文明建设方面取得的巨大成就。

美国自然环保摄影师凯尔·奥巴马也长期关注和参与中国生态环境保护。在他眼中，近年来，中国在生态环境保护方面取得了令人瞩目的成绩，尤其是在生物多样性保护工作上。而在这些成绩背后，中国国家公园体系建设起到了至关重要的作用。

凯尔回忆说，他曾在中国三江源国家公园区域内拍摄到了许多珍稀野生动植物。他说："我觉得中国（设立）国家公园（试点）可能是在自然保护方面最大的成果之一。每个国家公园都有非常不同的景色，比如在三江源国家公园，我与当地的一个协会去调查当地的物种——绿绒蒿。我走了9天去寻找绿绒蒿，终于找到了，然后拍了照片。这张照片对我来说特别珍贵，它能够证明在青藏高原和三江源地区有多么丰富、宝贵、独特的植物。"

凯尔·奥巴马认为，中国国家公园体系建设对于保护生物多样性起到了至关重要的作用，这不仅体现在他曾经拍摄到的珍稀野生动植物上，也体现在国家公园为公众提供了一个亲近自然、了解自然、保护自然的重要平台。他相信，随着国家公园的进一步发展和完善，中国的生态环境保护工作将会取得更大的成就。

近年来，中国的国家公园体系建设交出了亮眼的成绩单：在东北虎豹国家公园，"天空地一体化监测系统"覆盖超5000平方公里，虎啸山林、豹走青川的景象重现；在海南热带雨林国家公园，曾一度被怀疑已经灭绝的物种——海南长臂猿种群重新出现；在大熊猫国家公园内，川金丝猴、绿尾虹雉、朱鹮、珙桐、红豆杉等8000多种野生动植物相生相伴……而在世界上海拔最高、面积最大的高原湿地生态系统——三江源国家公园，生态系统正逐渐好转，生物多样性得到极大恢复。

除了已经设立的国家公园，我国还科学布局了49个国家公园候选区，总面积约为110万平方公里，占陆域国土面积的10.3%。这些候选区将成为我国新的自然保护区，致力于保护更多的野生动植物和它们的栖息地。通过这种方式，我国将实现保护规模世界最大、保护80%

国家公园

藏羚羊数量的不断增长，为三江源增添了生命的乐趣（摄影：宋林继）

以上国家重点保护野生动植物物种及其栖息地的目标。

对此，联合国前副秘书长兼环境规划署执行主任、"一带一路"绿色发展国际联盟主席埃里克·索尔海姆给予了高度评价，他说："中国提出将在2035年建成世界最大的国家公园体系。实际上，目前中国已经有多个国家公园正在建设中。例如，中国最大的国家公园位于青海三江源地区，三江源国家公园对珍稀野生动植物的保护取得了显著成效。"

以国家公园为平台，保护自然环境、保护生物多样性，实现可持续发展已经成为越来越多国家的共识。

津巴布韦环境学家塔文哈维表示："设立国家公园将有助于保护生物多样性、保护自然生态，也会推动旅游业发展，为进一步推进（环境）保护工作提供资金来源。我觉得这一举措特别好，能够为其他国家提供参考，采取行动保护生物多样性。"

5．任重而道远

2021年10月8日，北京再次吸引了全世界的目光。国务院新闻办公室正式发布了《中国的生物多样性保护》白皮书（以下简称"白皮书"）。这是中国政府发布的第一部生物多样性保护白皮书。

白皮书指出，生物多样性关系人类福祉，是人类赖以生存和发展的重要基础。人类必须尊重自然、顺应自然、保护自然，加大生物多样性保护力度，促进人与自然和谐共生。

自1992年签署《生物多样性公约》以来，中国政府始终致力于保护生物多样性，通过各种手段推动相关工作的落实。2022年，在《生物多样性公约》第十五次缔约方大会上，"昆明—蒙特利尔全球生物多样性框架"顺利通过，为全球生物多样性保护注入了新动力。

为了切实贯彻落实这一框架，中国在2024年1月发布了《中国生物多样性保护战略与行动计划（2023—2030年）》，旨在全面推进生物多样性保护工作。这一文件的发布，标志着中国在生物多样性领域迈出了重要的一步，为实现保护全球生物多样性的目标提供了中国智慧和中国方案。

中国一贯高度重视生物多样性保护，不断推进生物多样性保护与时俱进、创新发展，取得显著成效，走出了一条中国特色生物多样性保护之路。

在深化全球生物多样性保护合作方面，中国积极倡导构建人类命运共同体，推动全球生物多样性保护事业取得更大成果。中国积极参与《生物多样性公约》《京都议定书》等国际合作机制，分享经验、提供援助，共同推动全球生物多样性保护合作向更深层次发展。

"生物多样性是生命，生物多样性是我们的生命。"这句话非常形象地说明了我们和生物多样性之间的关系，说明了保护生物多样性的重要意义。随着人口增长和人类经济活动的扩张，全球生物多样性正面临严重威胁。

2019年5月联合国公布的全球评估报告指出，人类活动已经改变了75%的陆地环境，66%的海洋环境受到影响，全球1/4的物种正遭受灭绝的威胁。

中国幅员辽阔，陆海兼备，地貌和气候复杂多样，孕育了丰富而又独特的生态系统，是世界上生物多样性最丰富的国家之一，中国的传统文化积淀了丰富的保护和利用生物多样性的智慧。

天顺其然，地顺其性，人顺其变，一切都是刚刚好。

保护生物多样性，国际社会必须携手合作。中国将持续加大生物多样性保护力度，积极参与全球生物多样性治理进程，与国际社会一道，共商全球生物多样性治理新战略，开启更加公正合理、各尽所能的全球生物多样性治理新进程。

中国高度重视生物多样性保护，不断推进这项工作与时俱进、创新发展。党的十八大以来，在习近平生态文明思想指引下，中国坚持生态优先、绿色发展，法律体系日臻完善，监管机制不断加强，基础能力大幅提升，生物多样性治理新格局基本形成，生物多样性保护进入新的历史时期，走出了一条中国特色的生物多样性保护之路。

在祖国的大地上，森林、草原、湿地、荒漠四大生态系统是各类生物重要的栖息地。连续30年的双增长，我国森林面积持续扩大，森林生态系统的服务功能也与日俱增。草原上，绿草茵茵，植被覆盖度达到56%，草原质量稳中向好，呈现出勃勃生机。湿地处，截至2021年，新增国家湿地公园200多处，湿地面积增加304万亩，退化湿地修复701万亩，湿地保护率达到50%，湿地的生态价值得到充分体现。而在荒漠的边缘，我国"三北防护林"建设已持续43年，让沙漠的蔓延得到有效遏制。生态系统的繁荣发展，正如一首大地歌谣，唱着环境保护与生态建设的壮丽篇章。

这种惊人的转变表明，人类可以成功地将荒漠转变为绿洲，将荒原变为林海。这些努力不仅为中国提供了解决生态问题的方案，也为全球生态治理作出了重要贡献。

《中国的生物多样性保护》白皮书的发布，在国内引起了强烈反响。

我国在生物多样性保护方面取得了显著进展，这得益于我们高度重视生态文明建设，不断推进相关政策和制度的完善。我们创新性地将生物多样性保护融入国土空间规划中，不断推动生态保护红线制度的落地，构建起以国家公园为核心的自然保护地体系。

山水林田湖草沙系统的治理和修复也取得了重要进展，为我国生物多样性保护提供了坚实的体制保障。这些努力和成果必将为生物多样性保护事业注入新的活力，让我们的自然环境更加美丽、生态更加健康。

国家公园作为国家所有、全民共享、世代传承的重点生态资源，是国家生态安全的重要屏障、国家形象的代表名片，应该受到特别关注。

国家公园研究院负责人表示，第一批国家公园正式设立，标志着国家公园体制这一具有全局性、引领性、标志性的重大制度创新落地生根，也标志着我国国家公园事业从试点阶段转向建设阶段。

目前，我国国家公园建设面临的最大问题就是既要保护又要安排好原住居民的生产生活。要做好每个国家公园的规划，分区实行差别化管控，把生态系统的关键地区、生态敏感区和生物多样性最富集的区域，划到核心保护区。"原有的工矿企业、村镇、开发项目，该退的要退出来，如果有一些村庄或者暂时不能退出来的，可以设一个过渡期。"

国家林草局（国家公园管理局）原副局长李春良说："国家公园不能建成'无人区'，也不是一个'隔离区'，更不是我们人为设定的一个禁区。我们要做的就是处理好保护与发展的关系，营造一个人与自然和谐共生的场景。"

长期关注国家公园体制试点工作的中国环境科学院生态文明研究中心张惠远表示，目前国家公园建设在我国尚属新鲜事物，面临着发展与保护的博弈。他指出，一些地方仍存在大开发倾向，对国家公园是"香饽饽"还是"紧箍咒"尚未有清楚的认识。同时，存在"拼盘"现象，不同保护地由不同部门进行管理，导致管理部门之间职责不明晰，影响管理效率和保护成效。

另外，还存在自然资源资产确权登记工作进展缓慢，中央与地方事权划分和支出责任尚未明确等问题。他还提到，当前试点区域仍未建立权责统一的管理机制和协调联动机制，未能实现所有者与监管者分离，影响生态保护效果。此外，相关制度体系仍不健全，缺乏国家公园的总体发展规划及发展战略，法规政策、标准规范及生态补偿等相关配套制度尚未形成。

张惠远对国家公园建设提出了以下几点建议：

首先，尽快编制全国自然保护地体系规划和国家公园总体发展规划，合理确定国家公园的空间布局，有计划、有步骤地推进工作。

其次，在明确国家公园与其他类型保护地关系的基础上，完善自然生态保护制度，研究制定有关国家公园的法律法规，进一步明确国家公园的功能定位、保护目标和管理主体。

此外，整合各类自然保护地的管理职能，加快建立包括国家公园在内的各类自然保护地统一管理和监管机构，统一行使自然保护地内国土空间用途管制、生态保护修复及相关监管职能。同时，积极推进自然资源确权登记工作，逐步划清全民所有和集体所有之间的边界，做到权属清晰、权责明确。

再次，着力争取多方投入，完善资金筹措机制。在积极争取中央财政资金转移支付的同时，努力构建政府投入与社会捐赠资金并举的多元化资金筹措机制，创新融资渠道。

最后，建立健全社会参与的渠道机制，促进社会参与。要加强舆论引导，建立社区共管机制，完善社会参与机制，打造"共建—共管—共享"型的国家公园。

通过这些建议的实施，我们可以进一步推动国家公园的建设和管理，保护生态环境，实现可持续发展。

国家公园，是大自然的宝库，也是我们后人的责任。但是管理国家公园，并非易事，需要全社会的参与和监督。只有通过多方合作，多元治理，方能有效保护国家公园的生态环境，实现可持续发展。

这是核心，也是难点！

（摄影：张俊臣）

第六章　河海当歌

君不见，黄河之水天上来，奔流到海不复回。

——李白《将进酒》

从来没有一条河流能像黄河一样成为一个民族的图腾！

黄河的浩荡气势，如巨龙一般，令人感叹大自然的伟大和威严。的确，天地间还没有任何一种自然力量能像黄河这样对塑造华夏文明起着无与伦比的作用。

泱泱黄河，浩浩荡荡，如同一只昂首欲跃的雄狮，闯过青藏高原的崇山峻岭，穿越宁夏、内蒙古的河套平原，奔腾于晋、陕两省的高山深谷。在河南，它冲破"龙门"，豁然而出，从西岳华山脚下调头东去，横穿华北平原，直奔渤海之滨。

山东作为万里黄河入海的交汇之地，既有沿河的文明传承，又承载着向海图强的开放之风。黄河流经山东，给河两岸带来灌溉的水源，但滔滔洪水也多次冲毁家园。灌溉、泛滥、改道……数千年的牵绊，使得山东的历史文化与黄河有着密不可分的联系。

黄河的奔流不息，流淌着中华民族的文化和历史，承载着千百年来的兴衰荣辱，洋溢着民族的精神和智慧。

1. 大河之洲

母爱是无私的，黄河是伟大的。

黄河在扑向大海的瞬间，还没有忘记母亲河的使命，把一片片充满诗意的新淤地留给了我们。

1855年8月1日，中原大地暴雨如注。千疮百孔的黄河大堤摇摇欲坠。酉时，河南兰考北岸的铜瓦厢段破堤决口，"泛滥所至，一片汪洋。远近村落，半露树梢屋脊，即渐有涸出者，亦俱稀泥嫩滩，人马不能驻足"。

黄河水先流向西北，后折转东北，在山东张秋镇夺大清河流入渤海。这是黄河距今最近的一次大改道。从此，碧波荡漾的大清河消失了，桀骜不驯的黄河似乎找到了最后的归宿。

从1934年到1996年，黄河行河62年，逐渐形成了以渔洼为顶点、北至挑河口、南至宋春荣沟，面积约3000平方公里的现代黄河三角洲。

荒原是博大的，酝酿艰辛与苍凉，也编织不朽和神奇。

作为大江大河对人类最后的馈赠，大河之洲非富即贵。莱茵河三角洲的鹿特丹、密西西比河三角洲的新奥尔良、尼罗河三角洲的开罗的繁荣，表明大河三角洲的发展规律是随着开发深度和广度的加大，必然形成较大的中心城市和经济增长极。

当今世界，大河三角洲面积只占全球面积的3.5%，却集中了世界上2/3的大城市。今天的中国，珠三角、长三角早就成为引领中国经济腾飞的引擎。

黄河三角洲的巨大潜力吸引了众多充满智慧和前瞻性的目光。

黄河三角洲的开发建设，最早始于20世纪的农垦和石油勘探开发。

1950年，华东军政委员会在广饶县北部兴建国营广北农场，唤醒了沉睡多年的荒原。

1961年4月16日，华北平原上的第八口探井——"华八井"，用9毫米油嘴试油，日产原油8.1吨，首次在华北平原获得工业价值油流。这是中国油气勘探史上的重大发现之一，成为我国石油工业发展史上的重要里程碑。

1962年9月23日，"营二井"获得重大突破，获日产555吨的高产油流，这是当时全国日产量最高的一口油井。

1965年1月31日，在胜利村构造上，32120钻井队打的"坨11井"，发现了85米的巨厚油层，试油日产1134吨，成为中国历史上第一个原油日产过千吨的井。

1983年10月，东营市成立，黄河三角洲的开发逐渐步入正轨。

1988年3月，时任东营市市长的李殿魁当选为第七届全国人大代表。李殿魁兴奋不已，终于有宣传东营、介绍东营的机会了。有备而来的他不会放弃任何推介东营的时机。

在小组讨论时，李殿魁抓住了时任全国人大常委会副委员长的费孝通在场的机会，详细地向费老汇报了黄河三角洲的开发思路。费老说："黄河三角洲是祖国的一块宝地，应该开发；听你讲已有了一个开发的框架，但你这些想法只有变成专家的意见，才能影响到国家的决策。"并表示可由民盟牵头组织调查研究。

天赐良机，时不我待。

李殿魁敏锐地感觉到这是一次十分难得的机会，立即向省委主要领导汇报，并请求由省委领导出面，邀请了费孝通、钱伟长、于光远、罗涵先、吴修平、冯之浚等20多位专家、学者以及国家有关部委和部分学术团体的负责人，齐聚京西宾馆，共同商谈黄河三角洲的开发建设和规划战略问题。

这是刚刚诞生的东营市第一次在北京亮相，意义非凡。也就是在这次会上，李殿魁的发言，引起了原国家计委副主任刘中一的高度重视，他抽出时间，与李殿魁就黄河口治理和盐碱地的开发利用交换了意见。

1988年6月底，"黄河三角洲经济、技术和社会发展战略研讨会"在东营隆重召开。

这次研讨会，成为黄河三角洲开发史上的重要里程碑。

开幕式上，李殿魁向全体与会领导、专家汇报了黄河三角洲基本情况，初步提出了黄河三角洲开发的总体战略构想。

冯之浚作了黄河三角洲开发战略报告。他认为要科学制定黄河三角洲总体规划，完善相关政策支撑，落实重点开发项目。要在立足长远建立石油替代产业的同时，处理好环境与发展的关系，争取国内外广泛支持。黄河三角洲有希望有条件追赶珠江和长江的前进步伐，实现全面腾飞。

会议进入最后阶段时，费孝通作了重要报告。

他说，古老的黄河繁衍了中华儿女。历史上的周、秦、汉、唐、宋等朝代，中华民族均出现过鼎盛时期。新中国成立后，特别是党的十一届三中全会以来，珠江、长江三角洲相继崛起，唯独黄河三角洲还处于落后状态。今后，应当充分发挥这里的发展优势，制定长远发展规划，在石油工业上升时期就打下长期繁荣的基础，使黄河三角洲开发快出成效，努力赶超中国和世界最发达三角洲的发展水平。

这次研讨会历时7天，与会领导、专家、学者计200余人参加了会议。大会分为国土规划、农业开发、工业生产、交通运输、河口治理5个大组进行专题发言。会议规模盛大，涉及领域广阔深邃，对黄河三角洲开发建设及东营市的发展走向，产生了巨大的引领作用。

1992年11月，费孝通再次来到东营，并就黄河三角洲开发建设问题作了重要讲话。他说："黄河三角洲全面开发的时刻到了，条件成熟了。我们要极力促成这件事。"

他认为，开发黄河三角洲不仅有利于此地的经济发展，而且对山东省乃至全国都有重要影响。黄河三角洲不能再沉默下去，必须要尽快开发起来。要请中央加强对这个地区的开发力度，把黄河三角洲建成国家级的、中央肯定的、具备一些优惠政策的开发区，让黄河三角洲的发展与珠江三角洲、长江三角洲并驾齐驱。

除向中共中央提出建议外，费孝通又同冯之浚、王树芳等在七届全国人大常委会第二十九次会议上作了《关于加快黄河三角洲开发的建议》的联合发言。

1991年11月，山东省政府批准建立黄河三角洲省级自然保护区；1992年10月，国务院批准建立黄河三角洲国家级自然保护区。

1994年，"黄河三角洲资源开发与环境保护"列入"中国21世纪议程优先项目计划"，联合国开发计划署实施"支持黄河三角洲可持续发展"项目。

1999年5月，中国工程院、中国农学会、中国林学会等7家单位在东营召开了"黄河三角洲高效生态农业发展研讨会"。卢良恕、蒋民宽、相重扬、江泽慧等40多位专家联名向国务院提出"关于建立黄河三角洲国家高效生态经济区的建议"，得到了党中央、国务院的高度重视。

2001年3月，"发展黄河三角洲高效生态经济"列入国家"十五"计划，标志着黄河三角洲发展高效生态经济的定位得到国家确认，并正式进入国家决策。

2008年，山东省委、省政府制定了黄河三角洲高效生态经济区发展规划，出台了促进黄河三角洲高效生态经济区又好又快发展的34条政策措施。同时，上报国务院，请求批准实施《黄河三角洲高效生态经济区发展规划》。

根据山东省《黄河三角洲高效生态经济区发展规划》，黄河三角洲经济区包括东营和滨州两市全部，以及与其相毗邻、自然环境条件相似的部分县市，总面积2.65万平方公里，占全省的1/6。

2009年3月27日至28日，时任国家发展改革委员会副主任杜鹰带队，率领27个有关单位的领导、专家78人组成联合调研组，到东营市就规划问题进行了专题调研。

调研组认为，东营从胜利油田开发到现在，在整个发展历程中，走出一条资源节约和环境友好的路子，那就是发展高效生态经济。东营未来的发展定位是建设全国的高效生态经济区，这是非常正确的，这个定位和发展方向应该坚持下去。

2009年11月，国务院正式批复《黄河三角洲高效生态经济区发展规划》。

以此为起点，黄河三角洲地区的发展上升为国家战略，成为国家区域协调发展战略的重要组成部分。

2011年1月4日，国务院批复《山东半岛蓝色经济区发展规划》，这是"十二五"开局之年第一个获批的国家发展战略，也是我国第一个以海洋经济为主题的区域发展战略。

2015年，国务院批复设立"黄河三角洲农业高新技术产业示范区"，这是继陕西杨凌后全国第二家农业高新技术产业示范区。示范区建设用地面积2.96平方公里，科研试验、示范农业用地面积117.04平方公里，隶属于东营市管辖。

黄河三角洲农业高新技术产业示范区按照"一城四园"规划布局，分别是生态科技城、国际农业创新园、中以农业科技生态产业园、农业智能装备制造与生物产业园和健康食品加工物流园。

2019年9月18日，习近平总书记在黄河流域生态保护和高质量发展座谈会上指出："下游的黄河三角洲要做好保护工作，促进河流生态系统健康，提高生物多样性。"

2021年10月，《黄河流域生态保护和高质量发展规划纲要》发布。

黄河作为中国的母亲河，承载着丰富的自然资源和人文历史。因此，保护黄河流域的生态环境对于国家的可持续发展和民生福祉具有重要意义。同时，黄河流域是中国重要的农业产区和经济发展带，实现黄河流域高质量发展对于推动经济增长、改善人民生活水平具有重要作用。

2020年6月8日，《山东省人民政府关于加快省会经济圈一体化发展的指导意见》出台，统一划定了生态保护红线，强化生态环境共保联治，建设黄河下游生态修复综合治理示范区，支持东营市打造大江大河三角洲生态保护治理重要标杆，申报黄（渤）海候鸟栖息地世界自然遗产。

黄河孕育了黄河三角洲的丰厚广袤，渤海塑造了东营人的宽广博大。黄河口正承载着世人惊奇与赞叹的目光，以大气磅礴之势在渤海西岸奔湍飞泻，澎湃高歌。

2. 旷野芳华

102岁高龄的周銮英老奶奶是东营市垦利区最年长的老寿星。

说起当年的逃荒，老奶奶现在还记着。1935年，黄河在山东鄄城决口，受灾严重的鲁西鄄城、菏泽、巨野、汶上、嘉祥、东平、阳谷、寿张等县的4200名灾民迁往黄河三角洲。

衣衫褴褛、拖家带口的逃荒队伍里，就有周銮英和她的家人。他们从嘉祥出发，一步一步沿着黄河往东奔去。

灾民们听说只要跟着黄河往东走，就能找到活命的地方，那里有大片的土地，撒上种子就能长出庄稼。经过长途跋涉，鲁西南的灾民们终于走到了黄河的尽头。这里是一望无际的大荒原，看不到头，望不到边。

灾民们200人编为一个大组，一共编成了8个组。直到今日，这个地方还被称为"八大组"。后来，聚集的灾民越来越多，在永安镇又有了一村、二村、三村等以数字排序的29个移民新村。

抗战时期，在渤海区抗日政府垦荒政策的激励下，又有临朐、益都、寿光、莱芜、昌潍和鲁西等地的23600余户、近11万人口迁入垦区，建立了40多个移民村。其中，1942、1943年迁入的人口就有17000户、84695人。

奔腾的黄河口以其博大厚重的胸怀，接纳来自四面八方的子孙。

抗日战争期间，黄河三角洲成为山东的战略大后方，容纳过40万抗日大军休整。

解放战争期间，垦区群众踊跃参军、支前，组成了强大的支前洪流，为解放战争作出了突出贡献。从这里走出了第43军、第28军、第33军和从渤海一直打到天山的渤海军区教导旅，后改为新疆建设兵团农二师。

我们不能忘记，黄河三角洲的小米曾经喂养过中国的革命事业；我们不能忽略，黄河口的棉花包扎过革命战士的伤口。

1949年，黄河在鲁西决口，东平、巨野、阳谷、寿张、梁山、嘉祥等县的1万多灾民迁往黄河三角洲。第二年，又有长清、平阴、东平三县的484个受灾村庄、5200人迁至垦利县。除此之外，还有更多的人口迁移而来。

1952年5月，在济南担任警备任务的中国人民解放军第97师所辖3个团1万余人进驻黄河三角洲，在六户、沙营、辛镇一带屯军垦荒，兴修水利。经过两年多的艰苦奋斗，共开垦荒地5万亩。

1956年，第97师将营房和开垦的5万亩土地移交给山东省劳改局，对外称"五一农场"，共有8个分场，现在东营的八分场就是最北面的分场。在此基础上，成立了山东省第二劳改总队，第97师还派人进入黄河入海口的大小孤岛，开垦土地4591亩。第97师移师东北后，营房和开垦的土地移交给了山东省公安厅所属的渤海农场，内称山东省第一劳改总队。

1958年，经林业部批准，将1951年建场的国营孤岛林场改建为国营机械化林场，面积达2.7万公顷，这是当时全省最大的国有林场。

1960年，同兴农场、联合农场相继建立，还有国营孤岛、郭局子、青坨子、一千二等大型林场。

1960年1月，共青团山东省委积极响应中共山东省委关于开发黄河口渤海荒滩的号召，动员济宁、青岛、惠民、菏泽、昌潍、烟台、临沂等7个地市的3507名共青团员和优秀青年，组成植树造林志愿军，浩浩荡荡奔赴黄河口。

当时的孤岛地区土地肥沃、人烟稀少，到处是荆棘芦苇，发展林业生产的条件得天独厚。

青年大军到来之后，全然不顾长途跋涉的疲劳和生活条件的艰苦，安营扎寨、架锅造饭，投入紧张的造林战斗中。

当时正值早春，海风吹来，寒意料峭，可是团员青年们满怀豪情，挥镐上阵，向渤海滩宣战。

1959年，为了更好地推动黄河三角洲的开发建设，山东省委、省政府报请国务院批准，成立了山东省渤海农垦局，局机关设在广饶县牛庄，负责垦区农、林、牧场的统一领导。

1983年10月15日，在山东的"北大荒"，在井架林立的盐碱滩，东营市惊艳亮相。

东营市划为东营、牛庄、河口3个区，广饶、利津、垦利3个县，共辖3个镇、55个人民公社、1780个生产大队。

40余年日月轮回，东营完成了从石油之城到生态之城的精彩蝶变。历史的经验告诉我们，城市是有着灵魂和记忆的生命体，城市应该是个内涵极其丰富的容器，能为我们提供舒适、便利的生活和精神的慰藉。

有人说，经济是城市的基础，文化是城市的灵魂，那么，有生命的绿色就是城市的精气神。

东营的城市形象、城市品位都必须与其在国家"蓝黄"战略中担当的重任相匹配。

2007年春天，东营市委、市政府站在"建设黄河三角洲高效经济开发区"的高度，突出湿地特色，倾力打造"黄河水城"，努力构建一个"大水面、大绿地、大空间"的新东营。

2011年，东营市政府批准了新一轮的城市绿地系统规划，并相继出台了多个规范性文件。经过多年的研究和实践，东营市已经初步掌握了水盐运动规律和规避盐碱危害的方法，并总结出了一套完整的绿化技术，包括规划设计、树种选择和养护管理等。在此基础上，东营市引种、驯化了103种耐盐植物，并广泛使用乡土树种。现在，东营市的绿化植物已经达到了272种，形成了以乔木为主，乔、灌、地被植物相结合的绿化模式。

东营市通过栽植乡土适生树种、收集雨水或直接取用原水灌溉等措施，节约管养成本；通过广泛栽植蔷薇、凌霄等攀缘植物，实施立体绿化，进一步拓展了城市绿色空间。

在盐碱滩上建设园林城市，考验着东营人的聪明才智，因为高盐度的土质是绿色植物的杀手。

"以水为脉，人水共生"，打造彰显湿地特色的"黄河水城"，的确是一招妙棋。尤其是把贯穿东西城的广利河综合治理作为"黄河水城"的龙骨工程，更是匠心之举。

按照打造"黄河水城"的目标要求，东营市编制了中心城水系总体规划，提出了"九横十纵"的水系布网结构，利用广利河等19条河流、沟渠构建起城市主干水系，贯通湖泊、湿地，并将水系引入居住区内部，美化环境。

对于外围环城水系，将围绕外环路，依靠引黄河水压碱，改善绿化条件，形成"路环、水环、绿环"相结合的环城生态防护体系。

东营市着力建设"以水为脉、以绿为衣、以人为本、水绿交融"的城市湿地系统，让湿地主题渗透到城市居民生活、休憩和交通的每一个细节。"湿地之中有城市，城市之中有湿地"，已成为东营市的一大亮点。

湿地是东营人的骄傲，是上天赐予东营人的绿色资源。

东营市在完成湿地资源普查的基础上，突出湿地保护与城市建设相融合，先后规划建设了明月湖、东八路等一批以湿地保护、科普教育为主题的城市湿地公园。其中，明月湖湿地公园成为全国十大城市湿地公园之一，公园除亲水区用木栈道连接外，全部采用生态护坡。苇荡深深、水草蔓延，钓者垂纶、乐而忘归，勾勒出一幅自然和谐的生态画卷。

东营拥有中国暖温带最完整、最广阔、最年轻的湿地生态系统。这里还有华北地区最大的平原人工刺槐林，每到暮春时节，十万亩槐花盛放，就像是绿色的海洋托起雪白的浪花。闻香而来的放蜂人，追逐春光，收获甜蜜。

东营人珍爱先辈们留下的瑰宝，对孙武祠、华八井等一批具有独特地域文化特色的景点进行了有效保护；对全市46株古树逐一登记编制"户口"，组织乡土画家将这虬干新枝留驻纸上，成为黄河口沧海桑田的不朽见证。

东营市按照"高起点规划、高标准建设、高效益经营"的原则，实施"截污治污，活水亲水，增绿造景"工程，重点推进体育公园、文化公园、科技公园、清风湖景区、广利河岸线"三园一区一岸线"工程建设。

实践已经证明，在盐碱地上建设黄河水城，是东营人的伟大壮举，它为200万东营人民描绘出了一幅天蓝、水清、地绿，"人居水城里，舟行海河间"的美好图景。

经过改造，西城体育公园和东城清风湖公园，已经成为市民日常散步、休憩的乐园。

"在开发中保护，在保护中开发"，这是东营市始终坚持的战略方针。

一年四季，黄河口自然保护区美景无限。春天，十里槐林绽蕊吐芳；盛夏，十万亩芦苇浩浩荡荡；深秋，无边旷野一片红；隆冬，芦花飞雪河海交汇。

然而，谁能想到，这里曾被人们看作"绿化的禁区"。

面对黄河三角洲的特殊环境，植树造林、改善生态，成了东营市历届党委政府的工作之重。尤其是新时代以来，国家对东营建设"生态高效经济区"的定位，让东营市的党政领导更添了一份沉甸甸的责任。

从2007年开始，东营在全市城乡实施林网、水网、路网于一体的"三网"绿化工程，投入35亿元，造林160万亩，使全市林木拥有量达到302万亩，林木覆盖率达到25%，基本实现农田林网化、路域林荫化、水系风景化，从根本上改变了东营生态脆弱的状况，创造了良好的人居环境，荣获宜居城市殊荣。

东营市通过规划建绿、见缝插绿、拆违造绿等方法，建设了新世纪广场、文化广场、登州路中心绿地游园等一批城市广场和街头绿地。

这些精巧别致的游园广场，特色鲜明，设施完备，遍布城区各个角落，市民出门500米就能步入绿色空间，人们在此迎送朝阳和晚霞，歌舞人生，享受生活。楼旁绿树环绕，窗外花香涌动，这就是东营人对品质生活的追求。

随着城市绿化事业的快速发展，各类苗木基地如雨后春笋不断涌现。目前，东营市建有各类生产绿地1161公顷，占建成区面积的10.75%以上，建设的盐生植物园成为滨海盐碱地种质资源库；通过开展全民义务植树及认建认养绿地活动，建设了青年林、国防林等一批社会绿地，植绿、护绿、爱绿的全民氛围已然形成。

东营城市建成区绿地率35.98%，绿化覆盖率38.57%，人均公园绿地面积17.25平方米，形成了"大空间、大绿地、大水面"的城市绿化特色，创造了滨海盐碱城市绿化史上的奇迹。

东营市大力实施"蓝天、碧水、畅通、宁静"四大工程，扎实开展城市环境综合整治，一年中大气污染指数小于100的天数达到了348天，地表水四类以上水体比率达到77%，管网水检验项目合格率100%，城市平峰期平均车速35.4公里/小时，区域环境噪声较低，人民群众生活质量显著提高。

东营市先后成为国家环保模范城市、国家卫生城市、全国水土保持生态环境建设示范城市、国家级园林城市，并被联合国工业发展组织确认为"国际绿色产业示范区"。在此基础上，东营市提出了新的发展目标，即把东营市建成以生态产业为主体的资源循环利用型生态城市。

欲穷千里目，更上一层楼。

不惑之年的东营，黄河绿洲，如梦如幻；黄河水城，如诗如画。

　　　　　　　　　　　国家公园

黄河三角洲湿地，每年都在不断"长大"（摄影：张俊臣）

3．长缨在手

黄河，这条中华民族的母亲河，千百年来被中国人民赋予了深厚的民族情感，塑造了中华民族自强不息的民族品格。

黄河，也是一条桀骜难驯的忧患之河。历史上，黄河曾决口1500余次，改道20余次，决溢范围北至天津，南达江淮，纵横25万平方千米……

黄河安澜，国泰民安。

新中国成立以来，黄河在党和国家领导人的胸中奔腾激荡。

1936年，毛泽东同志率红军东渡黄河。出征前，面对白雪皑皑的冰雪世界，他写下了不朽诗篇《沁园春·雪》。

1947年，在陕北佳县，毛泽东起草完《中国人民解放军宣言》，心情难以平静，专门带着警卫员去看黄河。面对黄河，他心潮澎湃：没有黄河，就没有我们这个民族啊！

1948年3月，毛泽东离开居住了整整4个月的杨家沟，准备东渡黄河。面对黄河，他思绪万千，伫立良久，深情地说："这个世界上什么都可以藐视，就是不可以藐视黄河；藐视黄河，就是藐视我们这个民族啊！"

1952年10月26日，济南。站在高高的黄河大坝上，毛泽东眺望"悬河"。当他听说这里的黄河底要比济南城里的地面高出6至7米后，心情沉重地说："这很危险。你们一定要把这里的大坝修好、修牢固，千万不能出事。"随后，毛泽东又登上泺口大坝，他把目光投向远方，一字一顿地说："黄河水泛滥会给人民造成危害，但我们治理黄河后，又能使黄河为人民造福。"

1957年4月，新中国成立后黄河上第一个大型水利枢纽工程——三门峡大坝动工兴建。

2001年，小浪底水利枢纽工程顺利通过竣工验收。这座"世纪工程"的建成，开创了人工"清洗"黄河的壮举。

千古河流成沃野，几年沙势自风湍。

2019年9月18日，习近平总书记在郑州考察黄河并主持召开座谈会，提出黄河流域生态保护和高质量发展这一新的重大国家战略，为新时代黄河保护治理和发展擘画崭新的宏伟蓝图。

国家公园

2021年10月22日，习近平总书记又在山东济南主持召开深入推动黄河流域生态保护和高质量发展座谈会，并发表重要讲话。

习近平总书记一直牵挂着黄河的安危和生态建设，他指出，要科学分析当前黄河流域生态保护和高质量发展形势，把握好推动黄河流域生态保护和高质量发展的重大问题，咬定目标、脚踏实地，埋头苦干、久久为功，确保"十四五"时期黄河流域生态保护和高质量发展取得明显成效，为黄河永远造福中华民族而不懈奋斗。

两次座谈会的召开，为幸福河建设指明了前进方向、注入了强大动力。

作为黄河治理的重大组成部分，黄河口的安澜意义重大。

历史已经证明，40余年稳定的黄河入海流路，为黄河三角洲的开发奠定了基础，也为黄河三角洲地区生物多样性的和谐共生提供了保证。

2018年10月，在阿联酋迪拜召开的《湿地公约》第十三届缔约方大会上，中国有6座城市荣获全球首批"国际湿地城市"称号，东营市获此殊荣。来自全球170多个国家和地区及100多个自然保护组织的与会代表大概不会想到，40多年前黄河口是一幅什么景象。

1976年以前，黄河是沿着刁口河从北面流入大海的，由于泥沙淤积延伸，泄洪排沙能力降低，水位壅高，对防洪、防凌和油田安全均为不利。

为了黄河入海口顺畅无阻，水利部黄河水利委员会提出在河口清水沟入海的方案，经国家计委、国家水电部批准，1976年5月20日截流合龙。这是黄河第一次按照人的意愿，选择性地改道。

1983年成立的东营市，面临的第一个难题是无处落脚——黄河频繁摆尾，东营该在哪里建城呢？

黄河漫流的最根本原因，在于泥沙淤积导致河床抬高，河水无法顺利入海，从而引发河道摆动和改道。

1987年冬，河口油田遭受凌灾，损失惨重；1988年的春天又遭遇"桃花汛"的围困，部分大坝溃堤决口。

这时，水利部、石油工业部、黄委会联合下达了"黄河口改道北股"的红头文件，要求于5月执行。黄河委员会工作组到达东营，现场督战。

由于"两部一委"的文件来得太突然，关系重大，又需立即执行，油田的领导沉默了，东营市领导沉默了。要改道北股，必须打开六号路。这样刚刚建成的孤东油田将毁于一旦，这可是500万吨的大油田，如此重大的责任谁来承担？

面对前所未有的压力，在场的人都不敢轻率表态。

这时，胜利油田会战指挥部生产办公室副主任李尚林站了出来："如果你们让黄河改道北股走河，我就躺在这里叫黄河冲走！"李尚林是胜利石油会战时从大庆调过来的，和铁人王进喜是一个时期的钻井队长。

他激动地说："如果破6号路，海堤得破，顺河路也得破，流路走北股，孤东将变成一座四面环水的孤岛，密集的井架将很快垮塌在海水之中，这可是花了18个亿才建成的大油田啊！既然治黄是为了保护国家财产，油田的油就是国家最大的财产！你们不要石油，我就不要命。你们要破堤，必须拿国务院的红头文件来，否则不能破！"

李尚林振臂一呼，语惊四座，打破了僵局。

东营市领导率先表态支持，并请求杨庆安副主任向水利部汇报情况，收回成命，保卫孤东油田。

心有大局，无所畏惧。

1988年4月6日晚，油田和地方领导李晔、朱文科、侯庆生、张庆黎、张万湖召开紧急会议，正式启动河口治理工程。这次意义非凡的会议，还特别邀请了黄河河务局高级工程师王锡栋和李尚林。李晔在会上讲道："河一定要治，你不治河，河就治你。"会议当场决定，成立河口治理领导小组和河口疏浚工程前线指挥部，全面负责黄河口的治理。组长朱文科，张庆黎、张万湖、侯庆生任副组长，成员有李尚林、王锡栋。

李尚林、王锡栋分别任前线指挥部正、副指挥，进驻黄河口地区。李尚林当场表态："我虽然对治黄一窍不通，但我有信心在黄河上做出一番事业来。只要能解除黄河之忧，我豁上这把老骨头扔进河里，干了！"

这次会议，揭开了河口治理的新篇章，对黄河口和东营市而言具有划时代的意义。在大河与大海交汇的地方，李尚林搭起了活动板房，率领三十多名青年人住了进去。谁也没有想到，李尚林这把老骨头在黄河口一住就是十几年。要知道，当时的李尚林已经办理了退休手续。

"想要保持河口畅通，就要让黄河从海动力最强的点入海。"回忆起当年的治黄经历，东营的老市委书记李殿魁十分兴奋。

李殿魁担任过东营市的市长、市委书记，从此与黄河结缘，成了研究黄河的专家。

李殿魁是搞工程技术出身，在他的倡导并直接参与下，稳定黄河入海流路的研究和实践紧锣密鼓地展开了。

渤海湾有两股潮流分别从不同方向来到河口地区，两个方向来的海流在这里反复上下摇摆冲刷，形成了一个动力最强的点，即无潮点。

李殿魁回忆，为稳定现行流路，他们采取了"截支强干、工程导流、疏浚破门、巧用潮汐、定向入海"等一系列治理措施，收效明显。李殿魁还专门设计了疏浚船，把油田用于生产的高压水泵喷头装到船底，通过高压水把河底泥沙搅动起来，再利用潮汐作用把泥沙带走，把河道清理干净。

1991年11月1日，李鹏同志来东营视察，李殿魁向李鹏同志汇报了入海口的治理情况。当李殿魁汇报了"工程导流、疏浚破门、巧用潮汐、定向入海，达到河口畅、下游顺、全局稳"的河口治理办法后，李鹏同志很是高兴。

晚上12点多了，陪同李鹏总理来东营视察的山东省委书记姜春云十分高兴，给李殿魁打电话："殿魁同志，今天李鹏总理非常高兴，你给山东争了光，为国家解决了大问题，我们一定要把黄河口治理好，把河口稳定住！"

对黄河口的有效治理，在国内外引起了强烈反响。

1992年春，时任联合国开发计划署驻华首席代表亚瑟·贺尔康先生专程从北京来东营考察黄河口的治理情况。

李殿魁接待了亚瑟·贺尔康，也阐述了自己的治理思路。亚瑟·贺尔康高兴地说："我听明白了，你这个办法意义很大，世界大河治理都可以用这个办法。"亚瑟·贺尔康先生明确表示要投资支持黄河口的科学研究，促成了联合国开发计划署支持黄河三角洲可持续发展项目。

由于水资源的高效利用，黄河三角洲已经与水融为一体。如今，这里已经不再是昔日黄河泛滥、盐碱荒滩的景象，而是一个城市、人文、河流、湿地和谐共生的绿洲。

东营市作为全球首批"国际湿地城市",其湿地面积达到了45.81万公顷,占全市总面积的41.58%。通过黄河调水调沙,东营市改善了河口地区的生态环境,有效恢复了大汶流、黄河故道等区域的湿地3.5万亩,成为全国湿地恢复最具代表性的城市。黄河水路的长期稳定为黄河三角洲的全面开发提供了基础。在荒原上建起了一座生态之城、湿地之城,这无疑是中国城市建设史上的一个奇迹!

4.鸟儿的乐园

从高原上俯冲而下的九曲黄河,把前世今生的厚爱,在扑向大海的瞬间,赠给我们这一见钟情的沧海桑田。

1992年6月,时任国务院总理李鹏同志率领中国政府代表团出席了在巴西里约热内卢召开的联合国环境与发展大会。大会以"可持续发展"为指导方针,制定并通过了《21世纪议程》等重要文件,正式提出了可持续发展战略。

1994年3月,《中国21世纪议程——中国21世纪人口、环境与发展白皮书》在国务院常务会议上正式通过,中国成为世界上第一个编制出本国21世纪议程行动方案的国家。

1995年9月,中共十四届五中全会正式将可持续发展战略写入《中共中央关于制定国民经济和社会发展"九五"计划和2010年远景目标的建议》,提出"必须把社会全面发展放在重要战略地位,实现经济与社会相互协调和可持续发展"。

这是在党的文件中第一次使用"可持续发展"的概念。实施可持续发展战略,体现了中国政府和人民对我们生存的家园的深切关怀，是一项惠及子孙后代的战略性举措，是中华民族对于全人类的积极贡献。

李殿魁回忆说，当他看到《人民日报》整版报道李鹏总理出席联合国环发大会的消息时，就眼前一亮。

他敏锐地觉察到里面的政策变化，立即安排市政府经济研究室关注李鹏总理的出访内容，进行专题研究，专班推进，积极申报国家级自然保护区。

1992年10月，国务院批准建立以保护黄河口新生湿地生态系统和珍稀濒危鸟类为主体的湿地类型自然保护区，总面积15.3万公顷，其中核心区5.8万公顷，缓冲区1.3万公顷，实验区8.2万公顷。分为南北两个区域，南部区域位于现行黄河入海口，面积10.45万公顷；北部区域位于1976年改道后的黄河故道入海口，面积4.85万公顷。

2014年，《山东黄河三角洲国家级自然保护区详细规划（2014—2020）》发布，开创了国内自然保护区详细规划的先河。东营市组建了专业巡护监测队伍，制定了《巡护监测技术规程》和《巡护监测方案》，设置了固定的监测路线、样线样方，坚持日夜巡查，记录监测信息，编制出版《年度巡护监测报告》。

2017年，山东省第十二届人民代表大会常务委员会第二十七次会议通过了《山东黄河三角洲国家级自然保护区条例》，为自然保护区依法管理奠定了坚实基础。

2019年，东营市成立黄河三角洲生态保护和高质量发展工作专班，聘请国家宏观院成立编写组，与国家、省同步启动编制《东营市黄河三角洲生态保护和高质量发展实施规划》。

2020年，东营市各市直部门移交自然保护区执法权49项、委托自然保护区执法权70项，并在整合优化黄河三角洲周边8处自然保护地的基础上，积极推进黄河口国家公园前期工作，委托专业技术支撑单位编制完成了《黄河口国家公园设立方案》。

黄河三角洲自然保护区拥有中国暖温带保存最完整、最广阔、最年轻的湿地生态系统。同时，黄河携带大量泥沙在这里沉积，每年新造陆地近2万亩，使这里成为中国最年轻的土地。

在黄河三角洲自然保护区，候鸟如潮水般汇聚，翅膀轻轻拍动着，像是在天空中绘出的一幅美丽风景。

黄河三角洲自然保护区共有鸟类298种，其中候鸟200余种。国家一级重点保护鸟类有东方白鹳、丹顶鹤等10种，国家二级保护鸟类有大天鹅等49种。

春日的黄河三角洲，湿地上的鸟儿翩翩起舞，如诗如画。东方白鹳立于湿地之间，如一位绅士般优雅；丹顶鹤翱翔于空中，展翅飞翔，如一幅美丽的画卷。大天鹅和黑嘴鸥在水面上优雅地航行，宛如梦幻中的仙境。春风拂面，候鸟迁徙至此，给这片湿地带来了生机与活力。它们在这里筑巢繁衍，生生不息，将这片湿地装点得如诗如画，如梦如幻。

黄河三角洲自然保护区，仿佛是一幅神秘的画卷，安静而美丽。候鸟在这里找到了家园，它们在这片净土上与自然和谐共处。在这里，它们自由自在地栖息，不受干扰，享受着大自然的馈赠。这里也是人类心灵的净土，宁静而神秘，让人沉浸在自然的美丽之中。

黄河三角洲自然保护区植物资源丰富，共有植物400余种，其中，国家二级重点保护野生植物野大豆分布面积达6.5万亩，芦苇分布面积达40万亩。

　　黄须菜，学名盐地碱蓬，是每年沿海滩涂上的第一道绿意，也是春天的恩赐。它的植株虽然不高大，却能给人带来一种生机勃勃的感觉。

　　阳春三月，黄须菜顽强地从坚硬的碱土中冒出来。它仿佛是大地的绿色守护者，具有独特的耐盐碱能力，在海水的浸泡下顽强生长，在太阳的炙烤下依然屹立不倒。只需一丝阳光的轻抚，它便绽放出灿烂动人的光芒。

　　当黄须菜长到10余厘米时，它的颜色也从淡绿转变为深绿，远远望去，如同细碎的星星点点，在荒滩上点缀出一片奇特的景象。这些深绿的小叶，为沿海的大地增添了生机和绿意，成为大地上的一处别样风景。

　　及至深秋，凉风拂面，黄须菜在秋风中摇曳，如同大地上的一片片翡翠，散发着宁静而美丽的气息。黄须菜，它是大地的守护者，是生命的奇迹，是大自然孕育的美丽……

　　黄河口柽柳，又名三春柳，意在赞美其开花规律之奇特。岁月流转，柳树能开花三度，实乃匪夷所思。风雪寒冬，柳香犹在；炎炎夏日，绿叶翩翩；深秋时节，金黄花开，生命坚韧，无惧风霜。三春柳，独自挺立，苍劲枝干勾勒生命画卷，宛如浩瀚乐章。

　　站立在荒原之上，柽柳似一位孤独的守护者，凛然挺立在风沙之

越冬候鸟栖息觅食、展翅飞翔，与三角洲湿地构成一幅绝美风景画（摄影：张俊臣）

中。它高大挺拔，仿佛一位古老的战士，凝视着远方，守护着这片曾经沧海的土地。

岁月的洗礼赋予了它坚强的力量，让它的枝条弯曲而有力，仿佛历经沧海巨浪的挑战。它那被风沙打磨得洁净光亮的皮肤，散发着难以言喻的智慧。

柽柳虽平凡，却有着自己的荣耀。无论是那颤动的叶片，还是顽强的根系，都饱含着岁月的智慧。它是生命的见证者，在风雨中守护着这片土地的一草一木。

黄河口的柽柳，它是黄河的守护者，静静地守候在那片土地上，见证岁月的更迭，传承生命的力量。它用自己的青春气息，向人们展示着生命的珍贵与坚韧。

湿地，乃地球之肾，生物多样性之所在，人类生存之重地。而今，却频现困境。湿地质量下降，生态功能减弱，原始之美逐渐褪去，完整景观受损。唯有重视保护，方有湿地之恢复，生态之和谐，人类与自然共荣共存。

东营市坚持保护优先、自然恢复为主，实施湿地修复项目，探索出陆海统筹、系统修复、综合治理的湿地修复模式。

东营市委托中国水利水电科学院编制《山东黄河三角洲国家级自然保护区水资源配置与水系连通规划（2018—2038年）》，构建科学合理的"取、蓄、输、用、排"水系格局，形成"河、陆、滩、海"入海循环主干道，从而实现健康、可持续的区域水土环境。

根据规划，东营市先后实施十几项以水系连通为主的生态修复工程，疏通了241公里湿地水系，打通了黄河与湿地间的"毛细血管"。

三年间，东营市为黄河三角洲保护区生态补水4.69亿立方米，有效缓解了湿地的土壤盐碱化，湿地生态功能明显改善。

在黄河三角洲生态监测中心大屏幕上，一群精灵般的鸟儿在舞动着。它们的每一个动作，每一次飞翔，都被清晰地展现在眼前。2022年，东营市采用了互联网、大数据、遥感、雷达等现代信息技术手段，建立了一套先进的鸟类动态实时监测系统。

这个系统可以实时掌握每片湿地中鸟类活动的情况。保护区在关键位置，布置了24小时监控系统。无论是在道路出入口，还是在鸟类分布区，抑或在道路节点，这些监控系统都能捕捉到鸟儿的身影。一旦鸟儿进入监控区域，就会被系统自动识别和记录，系统甚至可以鉴别出它们的种类，并实现计数。

这一切，都得益于"天空地海"一体化监测网络的运用。通过科技手段，人们仿佛置身于自然界的鸟语花香中，能够近距离观察这些神秘而美丽的生灵。实时监测系统的运用，为我们提供了更多的保护与了解鸟类的可能性，也为自然生态的平衡与保护贡献出了一份力量。

黄河三角洲保护区是候鸟迁徙路线上的重要中转站、越冬地和繁殖地，也是东方白鹳全球重要繁殖地、黑嘴鸥全球第二大繁殖地、白鹤全球第二大越冬地。

在黄河口的芦苇之海，风起时，仿佛千军万马奔腾而过，铺天盖地，气势如虹。这片梦幻般的景色，让人仿佛置身在诗意的画卷中。

候鸟在黄河口筑巢落户（摄影：张俊臣）

夏日里，微风拂过，芦苇摇曳，水波荡漾，如同碧浪无涯，让人心旷神怡。秋风起，芦花飘洒，洁白如雪，落英缤纷，仿佛漫天飞雪，让人陶醉其中。

而这片芦苇之海不仅是一处美景，更是实用的资源。芦苇作为工业原料，具有一定的经济价值。它还具有改良盐碱和沼泽地的作用，有较强的抗污染能力，具有极高的生态价值。

夕阳西下，余晖映照着天空，一群候鸟悠然飞行。在它们身后，残霞满天，水面泛着浅浅的金光，仿佛把整个秋日的美好都凝聚在了这片宁静的水域上。

在鸟儿的乐园里，它们自由翱翔于苍穹之间，展翅飞翔，尽情享受着自由和安宁。那排山倒海的气势，飘逸自如，让人感叹大自然的神奇与壮美。

黄河口，大河与大海在此相逢，共同奏响生命之歌。站在这片土地上，河水清新、海风湿润，仿佛心灵在此得到了一场净化和洗礼。走进黄河口，心中留下一片祥和与美好，让人感慨生命的壮阔与辽阔。在这里，大自然之美，仿若一首恢宏的史诗，展现着它的神秘与深邃，让人心驰神往。

5．海洋生态"修复师"

在黄河三角洲海域，昔日的美景正逐渐褪去，海草床、盐沼和牡蛎礁支离破碎，成为伤痕累累的生态残片。

海域中的营养盐超标，富营养化的阴影持续蔓延，让这片负有盛名的海域陷入了生机与衰颓的矛盾境地。

曾经，海底的海草如翠绿的羽毛，轻柔地摇曳，为海洋生物提供庇护与栖息之所。如今，海草倔强地消逝，留下一片荒芜的海底世界。盐沼也变得破碎不堪，曾经是海洋生态链中重要一环的牡蛎礁也不复存在，一切都变得如此严峻。

海域内缺乏必要的生态平衡，营养盐的超标让海水变得浑浊不堪，富营养化的阴影让这片海域陷入了无边的困扰。生物群落的消亡、生态系统的瓦解，使得这片美丽海域的命运愈发堪忧。

2021年7月1日，自然资源部印发了《海洋生态修复技术指南（试行）》。这为海洋生态修复提供了明确的指导原则和技术流程，提高了海洋生态修复工作的科学化和规范化水平。

2022年6月，康华海洋科技有限公司依照《关于鼓励和支持社会资本参与生态保护修复的意见》，与山东黄河三角洲国家级自然保护区管委会签订战略合作协议。

在专家的协助下，他们提出了两种实施方案（也叫作生态修复工程），分别是贝藻礁修复和桩式牡蛎礁修复。通俗点讲，就是给海洋生物盖各种各样的"新房子"。

在海里投放的大笼子叫作贝藻礁，也就是由牡蛎、藻类、人造礁体组成的生态修复体。它就像海底的空气净化器，不仅为小鱼小虾提供了避难所，增加了海底生物的多样性，还能为牡蛎壳过滤泥沙，增强碳吸收。

桩式牡蛎礁是将一根根木桩固定在海床上，然后在上面培养牡蛎等贝类而形成的一种三维结构。工作人员将其重重地插在海床上，就像插进大海的乐高积木一样，与大海浑然一体。这些桩式牡蛎礁不仅提供了坚固的基底，还模拟了自然礁石的复杂结构，为海洋生物创造了栖息和繁殖的空间。如果说贝藻礁项目是给海洋生物一栋一栋的"公寓"，那么桩式牡蛎礁项目就是一栋一栋的海底"豪宅"。它的建筑材料是活体牡蛎和它们"前辈"们的空壳，再加上一些珊瑚礁区的常驻居民。

当然，最重要的就是一根根符合长度标准以及建筑标准的木桩。这些木桩不仅美观，还超级实用。它们是海洋生物的五星级住所，也是海岸线的超级英雄，可以保护坚固的家园不受海浪的侵蚀。同时，它们也是环保小能手，用自己的过滤系统清洁海水，让海洋的居民都能呼吸到清新的"海水空气"。

工作人员和科学家们过五关斩六将，挑选出最合适的苗种，并确保它们的成活率；海上施工队与潮水赛跑，定位船精准定位，每一步都充满了挑战和乐趣。潮汐和极端天气事件常常让修复工作回到原点。

要确保每个被选中的苗种都是"奥运选手"级别，既要强壮又要有高的成活率，这需要严格的选拔过程和技术保障。通常苗种需要在全国各地选拔，且运输车需要一刻不停地奔赴生态修复区域，只为保证苗种的成活率。

在这个项目中，牡蛎扮演了举足轻重的角色。牡蛎是一种滤食性动物，它们可以过滤掉海水中的浮游生物和有机物质，从而净化水质。而且，牡蛎的壳富含钙质，可以提供坚固的基底，让贝藻礁更加稳固。

2011年，美国切萨皮克湾哈里斯溪的牡蛎礁修复项目启动。从前期设定修复目标、规划项目，到实施后的常年监测与评估，耗时8年，共修复142公顷牡蛎礁，为其他国家的大型海洋生态修复项目提供了可借鉴的经验。

牡蛎礁是一种由海洋中的贝类和藻类共同构建的生态系统，它就像是海洋中的一座人造城堡，为无数海洋生物提供了栖息之地。而贝藻礁修复项目便是人造牡蛎礁的一种，就是通过人工组合牡蛎、藻类、人造礁体来重建这个生态系统，让海洋生物有一个温馨的家。这个家需要特定的环境条件，比如适宜的温度、充足的食物供应和安全稳定的栖息地。这就需要我们人为地为牡蛎创造。

小牡蛎也像人一样，有些地方可以适应，但有些环境它们也会"水土不服"。作为生态修复最前线的战士，专家们在做了详细的种族对比后，选择了适合海洋生态修复的牡蛎种群。

在修复的过程中，专家们会定期检查牡蛎的生长情况，确保它们能够健康成长，也确保"前线"的牡蛎们形成规模。

为了保证小牡蛎与小海藻们可以尽量安全地抵达生态修复海域，

"青山绿水，白草红叶黄花"是对秋日黄河口湿地的真实写照（摄影：张俊臣）

工作人员会在抵达海域后，先在船上进行组装，然后安全地把它们送进海底。

当然，所有的生态修复项目都有一个重要目标，那就是提高公众对海洋生态保护的意识。通过这个项目，人们可以亲身参与海洋生态保护过程，了解海洋生态的重要性，学习如何保护海洋环境。

总体来说，贝藻礁修复项目是一场寓教于乐的科普盛宴，它用实际行动告诉我们，海洋生态的自我修复并非遥不可及。

牡蛎礁是由牡蛎物种不断固着在蛎壳上，聚集和堆积而形成的生物性结构，为海岸带生态系统提供了基础结构性栖息地，其生态系统是由硬质礁体、泥沙、海草、海藻、其他贝类物种、藤壶等组成的。

人工牡蛎礁就好比海洋中人工建造的一座座"海底桥梁"，它的基础结构性与天生自带的生物多样性，足以让多种多样的海洋生物借此短暂栖息与中转，从而恢复海域活力，成为海中的"丝绸之路"。

在海洋生态系统的微妙平衡中，海洋中的许多物种，尤其是鱼类和小型无脊椎动物，依赖复杂的栖息地来生存。

随着海岸线的不断开发和海洋污染的加剧，这些自然栖息地正遭受严重威胁。桩式牡蛎礁的建设，就是为了弥补这种损失，为海洋生物提供一个替代的"家园"。它们可以帮助净化水质，同时，它们还能减少海浪对海岸线的冲击，保护海滩不受侵蚀。

然而，桩式牡蛎礁的建设并非一帆风顺。它需要精确的规划和科学的设计，以确保每一根桩都能发挥最大的生态效益。它还需要工作人员持续的关注和维护，确保这个生态系统能够长久健康可持续地运转，我们面临的挑战仍然是多种多样的，例如天气、人力、经济可持续性。

生活在这个星球之上，我们每个人都是海洋守护者。每一次选择可回收材质使用，每一次拒绝污染排放，都是在为海洋生物的"豪宅"添砖加瓦。

在这片蓝色的海域中，桩式牡蛎礁以其独特的姿态，诉说着生命的故事。它提醒我们，人与自然和谐共存，不仅是一句口号，更是一份责任、一份对未来的承诺。

6.《21世纪议程》与"支持黄河三角洲可持续发展"项目

在黄河口，生长着华北地区最大的一片刺槐林。

黄河口的刺槐林，宛如一座巨大的翠绿堡垒，在荒原中绽放光芒。

茁壮的槐树，枝繁叶茂，仿佛是大地的守护者，为周围的生灵提供了一片难得的清凉与宁静。

这片刺槐林，见证了黄河与大海的交汇，是上天赐予这片土地的神奇馈赠。而黄河三角洲，则像一个沉睡的巨人，蕴藏着无限的潜力。世界各地的目光聚焦在这里，期待着未来的繁荣与发展。这里的资源丰富，地理位置得天独厚，让人无法抗拒这片土地所散发出来的悸动与魅力。

在刺槐林中漫步，仿佛置身于仙境之中，清风徐来，花香袭人，仿佛可以听到大地的心跳声。这里的一草一木，都透出生命的活力与顽强。在这片绿荫之下，人们可以感受到大自然的恩赐和馈赠，以及生命的无限可能。

1997年5月21日，联合国开发计划署（UNDP）"支持黄河三角洲可持续发展"国际研讨会在北京科技大会堂隆重召开。

时任山东省委副书记、副省长宋法棠，东营市委书记国家森出席了会议。参加会议的还有相关部委领导、其他国家的使馆官员、海外团体和机构工作人员以及国际金融组织与企业集团负责人等。

1994年10月，联合国开发计划署与中国政府、荷兰政府联合签署了"支持黄河三角洲可持续发展"项目文件。

黄河三角洲自然资源丰富但生态环境脆弱，该区域的发展必须坚定地贯彻开发与保护并重的原则，在推动经济高度发展的同时实现自然资源和湿地生态系统的有效保护和可持续发展利用，实现经济、生态和社会的可持续发展。

在迈向21世纪的征程中，可持续发展已经成为世界各国共同遵循的长远发展准则。1992年，联合国环境与发展大会通过的宣言中，定义了可持续发展的基本内涵：既要满足当代需求，又不损害子孙后代满足其需求能力的发展。这一定义清晰地表达了全人类对于地球环境保护的新共识：在追求经济繁荣的同时，我们必须珍惜大自然赐予我们的森林、矿藏、湿地、水资源等资源，才能实现持久发展的目标。

可持续发展不仅是对于未来生存环境的责任担当，更是对于人类永续发展的必然选择。只有在保护环境的同时，谨慎利用资源，确保资源的可持续利用，我们才能实现经济、社会和生态的协调发展。在这个全球化的时代里，每个国家都应该以全球眼光看待发展问题，坚持可持续发展的理念。

中国政府制定颁布了世界上第一个国家级的可持续发展战略，即《中国21世纪议程——中国21世纪人口、环境与发展白皮书》。

1994年4月，国务院把"黄河三角洲地区资源开发与环境保护"列入了《中国21世纪议程》优先项目计划，使黄河三角洲开发朝着可持续发展的方向迈进。

联合国开发计划署项目"支持黄河三角洲可持续发展"，就是在这样的大背景下由国内外高层专家最早提出来的。

在黄河三角洲这片资源丰富的土地上，滩涂连绵，仿佛一幅大自然的画卷展开在眼前。这里油气丰裕，盐矿资源丰富，吸引着无数人们前来寻宝。新奇的旅游景点吸引着游客，让人们流连忘返。

然而，这片繁荣的土地却隐藏着脆弱的生态环境。近百年来形成的新淤地，成陆时间短，地下水位高，土地易盐渍化，使得环境变得十分脆弱。黄河口的频繁摆动、流路不稳更是严重制约着长期发展和中心城区规划建设。

在黄河三角洲这片土地上，石油开发虽然催生了经济的蓬勃发展，却也将我们带入了一个新的挑战之中。我们深知，需以长远的眼光去审视，方能确保我们的繁荣不是昙花一现。因此，一套可持续发展的理念必不可少，它将成为我们前行的明灯，指引我们走上一条良性的发展之路。

联合国开发计划署项目的目标便是编制这样一套指导规划，它将为黄河三角洲的未来发展描绘出一幅清晰的蓝图。这并非一劳永逸之策，而是一项长期而持久的探索和实践。"可持续发展"这个理念，不仅是对自然环境的尊重和保护，更是对人类社会的负责。只有在这种理念的指引下行动，我们才能避免因短视而导致的不可挽回的后果。

联合国开发计划署是世界上最大的无偿援助和多边技术援助机构。在谈到为什么支持和资助黄河三角洲开发项目时，项目负责人表示，黄河三角洲的资源开发和环境保护项目是中国21世纪议程优先项目，我们支持中国21世纪议程，也就必然支援黄河三角洲开发项目。

1994年4月8日至10日，联合国开发计划署驻华代表处代表到东营市对该项目进行前期考察。时任总代表亚瑟·贺尔康先生对黄河三角洲的项目给予了充分肯定。

9月，两名荷兰专家（豪格兰达、布伦）和一名美国专家（王御华）来华编制"支持黄河三角洲可持续发展"项目文件。

11月，联合国开发计划署、中国政府和荷兰政府在北京举行了签字仪式。项目文件中提到，联合国开发计划署积极帮助中国实施21世纪议程，本项目旨在推动黄河三角洲的可持续发展，它是联合国开发计划署支持中国21世纪议程的第一个优先项目。

1995年3月，"支持黄河三角洲可持续发展"项目正式实施。

经过两年的研究工作，中外专家在多次考察黄河三角洲的基础上，进行了大量的资料取样、调查、分析和攻关工作，为黄河三角洲构筑了一个综合性、长期性、渐进性的可持续发展战略框架和规划体系。

这一成果包括支持黄河三角洲可持续发展总报告、3个分报告和12个专题报告。

1997年5月21日，在中国科技大会堂举行的联合国开发计划署支持黄河三角洲可持续发展国际研讨会上，该项目的中方协调人、时任国务院发展研究中心学术委员会副主任王慧炯和中国水科院副院长张启舜向大家介绍了研究成果的主要内容。

一是提出了建立黄河三角洲可持续发展试验区的完整设想。专家认为项目成果为黄河三角洲作为全国的可持续发展试验区和示范区创造了条件，提供了规划基础和试验目标、步骤与途径的选择依据。

二是确定了黄河流路长期稳定的方案。黄河流路没有长期稳定的

方案，一直是东营市许多重大基础项目不能进入国家决策的主要制约因素。

在这次研究中，中外专家提出了三个稳定黄河入海流路的方案：一是清水沟流路分四个阶段，分别安排四个汊作为行水流路；二是由清水沟流路行水，辅以刁口河分洪；三是清水沟流路与刁口河流路交替行水。三个方案无论选择哪一个，均可使黄河入海流路稳定100年，这是一项重大的科研成果，为黄河三角洲可持续发展奠定了基础。

三是确定了黄河三角洲经济、社会可持续发展战略。论证提出了一批工农业发展优先项目，为东营市工农业和大型水利项目立项和获得国际援助提供了根据。特别是编制了《黄河三角洲可持续发展优先项目计划》，向国内外援助机构、投资者、合作者提供了系统、完整的可持续发展项目资料。

项目总体框架的形成，标志着黄河三角洲开发已经纳入可持续发展的轨道。

〔摄影：宋林继〕

来自联合国开发计划署、荷兰、加拿大、日本、德国和中国的近百名专家，从社会、经济、环境等各个角度对该项目进行了认真评审，肯定了项目执行两年来卓有成效的工作，也指出了一些需要完善的地方，并就黄河河道整治的具体方案、资源的合理利用、经济的具体布局、环境生态保护与石油关系等问题，提出了许多建设性意见，在黄河三角洲可持续发展的关键问题上达成一致。

联合国开发计划署驻中国代表处副代表盖西雅先生指出："我们认为，影响黄河三角洲可持续发展的重要因素，是当地政府对可持续发展目标的郑重承诺。"一语道出了该项目从方案到实施的关键所在。

为了支持这一项目，山东省成立了黄河三角洲开发建设协调委员会，由时任常务副省长宋法棠任主任，协调、研究、安排项目的实施，保证了项目的顺利进行及系列规划目标的确立和实现。

现在看来，黄河三角洲可持续发展项目的核心，是指明了黄河三角洲环境和生态保护的重点途径。

这也是黄河口国家公园能在今天横空出世的生态基础。

7．大河与大海的邀请

白日依山尽，黄河入海流。

2021年10月20日下午，晴空万里，惠风和畅，习近平总书记站在黄河入海口，看黄河入海。

党的十八大以来，黄河上游、中游、下游的探索之路，如同一曲波涛壮阔的史诗，浩荡而动人。

习近平总书记强调，要管理好，不能让湿地受到污染，也不能打猎、设网捕鸟。要把保护黄河口湿地作为一项崇高事业，让生态文明理念在实现第二个百年奋斗目标新征程上发扬光大，为实现社会主义现代化增光增色。

在谈到黄河口国家公园的建设时，习近平总书记指出，黄河三角洲自然保护区生态地位十分重要，要抓紧谋划创建黄河口国家公园，科学论证、扎实推进。

情深似海，厚望如山。

黄河水声潺潺，如同一首永恒的歌谣，悠扬而动人。在这片沃土上，白鹳优雅地栖息在巢中，轻轻地叫唤着，仿佛在述说着它们的故事。

保护区里绿草葱茏，树木郁郁葱葱，生机盎然，充满希望和温暖，成为东方白鹳的家园。

黄河三角洲保护区的生态日益优化，鸟类种类繁多，从建区时的187种增加到300多种，其中包括国家一级保护鸟类25种和二级保护鸟类65种。黄河三角洲被誉为"鸟类的国际机场"，吸引着各种鸟类在这里栖息、繁衍。

这里还生活着黑嘴鸥，这种国家一级保护鸟类，自2013年开始在保护区大量繁殖，种群数量已突破1万只。这群可爱的生灵，在这片净土上绽放出生命的光芒，与自然和谐共存。

随着黄河重大国家战略的深入实施，东营这座黄河入海口城市，在全国全省大格局、黄河全流域中的战略地位愈加凸显。

2021年10月19日，国家公园管理局批复同意开展黄河口国家公园创建工作，对黄河三角洲自然保护区、地质公园、森林公园、海洋特别保护区、水产种质资源保护区等8处自然保护地进行整合优化，规划范围3517.99平方公里，涉及东营市河口区、垦利区、利津县。

据介绍，黄河口融合了黄河、海洋、陆地三大要素，其资源禀赋和生态功能具有代表性，已列入国际重要湿地名录，并成为中国黄（渤）海候鸟栖息地（二期）世界自然遗产提名地。

作为国内首家陆海统筹型国家公园，黄河口国家公园在创建过程中面临许多挑战。

以河口区为例，土质堤坝防潮能力较低、河口湿地功能退化、近海生物多样性减少、沿海土地盐渍化等是该区面临的突出问题。为改善沿海环境，河口区实施了北部海岸带生态系统保护修复项目，恢复盐地碱蓬240公顷，种植盐地碱蓬62公顷，有效保护了土著生物种群，促进海洋生态环境恢复。

东营市还会同省自然资源厅成立黄河口国家公园创建工作协调推进领导小组，统筹推进各项创建工作；深化技术成果，完善三项报告，科学确定边界范围和功能分区，深入研究管理机构设置方案；排查梳理确权海域、村庄人口、盐田和养殖坑塘等各类矛盾冲突和问题隐患，研究制定矛盾调处方案。科学合理设置公益岗位，引导发展绿色产业，推动社区转型发展；加大宣传力度，传播国家公园理念，完善社会参与机制，形成公众主动保护、社会广泛参与的良好氛围。

2022年3月，经过700多个日夜的努力之后，黄河三角洲国家级自然保护区创建黄河口国家公园工作专班终于圆梦。创建工作顺利通过了国家林草局组织的第三方评估验收，这意味着上述创建任务已经完成。

这对参与保护区创建全过程的工作人员来说，终生难忘。

黄河三角洲是我国沿海最大的新生湿地自然植被区。走在黄河三角洲湿地，处处鸟鸣啾啾，每年数百万只鸟儿组成无数"飞行编队"

在这里迁徙、越冬、繁殖。但黄河口国家公园在创建过程中却面临诸多考验，湿地生态修复成为主要难题。

近年来，由于调水调沙的影响，黄河河道逐渐下切，水位不断下降，河流的路径日渐坚固，使得湿地失去了宝贵的淡水环境，生态逐渐走向退化。

为了改善这片脆弱的湿地生态环境，就必须解决水资源的问题。一支专门的队伍细致研究黄河口地区独特的生态规律，他们实施引水和提水工程，同时打通水系，努力构建起"河—陆—滩—海"的水系连接体系，推动黄河与湿地之间的良性循环。这样一来，湿地的生态环境得以改善，水资源的利用冲突也得以有效缓解。

在滩涂湿地的宁静之处，专班们启发灵感，开创了滩涂湿地生态治理的"八步工作法"。他们秉持一次修复就能实现自然演替和长期稳定的理念，大力推进微地形的塑造，有效地补充植物所需的水分。在他们的努力下，湿地生态得到改善，展现出一片片生机勃勃的新景象。

风吹过金黄的原野，大雁在空中自由飞翔，高山为白云伴唱，平原上众生共舞。黄河口的清澈水流洗涤灵魂，生态之美笑迎四海宾客。这里是大自然的恩赐，让人感受到它创造的奇迹和美妙。

黄龙扑海，河海神韵，芦花飞雪，万鸟翔集。

黄河口，中国的黄河口，也是世界的黄河口，它嵌入我们的灵魂，直到永恒。站在黄河口，人们能感受到世界的宏伟，大自然的神秘，以及时间的飘逝。这里每一片绿叶，每一朵白云，都在述说着古老的传说。黄河口，使我们感受到的不仅仅是美景，更是对生命的敬畏和对历史的敬仰。

在沧浪之水中，我们重拾自由；在生态之美中，我们触摸生命的力量。

大河与大海的盛约已经发出。山不让尘，以纯净诠释信仰与坚持；川不辞盈，以奔流演绎奋斗与追逐。

国家公园不会辜负每一个朝拜大自然的人！

来吧！来吧！让我们共享这天人合一的唯美家园。

（摄影：宋林继）